SATIRES

DE

PERSE.

TRADUCTION NOUVELLE,

AVEC LE TEXTE LATIN A CÔTÉ, ET DES NOTES.

Par M. l'Abbé LE MONNIER.

Perse en ses vers obscurs, mais serrés & pressans,
Affecta d'enfermer moins de mots que de sens.
BOILEAU , art. poët. chant II.

A PARIS, RUE DAUPHINE,

Chez { CH. ANT. JOMBERT, pere , Libraire du Roi.
        CL. ANT. JOMBERT, fils ainé , Libraire.

DE L'IMPRIMERIE DE LOUIS CELLOT.

M. DCC. LXXI.
Avec Approbation , & Privilége du Roi.

A MONSIEUR

ANTOINE PETIT,

Docteur Régent de la Faculté de Médecine en l'Université de Paris, Professeur
d'Anatomie & de Chirurgie au Jardin
Royal des Plantes, ancien Professeur
de l'art des Accouchemens aux Écoles
de Médecine, Membre de l'Académie
Royale des Sciences de Paris & de celle
de Stockolm, Inspecteur des Hôpitaux
Militaires du Royaume, &c.

Monsieur,

Je vous dois l'hommage de la traduction
de Perse, parce que sans vous je ne l'aurois
pas traduit. La maladie & l'ignorance me

c'est vrai, monsieur
que je l'aie
obser. lungo

a ij

conduifoient à grands pas vers un féjour où l'on ne travaille guere, lorfque vous vîntes, guidé par l'amitié, écouter, fuivre & fecourir la nature. Vous ~~avez prolongé mes jours Je les ai employés à l'ouvrage que je vous offre~~. S'il eft bon, le public vous le devra. S'il eft mauvais, il ne vous en faura pas gré. Mais ne craignez pas que je penfe jamais comme le public. Un autre motif encore m'engage à vous le préfenter: ce fatirique véhément, cet ardent panégirifte de la vertu, doit être offert à un homme de bien, pour que la dédicace n'ait pas l'air d'une fatire. Je fais avec reconnaissance et ~~Je fais avec refpect,~~ *refpect, Monfieur,*

~~M~~ONSIEUR,

Votre très-humble ferviteur
LE MONNIER.

PRÉFACE.

AGRÉABLES de nos jours, vous qui ne lisez que par désœuvrement, qui ne connoissez d'autres livres que ceux qui traînent sur la cheminée d'un boudoir, qui les prenez comme un écran en attendant le café ou les cartes, qui en parcourez deux pages en donnant une gimblette au petit chien, puis les jugez souverainement en faisant repic, schlem, ou va-tout; laissez là Perse. Mirez-vous, passez la main sur votre grecque, si votre main y peut atteindre; jouez avec les breloques de votre montre, rajustez votre jabot de point & votre gros bouquet; sifflez un air de *Tom Jones*, du *Déserteur*, du *Tableau parlant*, de *l'Amoureux de quinze ans*, du *Huron*; décidez en dernier ressort sur le talent des poëtes & des musiciens qui vous *ravissent* ou vous *excedent*; passez en revue les acteurs & les actrices de tous les théatres, mais issez là Perse. Faites du tul ou des nœuds, rodez au tambour, parfilez, persifflez, extasiez-vous devant Madame la *Comtesse - Tation*, *ercingentorix*, le *Bacha Bilboquet*; débitez es charades, des calambours & des *rebus*, mais

n'ouvrez point Perſe : il vous condamneroit, &
vous diroit, *ô quantum eſt in REBUS inane !* Jaſez
de votre déſobligeante, de votre cul-de-ſinge,
de votre vis-à-vis, de votre diable, des mouſ-
taches de votre cocher qui mene à l'italienne,
de vos courte-queues, de votre épagneul, du
vauxhall ; dites tout ce qui vous paſſera par
la tête : mais abandonnez Perſe & ſon traducteur. Le premier vous préſenteroit un miroir
trop fidelle. Il vous feroit rougir, ſi vous ſavez
rougir à propos. Le ſecond ne vous offriroit
aucune phraſe dont vous puſſiez enrichir votre
jargon maniéré, nulle expreſſion du jour, pas
l'ombre du ſtyle à la mode. Il eſt par-tout
d'un *mauſſade aſſommant*, d'un *rabotteux in-
croyable*, d'une *rudeſſe indicible.* Fuyez-le comme
une figure *révoltante*, qui a *mille erreurs* dans le
teint ; n'en approchez pas de cent lieues.

Si dans vingt ſiecles un Ruſſe ſe propoſoit
de traduire ceci, comment s'y prendroit-il ?
Comment s'en tireroit cet auteur Allemand,
qui, en donnant ſur un théatre de ſon pays *les
Précieuſes ridicules* qu'il avoit traduites, faiſoit
mettre des piſtolets dans les poches de Maſca-
rille, afin qu'il pût les montrer lorſqu'il diroit,
que dites-vous de mes canons ? Hé bien, tout
traducteur eſt Ruſſe & Allemand pour un ſati-

rique ancien ou étranger. Et quand il eft tout à la fois étranger & ancien?... Un poëte fatirique place une bonne partie de fon génie en rente viagere fur la tête ou la célébrité des gens qu'il fronde. Quand ils font morts & oubliés, la fatire éprouve le même deftin. Boileau notre compatriote, & prefque notre contemporain, n'eft pas toujours intelligible pour nous. Sans le fecours d'un commentaire fait de fon vivant, faurions-nous ce qu'il entend par *profès dans l'ordre des côteaux*, ce qu'étoient Mignot, Villandri, Boucingo, &c? Et Perfe, qui ne fut commenté que long-tems après fa mort, nous voudrions l'entendre fans peine !

S'il n'avoit d'autres obfcurités que celles qui réfultent des allufions aux ufages de fon tems, aux noms des poëtes & des pieces qui ont été oubliés; à force d'étudier l'hiftoire de fon fiecle, de lire, de comparer les conjectures des interpretes, on pourroit parvenir à lui trouver un fens ; peut-être même pourroit-on rencontrer le véʳitable fens ; mais il a bien d'autres difficultés.

Perfe, quoique d'un caractere doux, écrivoit avec chaleur & véhémence. Il aimoit le ftyle concis. Jamais il n'a dit en quatre mots ce qu'il pouvoit dire en trois. Ce goût lui a fait choifir le ftyle vif & coupé du dialogue. Toutes fes

a iv

ſatires , excepté la ſeconde & la ſixieme, ſont
autant de petits drames. Deux interlocuteurs
entrent d'abord en ſcene. L'un d'eux, dans le
cours de la piece , fait intervenir des perſonnages fictifs, avec leſquels il commence un nouveau dialogue. Ces acteurs fictifs en appellent
d'autres à leur tour. On conçoit aiſément quelle
obſcurité , quelle confuſion doivent naître de
cet enchaînement de dialogues , les uns principaux , les autres ſecondaires ; ſur-tout lorſqu'on
ne trouve dans le texte aucun ſigne qui diſ-
tingue les interlocuteurs & les interlocutions.

   Qu'on ajoute à cet embarras grand nombre
de métaphores hardies, diſparates & tronquées ;
des comparaiſons empruntées de tous les arts &
de tous les métiers, comparaiſons indiquées par
un ſeul mot , & preſque jamais ſuivies ; des
tranſitions bruſques, qui ne laiſſent appercevoir
aucune liaiſon entre ce qui précede & ce qui
ſuit ; des parentheſes longues & non marquées ,
qui coupent un dialogue concis & ſerré ; l'emploi fréquent d'expreſſions peu uſitées , & priſes
dans des acceptions peu familieres.

   En voilà bien aſſez pour rendre obſcur un
poëte ſatirique ancien, dont la langue nous eſt
étrangere. Et quand le latin ſeroit notre langu ?
maternelle , Perſe auroit pour nous autant d'obſ-

curité que Rabelais & le chanoine Verville.
Que seroit-ce si Perse avoit affecté d'être énigmatique, même pour son siecle? (Ce point
sera examiné.)

Si je m'étends ainsi sur la difficulté d'entendre
Perse, ce n'est pas pour augmenter le mérite de
l'avoir entendu. J'y ai tâché. Mais ai-je toujours réussi? Je l'ai lu avec attention, je l'ai
médité, je l'ai comparé avec lui-même, & avec
Horace qu'il a souvent imité. J'ai eu la patience
de lire nombre de commentateurs; rarement les
ai-je trouvés d'accord. Alors je me suis établi
leur juge. Quand j'ai cru qu'ils s'égaroient
tous, j'ai cherché des routes nouvelles. J'en ai
trouvé. Je les ai suivies avec toute l'affection
que chacun a pour les découvertes qui lui appartiennent. Enfin, après cette pénible étude,
j'ai entendu, ou cru entendre Perse.

J'ai imaginé alors que je n'avois qu'à prendre
la plume, & que j'allois faire un chef-d'œuvre
de traduction. A l'épreuve je me suis vu loin de
mon compte. Dès les premiers vers, je me suis
apperçu que j'allois être ou diffus, ou barbare;
que si je voulois rendre Perse bien clair, il me
faudroit délayer ses pensées, & le dénaturer;
que si je voulois le rendre avec la précision
qui fait le caractere de son génie, je serois pres-

que auffi obfcur en françois qu'il l'eft en latin ;
que je tranfporterois dans notre langue toute la
dureté de fon ftyle, dureté peut-être pardonnable en latin, mais incompatible avec la délicateffe dédaigneufe du françois. J'ai balancé fi
je ferois une traduction fervile, littérale &
mauffade à lire, ou bien une imitation libre,
aifée & agréable au lecteur, autant que je fuis
capable d'écrire agréablement.

Après une mûre réflexion, j'ai pris le premier
parti. J'ai fait à Perfe le facrifice de ma petite
vanité d'écrivain ; & ce facrifice, comme chacun
fait, a fa difficulté. Je me fuis borné au mérite
bien mince de traducteur platement exact. Encore refte à favoir fi je fuis exact.

Qu'on ne s'attende donc point à trouver dans
ma traduction un ftyle élégant & fleuri, qui faffe
oublier l'original pour la copie. C'eft Perfe, &
non le traducteur, que j'ai voulu montrer. Les
mots françois (je n'ofe dire les phrafes) feront
entendre le texte. Le fens pourra refter encore
caché ; les notes l'expliqueront. Quand on aura lu
la traduction pour l'intelligence de l'original, &
les notes pour l'intelligence de la traduction ; j'efpere qu'on jettera de côté le traducteur & fes
notes, & qu'on lira Perfe fans embarras. Alors
chaque lecteur fe fera une traduction auffi élégante

qu'il lui plaira. Il fera content , & moi auffi.

Je me doute bien qu'on me chicanera fur le parti que j'ai pris. On m'auroit chicané , fi j'avois pris le parti contraire. On ne manquera pas de me dire : « c'étoit bien la peine de traduire pour » n'être pas clair. Cette prétendue exactitude , » dont vous vous piquez , vaut-elle l'agrément » que vous deviez au lecteur qui fe donne la » peine de vous feuilleter ? Que ne confultiez- » vous Horace ? il vous auroit dit :

Nec verbum verbo curabis reddere fidus
Interpres.

» Votre Perfe , que vous avez tant médité ; » fronde Labeon , parce qu'il avoit traduit mot à » mot l'Iliade d'Homere ».

Je prie qu'on ne me condamne pas fans m'en- tendre. Le paffage d'Horace , qu'on m'objecte , regarde plutôt un imitateur qu'un traducteur, & je fuis traducteur. Je ne fuis point dans le cas de Labeon. Je n'ai pas compté fcrupuleufement tous les mots de Perfe , pour les rendre en nombre égal. Je me fuis permis les tranfpofitions que l'idiome exigeoit. Les expreffions que je ne pou- vois traduire d'une maniere un peu fupportable , je les ai fupprimées , ou rendues par des équi- valens. D'ailleurs , il falloit que Perfe reftât obſcur, ou que je le devinſſe. Lequel auroit-on le mieux aimé ?

Lorſque Perſe dit :

O Jane, à tergo quem nulla ciconia pinſit.

je traduis littéralement : *heureux Janus, jamais le bec de la cicogne ne vous a pincé par le dos.* Je fais entendre les mots du texte. Il eſt vrai que la traduction n'eſt pas intelligible. Elle ſera expliquée dans une note. Si j'avois traduit, *heureux Janus, jamais on n'a fait derriere vous de geſtes ironiques*, on auroit entendu la traduction ; mais le texte, l'auroit-on compris ? Quel rapport auroit-on trouvé entre l'une & l'autre ? Il auroit toujours fallu une note, pour faire ſentir l'analogie du latin avec le françois. Et puiſque, de façon ou d'autre, une note étoit néceſſaire, j'ai cru qu'il valoit mieux la faire tomber ſur la traduction, que ſur le texte qu'elle rendoit fidéement. Ce que je dis ici, pourra s'appliquer à grand nombre de paſſages, entre autres à celui de la ſat. IV :

. . . . Potis es nigrum vitio præfigere theta.

étoit facile de le traduire par, *vous ſavez ~~con~~ ~~amer~~ une action criminelle.* J'aurois donné le ~~ns~~ ; mais aurois-je contenté ces lecteurs qui ~~ment~~ à comparer le latin avec le françois ?

On blâmera sans doute aussi des expressions peu usitées en notre langue. On me demandera pourquoi j'ai osé dire, *un écu qui soupire au fond de la bourse ; remâcher des méditations*, &c. On n'a jamais ainsi écrit en françois. Je l'avoue. Mais peut-être n'avoit - on jamais ainsi parlé en latin avant Perse. Un traducteur, & sur-tout le traducteur d'un poëte, doit se comporter comme ces députés qui étoient tenus de rapporter les mêmes mots qui leur avoient été dictés avant leur départ.

On me dira, on me l'a déja dit, que je devois faire parler Perse comme il auroit parlé s'il eût écrit en François. Je ne puis savoir comment Perse auroit écrit s'il fût né François; mais je suis fortement persuadé qu'il auroit été original, en quelque langue qu'il eût écrit.

Si ces raisons ne suffisoient pas pour ma justification, M. de Marivaux viendroit à mon secours. Qu'on me permette d'extraire un passage de ses considérations sur l'esprit humain.

« D'Ablancourt, en commençant sa traduc-
» tion de Thucidide, au lieu de dire littérale-
» ment comme l'auteur Grec : *Thucidide, Athé-*
» *nien, écrit la guerre*, &c. le fait commencer
» ainsi : *j'entreprends d'écrire l'histoire*, &c.

» Et dans ses remarques sur sa traduction, il

» dit , pour raifon du changement qu'il fait ,
» qu'une traduction plus littérale feroit plate, &
» feroit tort à Thucidide.

    » Mais par là , peut-on lui répondre , vous
» nous faites tort à nous lecteurs, qui ferions
» charmés de connoître Thucidide tel qu'il eft.
» Nous croyons voir l'auteur Grec, l'auteur
» ancien , avec le tour d'efprit qu'on avoit de fon
» tems , & vous le traveftiffez, vous lui ôtez fon
» âge. Ce n'eft plus là Thucidide. Il feroit plat ,
» dites-vous , fi vous ne le corrigiez pas. Eh,
» qu'importe ? nous aimerions mieux fa plati-
» tude même que vos corrections , que nous ne
» demandons pas dans cette occafion ci.

    » Quand vous travaillerez fur un fujet que
» vous aurez imaginé , ôtez les platitudes qui
» vous feront échappées , vous ferez fort bien ,
» & nous ne les regretterons point : elles ne
» pourroient être que des platitudes de notre
» fiecle , & celles là nous les connoiffons, nous
» n'en fommes pas curieux.

    » Mais de celles de Thucidide, ou de tout
» autre auteur d'une antiquité auffi reculée , il
» n'en eft pas de même. En les retranchant , vous
» nous privez d'un fpectacle qui feroit neuf pour
» nous , car il y a apparence qu'elles ne reffem-
» blent point aux nôtres ; & fuppofé qu'elles y

» reſſemblaſſent, ce ſeroit une ſingularité que
» nous verrions avec plaiſir.

» En un mot, c'eſt l'hiſtoire de l'eſprit hu-
» main, que vous nous dérobez dans cette par-
» tie là. Nous n'en avons que la moitié, quand
» vous ne nous rendez que les beautés des an-
» ciens, & que vous ſupprimez leurs défauts.

» C'eſt pour l'honneur des anciens que vous pre-
» nez ces précautions là, dites-vous ; mais dans le
» fond leur honneur doit nous être aſſez indiffé-
» rent : il nous ſeroit auſſi agréable de les connoî-
» tre, que de les eſtimer plus qu'ils ne valent, &c ».

Voilà tout ce que je pouvois dire & citer
pour juſtifier, ou tout au moins excuſer la maniere dont j'ai traduit Perſe. Peut-être aurois-je
dû commencer par m'excuſer de l'avoir traduit.
J'aurois dû prévenir le reproche qu'on me fera
d'avoir empiété ſans droit légitime ſur les terres
de M. Duſaulx, qui a ſi élégamment traduit Juvenal. Ces deux ſatiriques vont ordinairement
de compagnie, ils doivent avoir le même ſort.
Je le ſais. Ce n'eſt point le deſir de maltraiter
Perſe que j'aime, ni de priver d'une bonne
traduction le public que je reſpecte, qui m'a
fait entreprendre de traduire ce poëte. Je n'y
aurois jamais ſongé, ſi M. Duſaulx eût voulu
s'en charger. Sans le connoître, je l'en ai fait

prier par ſes amis. Depuis que je l'ai connu, je l'en ai prié moi-même. Voyant qu'il refuſoit conſtamment, j'ai mis la main à l'ouvrage, & je l'offre au public. On peut le condamner. Je l'abandonne. Je ne veux défendre que mon procédé avec M. Duſaulx.

Ce ſeroit ici le lieu de faire une diſſertation ſur l'étimologie du mot *ſatire* ou *ſatyre*, ſur l'origine & les progrès du genre ſatirique. Je pourrois à peu de frais faire étalage d'érudition ſur ces articles. Caſaubon & M. Dacier me ſeroient d'un grand ſecours. J'aime mieux y renvoyer le lecteur, que d'arracher les plumes à ces paons.

Je pourrois auſſi mettre en comparaiſon les trois ſatiriques latins dont les ouvrages nous ſont reſtés. Je m'en diſpenſe encore. Le paral-lele d'Horace & de Juvenal, par M. Duſaulx, eſt fait ſi judicieuſement, ſi bien penſé, ſi bien écrit, que je n'oſe entrer en lice avec lui. Je me permettrai ſeulement d'obſerver en deux mots, qu'Horace me ſemble un courtiſan flatteur, Ju-venal un déclamateur miſantrope, & Perſe un philoſophe ſage. Le premier a frondé les gens obſcurs & ſans défenſe, & careſſé les vices de ſes illuſtres protecteurs, & les ſiens propres, & il en avoit. Il avoit tous ceux qui ſont compatibles

PRÉFACE.

AGRÉABLES de nos jours, vous qui ne lifez que
par défœuvrement, qui ne connoiffez d'autres
livres que ceux qui traînent fur la cheminée
d'un boudoir, qui les prenez comme un écran
en attendant le café ou les cartes, qui en parcourez deux pages en donnant une gimblette au
petit chien, puis les jugez fouverainement en
faifant repic, fclem, ou va-tout, laiffez là
Perfe. Mirez-vous, paffez la main fur votre
grecque; fi votre main y peut atteindre; jouez
avec les breloques de votre montre, rajuftez
votre jabot de point & votre gros bouquet,
fifflez un air de *Tom Jones*, du *Déferteur*, du
Tableau parlant, de *L'Amoureux de quinze ans*,
du *Huron*; décidez en dernier reffort fur le
talent des poëtes & des muficiens qui vous *ra-*
viffent ou vous *excedent*, paffez en revue les
acteurs & les actrices de tous les théatres, mais
laiffez là Perfe. Faites du tul ou des nœuds,
brodez au tambour, parfilez, perfifflez, exta-
fiez-vous devant Madame la *Comteffe-Tation*,
Vercingentorix, le *Bacha Bilboquet*; débitez
des charades, des calambours & des *rebus*, mais

n'ouvrez point Perfe: il vous condamneroit, &
vous diroit, *ô quantum eſt in REBUS inane.* Jaſez
de votre déſobligeante, de votre cul-de-ſinge,
de votre vis-à-vis, de votre diable, des mouſ-
taches de votre cocher qui mene à l'italienne,
de vos courtes-queues, de votre danois, du
vauxhall; dites tout ce qui vous paſſera par
la tête, mais abandonnez Perfe & ſon traducteur. Le premier vous préſenteroit un miroir
trop fidelle. Il vous feroit rougir, ſi vous ſavez
rougir à propos, ~~ſi l'ignorance ne vous teraiſ-
ſoit pas la glace.~~ Le ſecond ne vous offriroit
aucune phraſe dont vous puſſiez enrichir votre
jargon maniéré, nulle expreſſion ~~à la mode~~,
pas l'ombre du ſtyle ~~du jour~~. Il eſt par-tout
d'un *mauſſade aſſommant,* d'un *rabotteux in-*
croyable, d'une *rudeſſe indicible,* ~~C'eſt——~~
~~——————————~~
~~——————————~~

Si dans vingt ſiecles on ~~donnoit ceci~~ à traduire à un Ruſſe, comment s'y prendroit-il ?
Comment s'en tireroit cet auteur Allemand,
qui, en donnant ſur un théatre de ſon pays *les*
Précieuſes ridicules qu'il avoit traduites, faiſoit
mettre des piſtolets dans les poches de Maſca-
rille, afin qu'il pût les montrer lorſqu'il diroit,
que dites-vous de mes canons? Hé bien, tout

traducteur eſt Ruſſe ou Allemand pour un ſatirique ancien ou étranger. Et quand il eſt tout à
la fois étranger & ancien ?… Un poëte ſatirique,
place une bonne partie de ſon génie en rente
viagere ſur la tête ou la célébrité des gens qu'il
fronde. Quand ils ſont morts & oubliés, la
ſatire éprouve le même deſtin. Boileau notre
compatriote, & preſque notre contemporain,
n'eſt pas toujours intelligible pour nous. Sans
le ſecours d'un commentaire fait de ſon vivant,
ſaurions-nous ce qu'il entend par *profès dans*
l'ordre des côteaux, ce qu'étoient Mignot, Vil-
landrie, Boucingo, &c ? Et Perſe qui ne fut
commenté que long-tems après ſa mort, nous
voudrions l'entendre ſans peine !

Perſe, quoique d'un caractere doux, écrivoit
avec chaleur & véhémence. Il aimoit le ſtyle
concis. Jamais il n'a dit en quatre mots ce qu'il
pouvoit dire en trois. Ce goût lui a fait choiſir
le ſtyle vif & coupé du dialogue. Toutes ſes
ſatires, excepté la ſeconde & la ſixieme, ſont
autant de petits drames. Deux interlocuteurs
entrent d'abord en ſcene. L'un d'eux, dans le
cours de la piece, fait intervenir des perſonnages fictifs, avec leſquels il commence un nouveau dialogue. Ces acteurs fictifs en appellent
d'autres à leur tour. On conçoit aiſément ~~quelle~~

obfcurité , ~~quelle~~ confufion doivent naître de cet enchaînement de dialogues , les uns principaux , les autres fecondaires , fur-tout lorfqu'on ne trouve dans le texte aucun figne qui diftingue les interlocuteurs & les interlocutions.

Qu'on ajoute à cet embarras grand nombre de métaphores hardies, difparates & tronquées ; des comparaifons empruntées de tous les arts & de tous les métiers, comparaifons indiquées par un feul mot , & prefque jamais fuivies ; des tranfitions brufques , qui ne laiffent appercevoir aucune liaifon entre ce qui précede & ce qui fuit ; des parenthefes longues & non marquées, qui coupent un dialogue concis & ferré ; l'emploi fréquent d'expreffions peu ufitées , & prifes dans des acceptions peu familieres.

En voilà bien affez pour rendre obfcur un poëte fatirique ancien, dont la langue nous eft étrangere. Et quand le latin feroit notre langue maternelle , Perfe auroit pour nous autant d'obfcurité que Rabelais & le chanoine Verville. Que feroit-ce fi Perfe avoit affecté d'être énigmatique , même pour fon fiecle ? (Ce point fera examiné.)

Si je m'étends ainfi fur la difficulté d'entendre Perfe , ce n'eft pas pour augmenter le mérite de l'avoir entendu. J'y ai tâché. Mais ai-je toujours réuffi ? Je l'ai lu avec attention, je l'ai médité, je l'ai comparé avec lui-même, & avec Horace qu'il a fouvent imité. J'ai eu la patience de lire nombre de commentateurs ; rarement les ai-je trouvés d'accord. Alors je me fuis établi leur juge. Quand j'ai cru qu'ils fe trompoient tous, j'ai cherché un fens nouveau. J'en ai trouvé. Je les ai adoptés avec toute l'affection que chacun a pour les découvertes qui lui appartiennent. Enfin, après cette pénible étude, j'ai entendu, ou cru entendre Perfe.

J'ai imaginé alors que je n'avois qu'à prendre la plume, & que j'allois faire un chef-d'œuvre de traduction. A l'épreuve je me fuis vu loin de mon compte. Dès les premiers vers, je me fuis apperçu que j'allois être, ou diffus, ou barbare ; que fi je voulois rendre Perfe bien clair, il me faudroit délayer fes penfées, & le dénaturer ; que fi je voulois le rendre avec la précifion qui fait le caractere de fon génie, je ferois prefque auffi obfcur en françois qu'il l'eft en latin ; que je tranfporterois dans notre langue toute la dureté de fon ftyle, dureté peut-être pardonnable en latin, mais incompatible avec la délicateffe dédaigneufe du françois. J'ai balancé fi je ferois une traduction fervile, littérale & mauffade à lire, ou bien une imitation libre, aifée & agréable au lecteur, autant que je fuis capable d'écrire agréablement.

Après une mûre réflexion, j'ai pris le premier parti. J'ai fait à Perfe le facrifice de ma petite vanité d'écrivain; & ce facrifice, comme chacun fait, a fa difficulté. Je me fuis borné au mérite bien mince de traducteur platement exact. Encore refte à favoir fi je fuis exact.

Qu'on ne s'attende donc point à trouver dans ma traduction un ftyle élégant, & fleuri qui faffe oublier l'original pour la copie. C'eft Perfe, & non le traducteur, que j'ai voulu montrer. Les mots françois (je n'ofe dire les phrafes) feront entendre le texte. Le fens pourra refter encore caché; les notes l'expliqueront. Quand on aura lu la traduction pour l'intelligence de l'original, & les notes pour l'intelligence de la traduction; j'efpere qu'on jettera de côté le traducteur & fes notes, & qu'on lira Perfe fans embarras. Alors chaque lecteur fe fera une traduction auffi élégante qu'il lui plaira. Il fera content, & moi auffi.

Je me doute bien qu'on me chicanera fur le parti que j'ai pris. On m'auroit chicané, fi j'avois pris le parti contraire. On ne manquera pas de me dire : « c'étoit bien la peine de traduire pour » n'être pas clair. Cette prétendue exactitude » dont vous vous piquez, vaut-elle l'agrément

PRÉFACE.

» que vous deviez au lecteur qui se donne la
» peine de vous feuilleter ? Que ne consultiez-
» vous Horace ? il vous auroit dit :

Nec verbum vero curabis reddere fidus
Interpres.

» Votre Perse , que vous avez tant médité ,
» fronde Labeon , parce qu'il avoit traduit mot à
» mot l'Iliade d'Homere ».

Je prie qu'on ne me condamne pas sans m'entendre. Le passage d'Horace, qu'on m'objecte ,
regarde plutôt un imitateur qu'un traducteur, &
je suis traducteur. Je ne suis point dans le cas de
Labeon. Je n'ai pas compté scrupuleusement tous
les mots de Perse , pour les rendre en nombre
égal. Je me suis permis les transpositions que
l'idiome exigeoit. Les expressions que je ne pouvois traduire d'une maniere un peu supportable ,
je les ai supprimées , ou rendues par des équi-
valens. D'ailleurs , il falloit que Perse restât
obscur, ou que je le devinsse. Lequel auroit-on
le mieux aimé ?

Lorsque Perse dit :

O Jane, à tergo quem nulla ciconia pinsit.

je traduis littéralement : *heureux Janus , jamais*
le bec de la cicogne ne vous a pincé par le dos. Je
fais entendre les mots du texte. Il est vrai que

la traduction n'est pas intelligible. Elle sera expliquée dans une note. Si j'avois traduit, *heureux Janus, jamais on n'a fait derriere vous de gestes ironiques*, on auroit entendu la traduction ; mais le texte, l'auroit-on compris ? Quel rapport auroit-on trouvé entre l'une & l'autre ? Il auroit toujours fallu une note, pour faire sentir l'analogie du latin avec le françois. Et puisque, de façon ou d'autre, une note étoit nécessaire ; j'ai cru qu'il valoit mieux la faire tomber sur la traduction, que sur le texte qu'elle rendoit fidélement. Ce que je dis ici, pourra s'appliquer à grand nombre de passages, entre autres à celui de la sat. IV :

  . . . . *Potis es nigrum vitio præfigere theta.*

Il étoit facile de le traduire par, *vous savez condamner une action criminelle.* J'aurois donné le sens ; mais aurois-je contenté ces lecteurs qui aiment à comparer le latin avec le françois ?

On blâmera sans doute aussi des expressions peu usitées en françois. On me demandera pourquoi j'ai osé dire, *un écu qui soupire au fond de la bourse ; remâcher des méditations*, &c. On n'a jamais ainsi écrit en françois. Je l'avoue : mais peut-être n'avoit-on jamais ainsi parlé en latin avant Perse. Un traducteur, & sur-tout le traduc-

teur d'un poëte, doit se comporter comme ces députés, qui étoient tenus de rapporter les mêmes
mots qui leur avoient été dictés avant leur
départ.

On me dira, & l'on me l'a déja dit, que je
devois faire parler Perse comme il auroit parlé
s'il eût écrit en françois. Je ne puis savoir comment Perse auroit écrit s'il fût né françois ; mais
je suis fortement persuadé qu'il auroit été original, en quelque langue qu'il eût écrit.

Si ces raisons ne suffisoient pas pour ma justification, M. de Marivaux viendroit à mon
secours. Qu'on me permette d'extraire un passage de ses considérations sur l'esprit humain.

« D'Ablancourt, en commençant sa traduc-
» tion de Thucidide, au lieu de dire littérale-
» ment comme l'auteur Grec : *Thucidide, Athé-*
» *nien, écrit la guerre*, &c. le fait commencer
» ainsi : *j'entreprends d'écrire l'histoire*, &c.

» Et dans ses remarques sur sa traduction, il
» dit, pour raison du changement qu'il fait,
» qu'une traduction plus littérale seroit plate, &
» feroit tort à Thucidide.

» Mais par là, peut-on lui répondre, vous
» nous faites tort à nous lecteurs, qui serions
» charmés de connoître Thucidide tel qu'il est.
» Nous croyons voir l'auteur grec, l'auteu·

PRÉFACE.

» ancien, avec le tour d'esprit qu'on avoit de son
» tems, & vous le travestissez, vous lui ôtez son
» âge. Ce n'est plus là Thucidide. Il seroit plat,
» dites-vous, si vous ne le corrigiez pas. Eh,
» qu'importe ? nous aimerions mieux sa plati-
» tude même que vos corrections, que nous ne
» demandons pas dans cette occasion ci.

» Quand vous travaillerez sur un sujet que
» vous aurez imaginé, ôtez les platitudes qui
» vous seront échappées, vous ferez fort bien
» & nous ne les regretterons point : elles ne
» pourroient être que des platitudes de notre
» siecle, & celles là nous les connoissons, nous
» n'en sommes pas curieux.

» Mais de celles de Thucidide, ou de tout
» autre auteur d'une antiquité aussi reculée, il
» n'en est pas de même. En les retranchant, vous
» nous privez d'un spectacle qui seroit neuf pour
» nous, car il y a apparence qu'elles ne ressem-
» blent point aux nôtres ; & supposé qu'elles y
» ressemblassent, ce seroit une singularité que
» nous verrions avec plaisir.

» En un mot, c'est l'histoire de l'esprit hu-
» main, que vous nous dérobez dans cette par-
» tie là. Nous n'en avons que la moitié, quand
» vous ne nous rendez que les beautés des an-
» ciens, & que vous supprimez leurs défauts.

PRÉFACE.

» C'est pour l'honneur des anciens que vous pre-
» nez ces précautions là, dites-vous ; mais dans le
» fond leur honneur doit nous être assez indiffé-
» rent : il nous seroit aussi agréable de les connoî-
» tre, que de les estimer plus qu'ils ne valent, &c ».

Voilà tout ce que je pouvois dire & citer
pour justifier, ou tout au moins excuser la maniere dont j'ai traduit Perse. Peut-être aurois-je
dû commencer par m'excuser de l'avoir traduit.
J'aurois dû prévenir le reproche qu'on me fera
d'avoir empiété sans droit légitime sur les terres
de M. Dusaulx, qui a si élégamment traduit Juvenal. Ces deux satiriques vont ordinairement
de compagnie, ils doivent avoir le même sort.
Je le sais. Ce n'est point le desir de maltraiter
Perse que j'aime, ni de priver d'une bonne traduction le public que je respecte, qui m'a fait
fait entreprendre de traduire ce poëte. Je n'y
aurois jamais songé, si M. Dusaulx eût voulu
s'en charger. Sans le connoître, je l'en ai fait
prier par ses amis. Depuis que je l'ai connu, je
l'en ai prié moi-même. Voyant qu'il refusoit
constamment, j'ai mis la main à l'ouvrage, &
je l'offre au public. On peut le condamner. Je
l'abandonne. Je ne veux défendre que mon
procédé avec M. Dusaulx.

Ce seroit ici le lieu de faire une dissertation

fur l'étimologie du mot *fatire* ou *fatyre* ; fur l'origine & les progrès du genre fatirique. Je pourrois à peu de frais faire étalage d'érudition fur ces articles. Cafaubon & M. Dacier me feroient d'un grand fecours. J'aime mieux y renvoyer le lecteur, que d'arracher les plumes à ces paons.

Je pourrois auffi mettre en comparaifon les trois fatiriques latins dont les ouvrages nous font reftés. Je m'en difpenfe encore. Le parallele d'Horace & de Juvenal , par M. Dufaulx, eft fait fi judicieufement, fi bien penfé, fi bien écrit, que je n'ofe entrer en lice avec lui. Je me permettrai feulement d'obferver en deux mots, qu'Horace me femble un courtifan flatteur, Juvenal un déclamateur mifantrope , & Perfe un philofophe fage. Le premier a frondé les gens obfcurs & fans défenfe, & careffé les vices de fes illuftres protecteurs , & les fiens propres ; & il en avoit. Il avoit tous ceux qui font compatibles avec la pareffe & l'indolence d'un épicurien. On peut dire de lui :

Dat veniam corvis vexat cenfura colombos.

Le fougueux Juvenal étoit bien aife (fi j'ofe ainfi parler) de trouver le genre humain corrompu, pour avoir droit de le déchirer avec humeur. Perfe , l'ami de la vertu , détefte le vice plus que les vicieux.

PRÉFACE.

Je ne sais où Baile a pris que *les satires de Perse sont dévergondées.* Ce poëte prêche par-tout la vertu, la sagesse, & même la piété. S'il a fait un seul tableau trop fidelle du vice, s'il l'a peint avec ses couleurs naturelles, c'est qu'il vouloit le montrer dans toute sa difformité, afin d'en inspirer l'horreur qu'il mérite. Le peu d'expressions ciniques qu'on lui reproche, doivent être imputées, & à la liberté de la langue latine qui n'a pas la pudeur du françois, & à la dépravation de son siecle. Perse n'a rien outré. Ses portraits ne sont que ressemblans. Si un peintre vouloit représenter une danse de sauvages, les peindroit-il habillés, lorsqu'il les verroit nuds?

Baile ajoute que *les satires de Perse sont toutes remplies d'aigreur & de fiel.* Ce que ce docte critique appelle aigreur & fiel, j'ose le nommer la juste indignation d'un homme de bien, vivant au milieu d'un peuple de pervers dissolus. J'avoue que l'adulateur de Mecene & d'Auguste, transporté à la cour de Neron, auroit été moins véhément que Perse. Mais qu'en peut-on conclure contre Perse?

Baile reproche encore à notre poëte d'avoir *écrit obscurément.* Si Baile veut dire qu'il est difficile d'entendre Perse, je suis de son avis. J'avoue, j'ai déja avoué, que Perse est obscur, &

très-obfcur. J'en ai montré les caufes. Si Baïle
veut dire que Perfe a tâché d'être inintelligible,
je ne penfe pas comme Baïle. Perfe eft devenu
obfcur pour nous ; mais il ne l'étoit pas de fcn
tems, au moins pour les gens inftruits, exercés
dans la langue poétique. Dans vingt fiecles,
pourra-t-on dire que Boileau a écrit obfcurément ? Je n'ajoute point foi à ce qu'on nous
raconte de S. Jerôme, qui, ne pouvant comprendre Perfe, le jetta au feu pour le rendre
clair. Le mot du feigneur Colucius, qui difoit
de Perfe, *fi tu ne veux pas être entendu, je ne
veux pas t'entendre*, me paroît, ou un conte fait
à plaifir, ou le dire d'un homme qui n'a pas affez
de courage pour déchiffrer un poëte difficile.

 J'affirme, comme on voit, affez clairement
que Perfe n'a pas affecté d'être énigmatique.
Mais il ne fuffit pas de l'affirmer ; je dois donner
des raifons de cette affertion. C'eft ce que je vais
faire. Ce point, une fois éclairci, levera des
doutes que j'ai laiffé fubfifter dans plufieurs
notes. Je fens que je m'embarque dans une dif-
cuffion qui, de façon ou d'autre, doit tourner
à ma honte. Si je prouve mal, il fera honteux
d'avoir mal prouvé ; & fi je prouve bien, honte
encore. Que dirai-je, pour m'excufer d'avoir
mal entendu Perfe, après avoir prouvé qu'on

peut l'entendre ? au lieu que l'honneur du traducteur feroit à couvert, s'il laiffoit fubfifter
l'opinion que fon original a voulu s'envelopper
d'un manteau impénétrable. Mais l'intérêt de
la vérité doit l'emporter fur tout.

Ceux qui prétendent que Perfe affecte d'être
énigmatique, difent qu'il écrivoit ainfi, pour
ne point s'attirer la colere de Neron, qu'il ofoit
fatirifer.

Pour les réfuter, on obfervera d'abord que
Perfe eft également obfcur par-tout. Il n'eft pas
plus clair lorfqu'il donne des préceptes généraux, que quand il attaque les perfonnes. Lor-
qu'il prouve que fans la fageffe il n'y a point de
liberté, il eft auffi difficile de l'entendre que
quand il reprend la diffolution de Natta & du
fils de Meffala, l'avarice de Vectidius, la fauffe
éloquence de Pedius, la cupidité criminelle de
Staïus. Les fatires où l'on ne peut trouver aucun rapport avec Neron, font auffi obfcures
que celles où l'on veut qu'il foit défigné. Ainfi
il eft vifible que, fi Perfe a voulu être myfté-
rieux, il l'a toujours voulu, & qu'il l'étoit autant par goût que par politique. Or, je le demande, quel auteur a jamais écrit pour n'être
pas entendu ? Quel cas les Romains auroient-ils
fait d'une fuite de logogriphes ? Auroient-ils

enlevé, comme ils firent, l'ouvrage de Perse si-tôt qu'il fut publié, s'ils n'y avoient rien compris?

J'accorde au pere Tarteron, & à ceux qui pensent comme lui, que Neron *étoit un terrible homme, qui n'entendoit nullement raillerie ;* mais je ne conclus pas de là que Perse ait frondé Neron en ſtyle énigmatique. J'en infere au contraire qu'il ne l'a point attaqué.

Le ſeul vers où Cornutus, l'Ariſtarque de Perse, jugea que Neron pouvoit ſe reconnoître, eſt celui-ci :

Auriculas aſini Mida rex habet.

Ce vers avoit paſſé en proverbe. C'étoit le mot du barbier de Midas, mot répété par les roſeaux. Neron n'auroit pas dû ſe l'appliquer. Mais Cornutus craignit qu'il ne ſe l'appliquât, & le fit changer. Le ſage Cornutus auroit été étrangement inconſéquent, ſi, après avoir exigé cette correction minutieuſe, il eût laiſſé ſubſiſter la critique amere des quatre vers extraits des ouvrages de l'empereur, *torva mimalloneis,* &c. & autres traits appliquables à Neron. Quelle folie de le penſer! Autre extravagance encore. Nous voyons le portrait de Neron dans les ſatires de Perse, & ſes contemporains ne

tibles avec la pareſſe & l'indolence d'un épicurien. On peut dire de lui :

Dat veniam corvis, vexat cenſura columbas.

Le fougueux Juvenal étoit bien aiſe (ſi j'oſe ainſi
parler) de trouver le genre humain corrompu,
pour avoir droit de le déchirer avec humeur.
Perſe, l'ami de la vertu, déteſte le vice plus que
les vicieux.

Je ne ſais où Baile a pris que *les ſatires de
Perſe ſont dévergondées.* Ce poëte prêche par-tout
la vertu, la ſageſſe, & même la piété. S'il a fait
un ſeul tableau trop fidelle du vice, s'il l'a
peint avec ſes couleurs naturelles, c'eſt qu'il
vouloit le montrer dans toute ſa difformité, afin
d'en inſpirer l'horreur qu'il mérite. Le peu d'expreſſions ciniques qu'on lui reproche, doivent
être imputées, & à la liberté de la langue latine
qui n'a pas la pudeur du françois, & à la dépravation de ſon ſiecle. Perſe n'a rien outré. Ses
portraits ne ſont que reſſemblans. Si un peintre
vouloit repréſenter une danſe de ſauvages, les
peindroit-il habillés, lorſqu'il les verroit nuds ?

Baile ajoute que *les ſatires de Perſe ſont toutes
remplies d'aigreur & de fiel.* Ce que le docte critique appelle aigreur & fiel, j'oſe le nommer
la juſte indignation d'un homme de bien, vivant
au milieu d'un peuple de pervers diſſolus. J'a-

b

P R É F A C E.

voue que l'adulateur de Mecene & d'Augufte,
transporté à la cour de Neron, auroit été moins
véhément que Perfe. Mais qu'en peut-on conclure contre Perfe ?

Baile reproche encore à notre poëte d'avoir
écrit obfcurément. Si Baile veut dire qu'il eft difficile d'entendre Perfe, je fuis de fon avis. J'a-
voue, j'ai déja avoué que Perfe eft obfcur, &
très-obfcur. J'en ai montré les caufes. Si Baile
veut dire que Perfe a tâché d'être inintelligible,
je ne penfe pas comme Baile. Perfe eft devenu
obfcur pour nous ; mais il ne l'étoit pas de fon
tems, au moins pour les gens inftruits, exercés
dans la langue poétique. Dans vingt fiecles,
pourra-t-on dire que Boileau a écrit obfcurément ? Je n'ajoute point foi à ce qu'on nous
raconte de S. Jerôme, qui, ne pouvant comprendre Perfe, le jetta au feu pour le rendre
clair. Le mot du feigneur Colucius, qui difoit
de Perfe, *fi tu ne veux pas être entendu, je ne*
veux pas t'entendre, me paroît ou un conte fait
à plaifir, ou le dire d'un homme qui n'a pas affez
de courage pour déchiffrer un poëte difficile.

J'affirme, comme on voit, affez clairement
que Perfe n'a pas affecté d'être énigmatique.
Mais il ne fuffit pas de l'affirmer, je dois donner
des raifons de cette affertion. C'eft ce que je vais

faire. Ce point, une fois éclairci, levera des doutes que j'ai laiſſé ſubſiſter dans pluſieurs notes. Je ſens que je m'embarque dans une diſcuſſion qui, de façon ou d'autre, doit tourner à ma honte. Si je prouve mal, il ſera honteux d'avoir mal prouvé; & ſi je prouve bien, honte encore. Que dirai-je, pour m'excuſer d'avoir mal entendu Perſe, après avoir prouvé qu'on peut l'entendre? au lieu que l'honneur du traducteur ſeroit à couvert, s'il laiſſoit ſubſiſter l'opinion que ſon original a voulu s'envelopper d'un manteau impénétrable. Mais l'intérêt de la vérité doit l'emporter ſur tout.

Ceux qui prétendent que Perſe affecte d'être énigmatique, diſent qu'il écrivoit ainſi, pour ne point s'attirer la colere de Neron, qu'il oſoit ſatiriſer.

Pour les réfuter, on obſervera d'abord que Perſe eſt également obſcur par-tout. Il n'eſt pas plus clair lorſqu'il donne des préceptes généraux, que quand il attaque les perſonnes. Lorſqu'il prouve que ſans la ſageſſe il n'y a point de liberté, il eſt auſſi difficile de l'entendre que quand il reprend la diſſolution de Natta & du fils de Meſſala, l'avarice de Vectidius, la fauſſe éloquence de Pedius, la cupidité criminelle de Staïus. Les ſatires où l'on ne peut trouver au-

b ij

cun rapport avec Neron, font auffi obfcures que celles où l'on veut qu'il foit défigné. Ainfi il eft vifible que, fi Perfe a voulu être myfté-rieux, il l'a toujours voulu, & qu'il l'étoit au-tant par goût que par politique. Or, je le de-mande, quel auteur a jamais écrit pour n'être pas entendu ? Quel cas les Romains auroient-ils fait d'une fuite de logogriphes ? Auroient-ils enlevé, comme ils firent, l'ouvrage de Perfe dès qu'il fut publié, s'ils n'y avoient rien compris ?

J'accorde au pere Tarteron, & à ceux qui penfent comme lui, que Neron *étoit un terrible homme*, qui *n'entendoit nullement raillerie ;* mais je ne conclus pas de là que Perfe ait frondé Neron en ftyle énigmatique. J'en infere au contraire qu'il ne l'a point attaqué.

Le feul vers où Cornutus, l'Ariftarque de Perfe, jugea que Neron pouvoit fe reconnoître, eft celui-ci :

Auriculas afini Mida rex habet. . : : :

Ce vers avoit paffé en proverbe. C'étoit le mot du barbier de Midas, mot répété par les ro-feaux. Neron n'auroit pas dû fe l'appliquer. Mais Cornutus craignit qu'il ne fe l'appliquât, & le fit changer. Le fage Cornutus auroit été

étrangement inconféquent , fi , après avoir exigé
cette correction minutieufe , il eût laiffé fubfifter la critique amere des quatre vers extraits
des ouvrages de l'empereur , *torva Mimallo-*
neis , &c. & autres traits appliquables à Neron.
Quelle folie de le penfer ! Autre extravagance
encore : nous voyons le portrait de Neron dans
les fatires de Perfe , & fes contemporains ne
l'auroient pas vu ? & s'ils l'avoient reconnu ,
l'empereur n'auroit pas été auffi clairvoyant
qu'eux ? & Perfe feroit mort dans fon lit ? Neron
auroit été bien plus endurant avec Perfe qu'avec
Lucain ? Ce poëte avoit dit que quand Neron
feroit au rang des dieux , *fon aftre regarderoit de*
côté la ville de Rome.

Inde tuam fpectes obliquo fidere Romam.

Neron, qui étoit louche, prit ce vers pour une
fatire. Il n'en fallut pas davantage, Lucain fut
condamné à mourir. On me dira peut-être que
les ouvrages de Perfe ne furent publiés qu'après
fa mort. J'avoue que l'auteur de fa vie (foit
Probus , ou ~~tout~~ autre) femble l'infinuer. Mais
quel befoin Perfe avoit-il d'être inintelligible,
s'il ne vouloit pas que fes ouvrages paruffent
de fon vivant ?

    Concluons donc que Perfe n'eft point obfcur

à deſſein d'être obſcur. S'il l'eſt pour nous, c'eſt l'éloignement des ſiecles qui en eſt cauſe. Il ſeroit clair, ſi nous avions des verres pour rapprocher la diſtance des tems, comme nous en avons pour vaincre la diſtance des lieux. Quand on aura autant médité Perſe qu'Horace, on l'entendra comme Horace. Ce n'eſt pas dire qu'on l'entendra totalement. Il ſeroit aiſé de prouver qu'Horace a bien encore quelques difficultés, mais ce n'eſt pas ici le lieu.

Je ne m'étendrai point ſur l'éloge de Perſe. On peut juger de ſon mérite, par la mention honorable qu'en fait Quintilien, *l. X*, *inſt. orat. Multùm veræ gloriæ quamvis in uno libro Perſius meruit ;* & par ce qu'en dit Martial :

Sæpiùs in libro memoratur Perſius uno
Quàm levis in totâ Marſus Amazonide.

Perſe a mérité d'occuper grand nombre de ſavans interpretes, à la tête deſquels on doit placer *Caſaubon, Lubinus, Marcilius* & *Johannes Bondius*, qui ſera cité dans les notes ſous le nom de *Jean Bond.*

Quoique ces commentateurs aient beaucoup écrit ſur Perſe, j'ai regret qu'ils n'aient pas aſſez travaillé à rétablir le texte. Ils ſe ſont chicanés ſur des variantes de peu de conſéquence, & on négligé des points importans. J'en donnerai 'u ı

feul exemple. Dans la fatire premiere , je vois
tous les éditeurs s'accorder & lire :

> . . . . *Quærifne undè hæc fartago loquendi*
> *Venerit in linguas ?*

Je fuis perfuadé que *fartago* eft une faute de
copifte. Ce mot, qui fignifie *une poële à frire ,*
peut-il raifonnablement être conftruit avec *lo-*
quendi ? Il y a grande apparence que Perfe
avoit écrit *ffrrago* , qui veut dire , *mélange ,*
amas , bigarrure. Farrago eft employé par notre
poëte , fat. V :

> *In tenui farragine mendax.*

Il eft employé par Juvenal :

> *Quidquid agant homines noftri eft farrago libelli.*

Malgré ces probabilités , je n'ai pas ofé faire de
changement dans la leçon généralement fuivie.
Je me fuis contenté de traduire par *fatras ,*
comme fi j'avois lu *farrago.*

    J'ai des doutes fur plufieurs autres paffages.
Il feroit long de les propofer. Ce feroit même
une peine inutile , parce que mon opinion n'eft
pas d'un grand poids.

VIE DE PERSE.

P ERSE (en latin *Aulus Persius Flaccus*) naquit à Volterre en Toscane, le 4 décembre, sous le consulat de
Fabius Persicus & de L. Vitellius. Flaccus son pere
étoit chevalier Romain, parent & allié de personnes du
premier rang. Perse avoit environ six ans lorsque son
pere mourut. Sisennia sa veuve se remaria à Fusius,
chevalier Romain, & redevint veuve peu d'années
après.

Perse fit ses premieres études à Volterre. A douze ans
il se rendit à Rome, & fut disciple du grammairien Rem-
neus Palæmon, & du rhéteur Verginius Flaccus. Agé de
seize ans, il se lia d'amitié avec Annæus Cornutus, qu'il
ne quitta plus, & qui l'instruisit dans la philosophie stoïcienne. Dès sa tendre jeunesse, Perse eut pour amis
Cæsius Bassus, Calpurnius Statura, & Servilius No-
niamus. Il avoit pour ce dernier une tendresse filiale. Il
eut chez Cornutus, pour condisciple, Annæus Lucanus
(connu depuis par sa Pharsale). Lucain fut admirateur des
ouvrages de notre poëte. Lorsqu'il les entendoit réciter il
s'écrioit que c'étoit là de la vraie poésie. Il connut plus
tard Seneque, & n'aima point son génie. Il vécut familié-
rement chez Cornutus, avec deux grands philosophes,
Claudius Agatemus, médecin de Lacédémone, & Petro-
nius Aristocrates de Magnésie. Ces deux personnages,
aussi vertueux que savans, étoient de même âge que Perse.
Ce fut sur leur exemple qu'il régla sa conduite. Perse fut
é très-intimément, & voyagea souvent pendant les dix

dernieres années de fa vie, avec Pœtus Trafea, époux de
la célebre Arrie, coufine de notre poëte. Il n'eft point
étonnant que Perfe ait eu des amis auffi illuftres, &
qu'il les ait confervés. Outre fes talens pour la poéfie, il
avoit les mœurs douces, étoit d'une modeftie rare, beau
de figure, fobre & chafte, plein de tendreffe pour fa
mere, fa tante & fes fœurs. Lorfque Perfe eut fini fes
études, la lecture du poëte Lucilius lui infpira un defir
vif d'écrire dans fon genre, & de compofer des fatires. Il
commença par fe fatirifer lui-même dans fon prologue,
pour avoir droit de fronder les autres dans le cours de
fon ouvrage.

Perfe, par fon teftament, inftitua fes fœurs pour hé-
ritieres, & leur laiffa, dit-on, environ deux millions de
fefterces, c'eft-à-dire, plus de cent vingt mille écus de
notre monnoie. Il légua en même tems cent mille fefterces à Cornutus, ainfi que fa bibliotheque, compofée
fept cents volumes. Cornutus, après la mort de fon
éleve, accepta les livres & refufa l'argent. Après la mort
de Perfe, arrivée le 24 novembre, fous le confulat de
Rubrius Marius & d'Afinius Galba, Cornutus engagea
la mere du poëte à fupprimer les ouvrages qu'il avoit
compofés dans fa premiere jeuneffe, tels qu'une comédie, un itinéraire, & de vers à la louange (d'autres,
difent fans apparence, contre la conduite) d'Arrie, la
belle-mere de Pœtus, & le commencement d'une fatire
nouvelle. Cæfius Baffus fut l'éditeur des ouvrages de
Perfe, à la follicitation de Cornutus, qui ne refufa pas
s'en charger. Perfe, de fon vivant, avoit confulté Cornutus fur fes ouvrages. Entre autres corrections que le
philofophe y avoit faites, il avoit engagé le jeune poëte

à substituer, *auriculas asini quis non habet*, au lieu de, *auriculas asini rex habet*, qu'il avoit mis dans la premiere satire. Cornutus exigea ce changement, afin que Neron ne pût imaginer que le poete l'avoit en vue. Dès que les satires de Perse parurent, elles furent généralement admirées, & promptement répandues.

En comparant les consulats de la naissance & de la mort de Perse, Baile prouve qu'il n'a vécu que vingt-huit ans, & réfute l'opinion de S. Jerôme, qui le fait vivre jusqu'à trente ans.

AVERTISSEMENT.

LE lecteur est prié d'observer que les satires de Perse sont presque toutes des dialogues. Les deux personnages qui sont sup-
posés en scene, seront distingués par des
lettres initiales ; dans la premiere, par un A,
qui indique que c'est un ami qui parle au
poëte, & par un P, qui marque que c'est
Perse qui répond, & ainsi des autres. Lorsque le dialogue sera entre des personnages
fictifs, & qui ne sont point en scene, le
signe — divisera les interlocutions ; les
guillemets seront employés lorsqu'un des
interlocuteurs répete, ou est supposé répéter
les discours de l'autre. Les mots qui ne sont

point du texte, & qu'on a ajoutés pour lier les paſſages, feront enfermés entre deux crochets.

AULI

AULI PERSII
SATIRÆ.

SATIRES
DE PERSE.

M. Diderot

PROLOGUS.

Nec fonte labra prolui caballino :
Nec in bicipiti fomniaffe Parnaffo
Memini, ut repentè fic poëta prodirem.
Heliconidafque , pallidamque Pirenem
Illis relinquo , quorum imagines lambunt
Hederæ fequaces : ipfe femipaganus
Ad facra vatum carmen affero noftrum.
Quis expedivit pfittaco fuum *kaire ?*
Corvos quis olim concavum falutare?
Picafque docuit verba noftra conari?
Magifter artis, ingenîque largitor
Venter, negatas artifex fequi voces.
Quòd fi dolofi fpes refulferit nummi,
Corvos poëtas, & poëtrias picas
Cantare credas Pegafeïum melos.

PROLOGUE.

JE ne me fuis point abreuvé à la fontaine qu'un coup de pied de cheval a produite; je ne me fouviens pas d'avoir dormi fur la double cime du Parnaffe, pour, devenir tout à coup poëte. Je laiffe les habitantes de l'Hélicon & la pâle Pirene, à ceux de qui les ftatues font couronnées de lierre. Je fuis un demi-payfan, qui viens apporter mon ouvrage dans le fanctuaire des poëtes.

Qui donc a donné au perroquet la facilité de dire bon-jour ? Qui donc apprit aux corbeaux à faire fortir un compliment du fond de leur gofier ? Qui donc inftruifit les pieſ à imiter nos paroles ? C'eft la maîtreffe des arts, la faim qui donne le génie, qui enfeigne à rendre des fons que la nature avoit refufés. Faites briller l'efpérence trompeufe d'un écu, les corbeaux & les pies, devenus poëtes & poëteffes, entonneront des chants que vous prendrez pour le concert des Mufes.

A ij

AULI
PERSII FLACCI
SATIRÆ.

SATIRA PRIMA.

O CURAS hominum! ô quantum est in rebus inane!

— Quis leget hæc? — Min' tu istud ais?

— Nemo Herculè. — Nemo?

— Vel duo, vel nemo : turpe, & miserabile. —
    Quare?

Ne mihi Polydamas, & Troïades Labeonem
Prætulerint. Nugæ. Non si quid turbida Roma
Elevet, accedas, examenve improbum in illâ
Castiges trutinâ. Nec te quæsiveris extrà.
Nam Romæ quis non? Ah, si fas dicere! sed fas;

SATIRES
DE
PERSE.

SATIRE PREMIERE.

HOMMES frivoles ! que de vanité dans vos projets ! *A.* Qui lira ceci ? *P.* Est-ce à moi que vous parlez ? *A.* Ma foi, personne. *P.* Comment personne ? *A.* Vous aurez deux lecteurs, ou point du tout. C'est une chose honteuse & misérable. *P.* Pourquoi ? Vous craignez que Polydamas, & les descendans efféminés des Troyens, ne me préferent pas Labeon. Que m'importe ? Si le tourbillon de Rome déprimoit mon ouvrage, vous n'iriez pas grossir la foule, me peser dans cette balance inique, & chercher hors de vous-même [ce que vous devez penser]. Car est-il à Rome

Tunc, cùm ad canitiem, & noftrum iftud vivere
    trifte

Afpexi, & nucibus facimus quæcumque reliftis,

Cùm fapimus patruos; tunc, tunc ignofcite.
    — Nolo.

— Quid faciam? Sed fum petulanti fplene ca-
    chinno.

Scribimus inclufi, numeros ille, hic pede liber

Grande aliquid, quod pulmo animæ prælargus
    anhelet,

Scilicet hæc populo, pexufque, togâque recenti,

Et natalitiâ tandem cum fardonyche albus;

Sede leges celfâ, liquido cùm plafmate guttur

Mobile collueris, patranti fraftus ocello?

Heic, neque more probo videas, neque voce
    ferenâ

Ingentes trepidura titos, cum carmina lumbum

Intrant, & tremulo fulpuntur ubi intima verfa.

Tun'; vetule, auriculis alienis colligis efcas?

Auriculis, quibus & dicas cute perditus, ohe!

— Quò didiciffe, nifi hoc fermentum, & quæ
    femel intùs

Innata eft, rupto jecore, exierit caprificus?

un seul homme qui ne.... Ah, s'il m'étoit permis de parler ! mais j'en prends la permission, lorsque je considere nos vieillards, & la vie qu'ils menent depuis qu'ils ont renoncé aux jeux de l'enfance, lorsque je les vois affecter une sagesse austere : alors, alors.... ~~vous devez me pardonner~~. *A.* Je ne ~~vous~~ pardonne point. *P.* Que faut-il donc que je fasse ? Je suis rieur, ma rate aime à se dilater. Nous nous enfermons pour écrire ; l'un en vers, ~~celui-ci~~ en prose, de grands sujets capables d'essouffler les plus larges poumons. Sans doute que, bien peigné, vêtu d'une robe blanche toute neuve, la sardoine natale au doigt, assis sur un siége exhaussé, tu liras ton ouvrage au peuple avec une voix qu'un gargarisme aura rendu flexible, & tu l'accompagneras de regards mourans & lascifs : alors tu verras les grands de Rome trépigner impudemment, pousser des (soupirs lubriques), lorsque leurs entrailles seront pénétrées & chatouillées par tes vers obscenes. Vieux fou, tu prépares donc de la pâture pour les oreilles du peuple ? Et d'un peuple à qui, tout altéré de louange que tu es, tu dirois : hola. — A quoi serviroit d'être instruit, si la science, comme un levain, comme un figuier sauvage, ne rompoit le foie où elle est née, pour en sortir ? — Voilà donc pourquoi

A iv

—En pallor, feniumque : ô mores ! ufque adeòne
Scire tuum nihil eft, nifi te fcire hoc fciat alter ?
— At pulchrum eft digito monftrari, & dicier,
    hic eft.
Ten' cirratorum centum dictata fuiffe,
Pro nihilo pendas ? — Ecce inter pocula quærunt
Romulidæ faturi, quid dia poëmata narrent.
Heic aliquis, cui circùm humeros hyacinthina
    læna,
Rancidulum quiddam balbâ de nare locutus,
Phyllidas, hypfipilas, vatum & plorabile fi quid,
Eliquat, & tenero fupplantat verba palato,
Affenfere viri : nunc non cinis ille poëtæ
Felix ? Non levior cippus nunc imprimit offa ?
Laudant convivæ : nunc non è manibus illis,
Nunc non è tumulo, fortunatâque favillâ
Nafcentur violæ ? Rides, ait, & nimis uncis
Naribus indulges. An erit qui velle recufet
Os populi meruiffe ? Et cedro digna locutus,
Linquere nec fcombros metuentia carmina, nec
    thu ?
Quifquis es, ô modò quem ex advorfo dicere
    feci,

tu pâlis fur les livres ? Voilà donc le but de ce travail qui te vieillit ? Quelles mœurs ! Tu comptes donc la fcience pour rien, fi un autre ne fait pas que tu es favant ? — Mais il eſt beau d'être montré au doigt, & d'entendre dire, *le voilà*. Nos vers font diâés à cent jeunes gens frifés. Comptez-vous cela pour rien ? Je vois les defcendans de Romulus, bien ivres, demander au milieu des pots ce que chantent nos poëmes divins. Un convive, les épaules couvertes d'un manteau violet, parlant du nez & graſſéiant, diſ- ftille des vers rances, des phylides & des hypfi- pies, & les autres lamentations des poëtes. Son palais délicat careſſe tous les mots. L'aſſemblée approuve. Alors les cendres du poëte ne font-elles pas heureuſes ? Alors le marbre ne foule-t-il pas plus mollement fes os ? Aux éloges des con- vives, fes manes, fon tombeau, fes heureuſes cendres ne produifent-elles pas des violettes ? « Vous riez, me dis-tu, c'eſt trop vous livrer » à la raillerie. Eſt-il un auteur qui veuille re- » fufer les éloges mérités du peuple ? Après » avoir fait un poëme digne d'être enfermé dans » le cèdre, fera-t-il fâché de le voir à l'abri des » poiſſons falés & des épices ».

O toi, qui que tu fois, par qui je me fuis fait faire ces objeâions, lorfque j'écris, fi par

Non ego, cùm scribo, si fortè quid aptius exit

(Quando hæc rara avis est), si quid tamen aptius
   exit,

Laudari metuam, neque enim mihi cornea fibra
   est:

Sed recti finemque extremumque esse recuso,

Euge tuum, & *bellè*. Nam bellè hoc excute totum,

Quid non intùs habet ? — Non est hîc Ilias Attî,

Ebria verato : non si qua elegidia crudi

Dictârunt proceres, non quicquid denique lectis

Scribitur in citreis. Calidum scis ponere sumen;

Scis comitem horridulum tritâ donare lacernâ:

Et, verum, inquis, amo ; verum mihi dicito de
   me :

(Qui pote ? Vis dicam ? Nugaris, cùm tibi, calve,

Pinguis aqualiculus protenso sesquipede extet.

O Jane, à tergo quem nulla ciconia pinsit;

Nec manus auriculas imitata est mobilis albas ;

Nec linguæ, quantùm sitiat canis Apula, tantùm.

Vos, ô patricius sanguis, quos vivere fas est

Occipiti cæco, posticæ occurrite sannæ.)

hasard il sort de ma plume un vers heureux
(& c'est un oiseau rare), s'il m'en échappe quelqu'un , je ne serois pas fâché d'être loué ; car
mes fibres ne sont pas racornies : mais je pré-
tends que le but & la fin d'un bon ouvrage
n'est pas ton *merveilleusement* , *admirablement*. En
effet , examinons-le de près cet *admirablement*.
Que ne renferme-t-il pas ? [Tu préviens ainsi ton
auditeur].

  « Ce n'est point ici l'Iliade d'Actius , enivrée
» d'ellébore ; ce ne sont point ici les petites élé-
» gies que dictent nos grands, avant la digestion ;
» ce n'est rien de ce qui s'écrit sur des lits de ci-
» tronnier. ». [Ensuite] tu as le talent de servir
une tetine chaude , de donner une robe usée à
votre client transi. [Après tout cela] j'aime la
vérité, lui dis-tu , dites-moi la vérité sur mon
compte. (Le peut-il ? Veux-tu que je te la dise ,
moi ? Tu radottes , vieux chauve , avec ton
ventre avancé d'un pied & demi.

(Heureux Janus ! jamais le bec de la cicogne
ne vous a pincé par le dos ; jamais des mouvemens de mains n'ont imité derriere vous les
oreilles d'un grison / jamais on ne vous a tiré
la langue aussi longue que celle d'un chien altéré
de la Pouille. O vous , patriciens , qui n'avez des
yeux que par devant , prévenez les grimaces
qu'un railleur vous feroit par derrière.) / Que

Quis populi sermo est? Quis enim? Nisi carmina
    molli
Nunc demùm numero fluere, ut per læve se-
    veros
Effundat junctura ungues? Scit tendere versum
Non secùs ac si oculo rubricam dirigat uno:
Sivè opus in mores, in luxum, & prandia re-
    gum
Dicere, res grandes nostro dat Musa poëtæ.
— Ecce modò heroas sensus afferre videmus,
Nugari solitos græcè: nec ponere lucum
Artifices, nec rus saturum laudare, ubi corbes
Et focus, & porci, & fumosa Palilia fœno,
Unde Remus, sulcoque terens dentalia, Quincti,
Quem trepida ante boves dictatorem induit
    uxor,
Et tua aratra domum lictor tulit. Euge poëta.
Est nunc Brisei quem venosus liber Acci:
Sunt quos Pacuviusque, & verucosa moretur
Antiopa, ærumnis cor luctificabile fulta.
Hos pueris monitus patres infundere lippos.
Cùm videas, quærisne, unde hæc sartago lo-
    quendi

note
on la variable
signification du mot
talentue

dit le peuple de mes ouvrages? — Ce qu'il en
dit? Que vos vers coulent avec une molleffe
harmonieufe, qu'ils font fi bien polis que la
jointure tromperoit l'ongle le plus févere. Notre
poëte fait filer un vers, comme fi un œil fermé
le tiroit au cordeau. Soit qu'il chante les
mœurs, le luxe & les feftins des grands, les
Mufes lui accordent des expreffions fublimes.

— Je vois des fentimens héroïques étalés par
des jeues gens qui avoient coûtume de compofer
quelques fadaifes grecques, qui n'ont pas le talent
de décrire un bois, de chanter une campagne abon-
dante, fes corbeilles, fon foyer, fes beftiaux,
les fêtes de Pâles & ~~fes feux de foin fumans~~,
de cette campagne où naquit Remus, où vous
labouriez la terre Quinctius, lorfque votre
femme empreffée vous revêtit de la robe de
dictateur devant votre charrue, ~~qui fut rapportée~~
~~chez vous par les licteurs~~. [Puis on leur dit] mer-
veilleufement: « ~~prenez~~ courage, mon poëte, il
» eft des lecteurs qui s'amufent de la Brifeis am-
» poullée d'Accius, de Pacuvius & de fon An-
» tiope couverte de ~~poireaux~~;

» Dont le cœur *déplorable* eft ~~nourri d'infortunes~~ ».

Lorfqu'on voit des peres imbécilles donner ces
préceptes à leurs enfans, peut-on demander d'où

Venerit in linguas ? Unde iftud dedecus, in quo
Troffulus exultat tibi per fubfellia lævis ?
Nilne pudet, capiti non poffe pericula cano
Pellere, quin tepidum hoc optes audire, *de-*
    center ?
Fur es, ait Pedio. Pedius quid ? Crimina rafis
Libram in anthitetis, doctus pofuiffe figuras :
Laudatur *bellum hoc.* Hoc bellum ? An, Romule,
    ceves ?
Men' moveat quippe, &, cantet fi naufragus,
    affem
Protulerim ? Cantas cùm fractâ te in trabe pictum
Ex humero portes ? Verum nec nocte paratum
Plorabit, qui me volet incurvaffe querelâ.
— Sed numeris decor eft, & junctura addita
    crudis.
→ Claudere fic verfum didicit : *Berecynthius*
    Atys,
Et *Qui cæruleum dirimebat Nerea delphin :*
Sic, *Coftàm longo fubduximus Apennino.*

vient ce fatras d'expreffions qui gâtent le langage , cette corruption qui fait treffaillir d'aife
un petit-maître ~~léger~~ fur les bancs?

~~Ne rougiffez vous point~~ , avocat , de ne
pouvoir juftifier un vieux client, d'une accufation capitale , fans ~~defirer entendre prononcer
mollement~~ , *fort bien* ? Vous êtes un voleur ~~, dit-
on à Pedius.~~ Que répond à cela Pedius? Il balance l'accufation dans les baffins d'une antithefe bien ~~limée~~. On le loue de fa voir placer
~~bien~~ doctement les figures de rhétorique. On
s'écrie, *ah , que c'eft beau !* Cela beau? Fils de
Romulus, extravaguez-vous ? Me touchera-
t-il cet homme qui a fait naufrage ? Lui ten-
drai-je un fol, fi je l'entends chanter? Ah! tu
chantes en portant fur les épaules le tableau de
tes malheurs ? Tu pleurerois que tu ne m'atten-
drirois pas, fi tu as médité tes plaintes pendant
la nuit. — Mais fi les vers font mal digérés, ils
ont au moins de la grace, ils font liés. — Le
beau vers ,

Le Berecinthien Atis ;

& celui-ci :

Le dauphin qui fendoit le dos bleu de Nerée ;

& cet autre :

On arrache une côte à l'Apennin immenfe ;

Arma virum , nonne hoc spumosum & cortice
  pingui ?

— Ut ramale vetus, vægrandi subere coctum,

Quidnam igitur tenerum, & laxâ cervice legen-
  dum ?

Torva Mimalloneis implerunt cornua bombis :

Et raptum vitulo caput ablatura superbo

Bassaris , & lyncem Mænas flexura corymbis,

Evion ingeminat ; reparabilis assonat Echo.

Hæc fierent, si testiculi vena ulla paterni

Viveret in nobis ? Summâ delumbe salivâ

Hoc natat in labris : & in udo est Mænas, & Atys;

Nec pluteum cædit, nec demorsos sapit ungues.

— Sed quid opus teneras mordaci radere vero

Auriculas ? Videsis ne majorum tibi fortè

Limina frigescant : sonat hìc de nare caninâ

Littera. — Per me equidem sint omnia protinùs
  alba ;

Nil moror: euge, omnes, omnes benè miræ eritis
  res.

Hoc juvat ? Hìc, inquis, veto quisquam faxit
  oletum ?

donc

— Mais le début de l'Enéide , n'est-il pas ~~moüffoux~~ ? N'a-t-il pas l'écorce ~~graffe~~. — *boursufflé* / *L'écora n'a ~~et de pas~~ eppaisses* /

Oui, comme la branche ancienne d'un grand arbre que les ans ont mûri. — Quels font donc les vers doux ~~qu'on doit lire~~ avec une molle *et qu'il faut / et à réciter* /

inflexion de la tête ? — [Les voici :]

> Les cors courbés rendoient des fons Mimalloniques;
> Pour décoller un veau, les prêtreffes Bachiques,
> Au char lioient un linx avec des pampres verds ,
> En chantant Evion qu'Echo redit aux airs.

Feroit-on de cela, fi nous avions un grain de la mâle vigueur de nos peres? Ces vers énervés *sesont* / ~~flottent~~ fur les levres dans la falive; Atis & la *y font et flott / et* *n'a falin pour de* Menade ~~on font tout mouillés. Le poëte, pour~~ *pareils vers ni sapper le* ~~les faire, n'a point frappé fa table, on voit bien~~ *cette mise ronger les* ~~qu'il ne s'eft pas rongé les ongles.~~ A. Mais *ongles.* ~~qu'eft-il~~ besoin de blesser les oreilles délicates *quel / D/* avec des vérités mordantes ? Prenez garde/ *d'être froidement* ~~ne vous reçoive froidement~~ à la porte des *recueilli* grands. C'est là qu'on entend ~~le bruit du~~ chien *le* / qui ~~grogne.~~ *P.* Eh bien, tout va me fembler *gromele* / beau. ~~Je confens à~~ tout. Courage, écrivains, *j'approuve* / ✗ ~~vous ferez tous tout autant de merveilles.~~

A. Voilà ce qui me plaît. *P.* Vous me dites, je défends de faire ici des ordures. Peigné *febens* deux ferpens fur la muraille, écrivez ✗ : *jeunes donc audessous* /

B

R sous ce que vous ferez tous , elle ferez pour autant de *merveilles (l'inversion du ~~latin~~ affres latin* *ve mal ~~ci~~)*

M.r Diderot

Pinge duos angues. Pueri; sacer est locus, extrà
Mei Iste. Discedo. Secuit Lucilius urbem
Te Lupe, te Muti, & genuinum fregit in illis.
Omne vafer vitium ridenti Flaccus amico
Tangit, & admissus circùm præcordia, ludit,
Callidus excusso populum suspendere naso.
Men' mutire nefas, nec clam, nec cum scrobe?
          —— Nusquàm.
—— Hìc tamen infodiam, vidi, vidi ipse, libelle,
Auriculas asini quis non habet? Hoc ego oper-
     tum,
Hoc ridere meum, tam nil, nullâ tibi vendo
Iliade. Audaci quicùmque afflate Cratino,
Iratum Eupolidem prægrandi cum sene palles;
Aspice & hæc, si forte aliquid decoctius audis.
Inde vaporatâ lector mihi ferveat aure;
Non hìc, qui increpidas Grajorum ludere gestit,
Sordidus, & lusco qui possit dicere, Lusce,
Sese aliquem credens, Italo quod honore su-
     pinus
Fregerit heminas Areti ædilis iniquas;

gens, ce lieu est sacré, allez pisser plus loin. Je me retire.

Quoi, Lucilius a déchiré la ville, il vous a mordu à belles dents, Lupus, & vous aussi, Mutius ; l'adroit Horace a fait rire son ami ~~blâment ses~~ défauts, il badine autour du cœur qui lui ~~est~~ ouvert, ~~il raille finement~~ tout le peuple, & vous me ferez un crime de dire tout bas, ~~bien~~ secrétement dans un trou.....? *A.* Ne parlez nulle part. *P.* Malgré votre défense, j'enfouirai ici : j'ai vu mon petit livre, j'ai vu les oreilles d'âne... Et qui n'en a pas ? Eh bien, ce secret, ~~cette plaisanterie~~ qui n'est rien, je ne la troquerois contre ~~aucune~~ Iliade.

O vous, qui que vous soyez, qui avez respiré le souffle audacieux de Cratinus, ~~qui avez~~ pâli sur le véhément Eupolide, & le sublime vieillard Aristophane, lisez aussi ces vers, si vous y trouvez par hasard quelque chose de bien. Je veux que mon lecteur ait l'oreille échauffée de la vapeur des Grecs : mais qu'il ne me lise ~~jamais le grossier~~ qui se plaît à railler sur leurs sandales, & qui cherche un louche pour lui dire, tu es louche, qui se croit quelqu'un, parce ~~qu'étant~~ édile de ~~campagne~~, il a fait briser, en se rengorgeant, des demi-septiers trop petits ~~dans le bourg~~ d'Arezzo. Qu'il ne me lise point

B ij

Nec qui abaco numeros, & secto in pulvere
metas
Scit risisse vafer, multùm gaudere paratus,
Si cynico barbam petulans nonaria vellat.
His mane edictum, post prandia Callirhoën do.

non plus, ce railleur qui se moque des calculs
qu'on fait fur une table, & des figures qu'on
trace fur la pouffiere, qui eft tout prêt à rire
fi une courtifanne infulte un philofophe auf-
tere & lui arrache la barbe ; que ces gens-là
s'en aillent le matin au barreau, & l'après-diné
chez Calliroé.

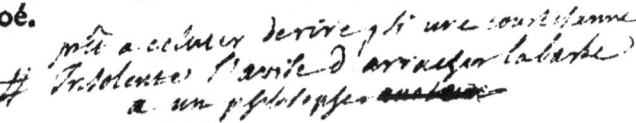

NOTES

SUR LE PROLOGUE DE PERSE.

Ce prologue, qu'un interprete appelle enigme, deviendra très-intelligible, si l'on veut faire attention que Perse, sous prétexte de se déprimer lui-même, fait la satire des versificateurs qui travaillent sans génie, & pour gagner leur vie.

(*Nec fonte labra prolui caballino*, vers 1.) Par le mot *prolui*, Perse jette du ridicule sur ces poëtes qui prétendoient s'être enivrés à la fontaine appellée Hippocrene, & l'avoir épuisée. *Se proluere* signifie boire abondamment. *Toto se proluit auro.* Virg.

L'épithete *caballino* marque le mépris. *Caballus* est un cheval de somme. On n'examinera point si Pegase, qui d'un coup de pied fit naître une fontaine qui prit de là le nom d'Hippocrene, si Pegase, la monture de tant de poëtes sublimes, mérite la dénomination de *caballus*. Un poëte satirique ne mesure pas toujours les termes. D'ailleurs ce fameux cheval dès le siecle de Perse, étoit déja vieux. Tant de mauvais écuyers l'avoient monté, qu'il pouvoit bien être devenu rosse.

(*Nec in bicipiti*, &c. v. 2.) Tout le monde sait que la montagne du Parnasse, dans la Phocide, a la vertu de rendre poëtes ceux qui montent sur sa cime, & qui ont le bonheur d'y dormir.

(*Heliconidas*, v. 4.) Perse désigne par ce mot les

Mufes qui habitent.l'Hélicon, montagne de la Beotie.
On trouve dans quelques éditions *Heliconides.* Cafaubon
& les meilleurs interpretes préferent *Heliconidas ,*
comme plus ~~ronflant~~ , exprimant mieux le ridicule que
Perfe veut jetter fur les poëtes qui parloient avec em-
phafe de l'Hélicon & des Mufes , & commençoient leurs
ouvrages par des invocations pompeufes. Il dira dans le
même fens , fat. V.

    Grande locuturi , nebulas Helicone legunto.

    (*Pallidamque Pirenem* , v. id.) Que la fontaine de
Pirene foit la ~~même que~~ l'Hippocrene , comme le pré-
~~tend~~ le vieux fcoliafte , ou-qu'elle foit une fontaine de
la montagne voifine de Corinthe , ainfi que l'affure Cafaubon , ce point eft indifférent au lecteur. Il fuffit de
favoir que la fontaine de Pirene eft confacrée aux Mufes ,
& qu'elle a la vertu de rendre poëtes ceux qui vont y
boire. Perfe lui donne l'épithete de *pallidam* , ~~pour faire~~
allufion à la douleur de la mere de Cenchris , nommée
Pirene , ~~qui donne , par fes larmes , la naiffance à~~ la fontaine qui porte fon nom. Peut-être a-t-il en vue ~~de dire~~
~~que~~ ceux qui fe livrent à l'étude ~~deviennent pâles , comme~~
~~il dit ,~~ fat. premiere , *en pallor* , &c. fat. V , *impallefcere*
chartis.

    (*Illis relinquo , quorum imagines lambunt*
Hederæ fequaces , v. 5.) Si on lit *remitto* au lieu de *relin-*
quo , le fens fera ~~toujours~~ le même. J'ai préféré *relinquo* ,
parce que Perfe l'emploie , fat. V , dans le même fens :
menfafque relinque, *Mycænis.* Le poëte fe fert du mot *lam-*
bunt (difent les commentateurs) , parce que les feuilles
de lierre ont la forme d'une langue. Les poëtes étoient
~~couronnés de lierre , auffi-bien que de laurier ,~~ parce

qu'ils font ~~fous la protection de Bacchus, ainfi que d'Apollon.~~

(*Ad facra vatum carmen affero noftrum*, v. 7.) Le fanctuaire des poëtes , dont parle ici Perfe , étoit la bibliotheque d'Apollon, bâtie fur le mont Palatin par Augufte. C'étoit là que les poëtes portoient leurs ouvrages. Quand les auteurs avoient acquis de la célébrité , ~~leurs statues y étoient placées.~~

(*Quis expedivit pfittaco* , &c. v. 8.) Ici commence la feconde partie du prologue. Sa liaifon avec la premiere , fera facile à faifir , fi on ~~veut faire attention que Perfe vient de dire qu'il n'eft qu'~~un demi-payfan. Il eft ~~tout~~ naturel qu'on lui faffe une objection & qu'on lui dife : *puifque vous n'êtes qu'un demi-payfan , pourquoi vous mêler de poéfie ?* A cela Perfe répond : *c'est la faim qui m'y engage, c'est elle qui me tient lieu de génie.* On fent bien que Perfe, ~~en fe~~ déprimant ~~ainfi, fe fert de fon nom pour fronder~~ les poëtes qui travailloient pour vivre. Il étoit riche , & n'avoit ~~pas befoin de la reffource des~~ lettres pour ~~fubfifter.~~

(*Corvos quis olim concavum falutare* , v. 9.) Ce vers eft fupprimé dans plufieurs éditions. On le conferve , parce que Perfe fait mention , à la fin de ce prologue , des corbeaux & des pies. D'ailleurs ce vers fait allufion aux corbeaux qui faluerent Augufte à fon retour de la bataille d'Actium , & qui lui dirent: *ave , Cefar , victor , imperator.* Le même adulateur qui avoit ainfi inftruit ces corbeaux , en avoit inftruit d'autres à dire : *ave , victor , imperator Antoni.* Ceux-ci auroient été mis fur le paffage d'Antoine , s'il fût revenu victorieux. Ils furent tués , dès qu'on apprit fa défaite.

(*Magifter artis ; ingenique largitor*

Venter, v. 10.) Horace a dit : *paupertas impulit audax ut verfus faceret*. On verra dans le cours de cet ouvrage que Perfe a fouvent imité Horace.

(*Artifex fequi* , v. 11.) Ceci eft une conftruction grecque : les exemples en font fréquens dans Perfe.

(*Cantare credas Pegafeïum melos*, v. dern.) La mefure du vers exigeroit l'avant-derniere fyllabe longue. Pour corriger ce défaut, quelques commentateurs ont voulu écrire *mellos*, au lieu de *melos*. Politien, fur la foi d'un manufcrit , veut fubftituer *nectar* à *melos*. On a confervé la leçon généralement reçue. Une breve, au lieu d'une longue, n'eft pas de la même importance qu'un mot de mauvais goût, au lieu d'un mot qui rende légérement la penfée de l'auteur.

NOTES

SUR LA PREMIERE SATIRE DE PERSE.

CETTE fatire eft un dialogue entre Perfe & un homme qui lui donne des confeils, & lui fait des objections. Perfe, à l'imitation d'Horace, n'a point marqué les interlocuteurs ; ce font les interpretes qui les ont placés felon leur jugement. Mais ils ne font pas toujours d'accord entre eux ; ainfi fe balançant réciproquement, ils ne font pas une autorité bien grande, & laiffent encore un champ ouvert aux conjectures. On a confulté la raifon & les convenances, pour placer les interlocutions.

Dans le commencement de cette satire, Perse délibere s'il se livrera à ce genre d'écrire. Il s'y détermine sur la conduite des Romains en général. Ensuite il attaque les écrivains, & blâme la coquetterie qu'ils employoient pour s'attirer des applaudissemens. Puis il apprécie les louanges, dont les auteurs étoient si jaloux; il raille l'affectation des poëtes qui emploient des mots vieux & barbares. Il fronde la fausse éloquence du barreau. Il cite de mauvais vers attribués (sans trop d'apparence) à Neron, & s'éleve avec indignation contre le goût dépravé qui faisoit approuver ces inepties. Il finit par dire quelle espece de lecteurs il demande.

(*O curas hominum ! ô quantum est in rebus inane !* p. 4, v. 1.) Ce début annonce le sujet que l'auteur se propose de traiter, dans cette satire. Il marque en même tems la chaleur & la véhémence qu'il y emploiera. Casaubon remarque que Perse a commencé comme Salomon

Vanitas vanitatum, & omnia vanitas.

(*Polydamas*, p. id. v. 4.) Polydamas étoit un Troyen, fils d'Antenor. Il étoit foible & lâche. Le poëte (à ce qu'on prétend) désigne Neron sous le nom de Polydamas.

(*Troïades*, p. id. v. id.) Troïades signifie les dames Romaines. Par ce mot Perse reproche aux Romains qu'ils sont efféminés.

(*Labeonem*, p. id. v. id.) *Accius*, surnommé *Labeo*, à cause de la grosseur de ses levres, étoit un mauvais poëte. qui eut le bonheur de plaire à Neron, pour avoir défiguré l'Iliade, en la traduisant mot à mot.

(*Elevet*, p. id. v. 6.) *Elevare* a deux acceptions opposées; il signifie *élever* & *abaisser*: élever, dans le sens naturel; abaisser, quand il est pris métaphoriquement & en

parlant de ce qui se pese dans une balance. En effet, celui
des bassins qui s'éleve a le moins de poids. C'est dans ce
dernier sens qu'il faut l'entendre ici.

(*Examenve improbum in illâ castiges trutinâ* , p. id. v. id.)
Ce passage a besoin d'explication. *Examen* est la languette
d'une balance , ou la flèche mobile qui est entre les deux
jambages montans , laquelle est perpendiculaire lorsque
les bassins sont dans une situation bien horisontale , &
sort du même côté que le bassin qui s'abaisse. *Trutina* est
l'ouverture longue qui se trouve entre les deux jambages. *Castigare examen* signifie toucher la balance avec le
doigt , afin qu'elle s'arrète & oscille moins long-tems.
Ainsi on peut traduire mot à mot , *non castiges examen im-*
probum in illâ trutinâ : *vous ne fixerez pas la languette fausse*
de cette balance ; ce qui n'est pas éloigné de la traduction
qu'on a donnée. Casaubon , prouve par une dissertation ,
qu'il ne faut point entendre ce passage d'une balance à
deux bassins , mais d'une balance romaine , vulgairement
appellée peson. Il se fonde sur les loix , qui défendent de
toucher à la balance tandis qu'elle vacille. Il prétend
que *examen* ne peut ici s'entendre que du poids mobile
qu'on promene sur l'espece de levier où sont marqués les
degrés de pesanteur , jusqu'à ce qu'il reste en équilibre.
Casaubon se fonde encore sur ce passage de la cinquieme
satire de Perse : *diluis elleborum , certo compescere puncto*
nescius examen. On pourroit opposer à ce passage celui de
la sat. III , *exporrecto trutinantur verba labello* , où *trutinan-*
tur doit s'entendre du bassin d'une balance. Nous pou-
vons donner raison à ce savant critique , sans rien changer à l'explication , qui sera toujours la même. Mais il a
raison trop longuement.

(*Nec te quæsiveris extrà* , p. id. v. 8.) La conftruction de ce paffage paroît devoir être , & *non quæsiveris extrà &c.* Boileau a rendu ainfi cette penfée :

Nous cherchons hors de nous nos vertus & nos vices.

(*Et nucibus facimus quæcumque reliÉtis* , p. 6 , v. 3.) Les enfans jouoient des noix à plufieurs jeux qu'on ne rapportera poiht. On aura occafion d'en citer un dans la fat. III. Lorfqu'ils prenoient la robe virile , ils renonçoient à tous ces jeux , & abandonnoient les noix ; en même tems ils faifoient aux dieux pénates l'offrande des bijoux de l'enfance. Perfe nous l'apprendra , fat. V. Les jeunes filles , en fortant de l'enfance , avant de fe marier , confacroient leurs poupées à Venus. Il en fera fait mention , fat. II. Ainfi on croit avoir affez clairement rendu le *nucibus facimus quæcumque reliÉtis* , par , *depuis qu'ils ont renoncé aux jeux de l'enfance.*

(*Sapimus patruos* , p. id. v. 4.) Cette expreffion n'a pas trop befoin d'explication. On connoît le *ne fis patruus mihi* d'Horace , qui répond au *ne fis tutor mihi* de la troifieme fatire de Perfe. On remarquera que Perfe , en difant *fapimus* , *fcribimus* , à la premiere perfonne , fe met au nombre de ceux qu'il blâme. Il adoucit ainfi l'amertume de la fatire. Dans la fat. III , il dira pareillement *ftertimus. . . quærimur. . . huccine rerum venimus* , &c.

(*Cachinno* , p. id. v. 5.) Ce mot eft un fubftantif au nominatif. Jufqu'ici Perfe , en délibérant s'il fe livrera à la fatire , fatirife les Romains en général. Il va entrer en matiere , & attaquer les écrivains.

(*Cute perditus* , p. id. v. 13.) Ces mots fignifient naturellement *hydropique.* Perfe emploie *cutis ægra* dans le même fens , fat. III :

Elleborum frustra cum jam cutis ægra tumebit
  Poscentes videas.

Cute perditus est pris ici au figuré, & signifie enflé de
vanité.

(*Nisi hoc fermentum. . . . . exierit caprificus* , p. id. v. 14
& 15.) Voilà en deux vers deux métaphores bien étran-
geres l'une à l'autre. Pour la justification de Perse, ob-
servons que ce n'est pas lui qui parle.

            (*Ecce inter pocula quærunt*
  Romulidæ saturi, quid dia poëmata narrent.

Hic aliquis, cui circùm humeros hyacinthina læna est , p.
8, v. 4, 5 & 6.) Il paroît que Boileau n'avoit pas oublié
ces vers de Perse, lorsqu'il dit dans son repas :

  De propos en propos on a parlé de vers.
  Là, tous mes sots, enflés d'une nouvelle audace,
  Ont jugé des auteurs en maîtres du Parnasse.
  Mais notre hôte sur-tout, pour la justesse & l'art,
  Élevoit jusqu'au ciel Theophile & Ronsard,
  Quand un des campagnards, relevant sa moustache
  Et son feutre à longs poils, ombragé d'un panache,
  Impose à tous silence, & d'un ton de docteur,
  Morbleu, dit-il, la Serre est un charmant auteur!
  La Pucelle est encore une œuvre bien galante, &c.

(*Non levior cippus nunc imprimit ossa?* p. 8, v. 11.)
Perse, raille en passant, la superstition des Romains, qui
souhaitoient à leurs amis morts une terre légere, en
même tems qu'ils leur mettoient une table de marbre sur
le corps. Ils souhaitoient au contraire une terre pesante à
leurs ennemis, & ne les chargeoient point de marbre.

Sic tibi terra levis, mollique tegaris arenâ. Martial.
      Mihi tum quàm molliter ossa quiescant
  Vestra meos olim si fistula dicat amores.

(*Cedro digna locutus*, p. 8 , v. 16.) Les anciens enduisoient d'huile de cedre, ou enfermoient dans des planches de cedre, les écrits qu'ils vouloient conserver ; parce que le bois de cedre, ainsi que la liqueur qu'on en tire, ont la propriété d'éloigner les insectes qui s'attachent au papier & le rongent. Ainsi, *cedro digna locutus*, signifie, *après avoir fait des ouvrages dignes de passer à la postérité.*

Cedro digna locuti. Virgile.

Carmina....

Linenda cedro, & levi servanda cupresso. Hor.

(*Nec scombros metuentia, nec thus ?* p. 8 , v. 17.) Scomber est un poisson que nous appellons maquereau. Il se prend ici pour tous les poissons que l'on sale. Ainsi, *carmina nec scombros metuentia, nec thus*, signifie mot à mot des vers qui ne craignent ni les poissons salés, ni l'encens ; c'est-à-dire, qui n'iront ni chez les marchands de poissons salés, ni chez des épiciers.

(*Neque enim mihi cornea fibra est*, p. 10, v. 3.) Ce passage signifie au figuré : *je ne suis pas insensible à la louange.* On a conservé dans la traduction le sens littéral ; il est plus voisin du texte, & assez clair.

(*Euge & bellè*, p. id. v. 5.) Ces mots étoient consacrés pour marquer l'admiration. Ils répondoient au *bravo* des Italiens. Dans l'Eunuque de Térence, le parasite Gnaton applaudit aux inepties du capitaine Thrason par ces mots, *rectè, probè, pulchrè*. Horace a dit : *clamabit enim : pulchrè, benè, rectè.* Perse ne veut pas rejetter ces éloges ; mais il soutient qu'ils ne sont pas le seul but que doive se proposer un écrivain.

(*Quid non intùs habet*, p. id. v. 6.) Perse veut examiner si ces applaudissemens sont bien sinceres, & le cas qu'on en doit faire. *Excutere* signifie *fouiller, examiner.*

(*Non eſt hic Ilias Atti* , p. 10 , v. id.) Depuis ces mots *non eſt hic* , juſqu'à *ſcis calidum* , il eſt difficile de démêler qui eſt celui qui parle. Eſt-ce Perſe qui juge lui-même ſon ouvrage , & qui dit : *ce n'eſt point ici l'Iliade d'Aĉtius* . Dans ce cas , tout ce morceau ne ſera point lié avec ce qui le précede & le ſuit. Il n'aura aucune grace , ce ſera autant de paroles perdues , & Perſe en eſt bien économe. Seroit-ce un approbateur qui diroit à l'auteur qu'il vient de louer par ſes *euge* , *bellè* , *votre ouvrage n'eſt point comme l'Iliade d'Aĉtius* ? Il y auroit alors de la liaiſon avec ce qui précede ; mais le *calidum ſcis ponere* ne ſuivroit pas bien naturellement. ~~Perſe ne pouroit il point plutôt ces~~ paroles dans la bouche d'un auteur qui va lire un ou- vrage , & qui prévient ſon auditeur ? Dans ce cas il fau~~droit~~ traduire : *vous dites, ce n'eſt point ici l'Iliade* , &c. en- ſuite : *vous avez l'art de ſervir une tetine chaude* , &c. ~~Voilà mes doutes propoſés ; le lecteur les décidera.~~

Ilias Atti. C'eſt l'Iliade de Labeo , dont on a parlé au commencement de cette ſatire.

(*Ebria veratro* , p. id. v. 7.) *Veratrum* eſt le ſynonymie d'*elleborum. Ebria veratro* , *ivre d'ellébore.* Perſe ſe moque des poëtes qui , au défaut de génie , prennoient de l'ellé- bore pour échauffer leur verve. Mais ils y gagnoient ~~pour deſchofery~~ l'ouvrage ſentoit l'ellébore , ~~on voyoit les efforts qu'ils avoient faits pour avoir de la chaleur.~~ Lorſ- que Carneades vouloit écrire contre Zenon , il s'y diſ- poſoit par des potions d'ellébore.

(*Crudi proceres* , p. id. v. 7 & 8.) *Crudus* s'entend des ouvrages d'eſprit comme des alimens. Dans le premier ſens , *crudi proceres* ſignifiera les grands dont les penſées ſont mal digérées , dont les ouvrages ne ſont point encore à leur maturité. Si on le prend au phyſique, on traduira : *non ſi qua elegidia crudi diêlârunt proceres*, par, *ce ne ſont point les petites élégies que diêlent les grands avant la digeſtion*. Ce ſens eſt aſſez conforme à celui d'Horace, que Perſe imite fort ſouvent.

Pueri patreſquè ſeveri
Fronte comas vinêli cœnant, & carmina diêlant.

(*Non quidquid denique leêlis ſcribêtur in citreis*, p. 10, v. 8 & 9.) Les grands de Rome faiſoient venir à grands frais, du fond de la Lybie, du bois de citronnier pour fabriquer leurs lits de table & de cabinet. Perſe, en blâmant ce luxe, blâme auſſi des ouvrages de ceux qui écrivoient ſur ces lits.

(*Qui pote ?* p. id. v. 12.) Le vieux ſcoliaſte a bien vu que tout le paſſage, depuis *qui pote* juſqu'à *poſticæ occurrit ſanna*, doit être enfermé dans une parentheſe. Ainſi le diſcours de l'auteur qui demande la vérité eſt *verum mihi dicite de me*(....) *quis populi ſermo eſt*.

Dans la belle édition de Baſcherwil, on a ponêlué ainſi : *verum mihi dicite. De me* (....) *quis populi ſermo eſt?* On n'adopte point cette leçon, on la cite ſeulement pour prouver la néceſſité de la parentheſe. On ne l'adopte point, parce que le *qui pote* de Perſe doit tomber ſur *verum mihi dicite de me*, de l'auteur qui mendie des éloges ce qui ne feroit pas, ſi tout autre ſens que celui-ci, *dites-moi la vérité*, demeuroit ſuſpendu. Cette parentheſe ſemblera peut-être longue : mais qu'on faſſe attention que Perſe écrivoit avec chaleur. Ce morceau eſt une boutade que lui diêle l'enthouſiaſme.

O Jane, p. id. v. 14.) On ſait que Janus étoit repréſenté avec deux viſages,

Jane

Jane biceps, anni tacitè lubentis origo,

  Solus de superis qui tua terga vides, &c. Ovid. fast. lib. 1.

Par cette apostrophe à Janus, Perse fait entendre aux poëtes Romains qu'on les railloit en secret après les avoir loués ouvertement. Il rapporte les trois gestes qui marquoient la dérision; 1°. on faisoit le bec de cicogne avec l'index & le pouce rapprochés. 2°. On imitoit les oreilles d'âne en plaçant le pouce contre l'oreille & remuant la main. 3°. On tiroit la langue. S. Jérôme écrivant à un moine, lui dit: *ne credas laudatoribus tuis: imò irrisoribus aurem ne libenter accommodes, qui cum te adulationibus foverint, & quodammodo impotemmentis effecerint: si subitò respexeris, aut ciconiarum deprehendes post te colla curvari: aut manu auriculas agitari asini: aut æstuantem canis protendi linguam.*

(*Vos, ô patricius sanguis, quos vivere fas est*

  Occipiti cæco, posticæ occurrite sannæ, p. 10, v. 17 & 18.) Perse exhorte ici les grands de Rome qui n'ont pas dessein de se faire de la réputation par leurs ouvrages, qui peuvent se passer de ces adulations que suivent les railleries secretes, qui n'ont pas conséquemment besoin d'yeux derriere la tête, il les exhorte; dis-je, à se mettre à l'abri des gestes insultans qu'on pourroit faire derriere eux, en s'abstenant ou d'écrire ou de réciter.

  Sanna est une contorsion dérisoire qui se fait de la bouche & du visage. Voilà pourquoi on appelle *sannio* un homme qui a le visage de travers.

  (*Quis populi sermo est?* p. 12, v. 1.) Ici recommence le dialogue entre le poëte amateur d'éloges, & son flatteur:

  (.   .   .   .   .   *Ut per læve severos*

C

Effundat junctura ungues, p. 12 , v. 2 & 3.) Ceci est un
métaphore prife des ouvriers , qui , après avoir affembl
& poli des morceaux de marbre ou de bois , paffer
l'ongle deffus pour voir s'il n'y a rien de disjoint ou d
raboteux.

(*Scit tendere verfum* , &c. p. id. v. 3.) Pareille méta
phore prife des ouvriers qui ferment un œil pour tirer un
ligne droite , ~~& la marquent avec de la pierre rouge.~~ O
trouvera fans doute ces comparaifons baffes & triviale
Qu'on obferve que Perfe les met dans la bouche d'u
bas adulateur qui rapporte ou feint de rapporter les di
cours du peuple.

(*Sivè opus in mores , in luxum & prandia regum* , p.
v. 5.) Les inrerpretes qui cherchent fineffe à tout , o
prétendu que Perfe vouloit défigner la comédie p
mores , la fatire par *luxum* , & la tragédie par *prand*
regum. Ils ont fans doute été amenés à cette découver
par ces deux vers de la fat. V :

> *Si quibus aut Prognes , aut fi quibus olla Thyefta*
> *Fervebit , fæpe infulfo cænanda Glyconi.*

J'en demande pardon aux interpretes , mais leur exp
cation ~~paroit trop~~ forcée ~~pour pouvoir être adoptée ici~~

(*Ecce modò fenfus heroas afferre videmus* , &c. p. id.
7.) C'eft Perfe qui parle ici. Ilattaque les jeunes poë
qui , en fortant des écoles , entreprennent des fujets a
deffus de leurs forces. Cafaubon a lu *docemus* au lieu
videmus. On a fuivi la leçon généralement reçue. Si
adoptoit *docemus* , il faudroit y fous-entendre *nos patr*
Mais pourquoi fous-entendre lorfqu'on peut s'en ç
penfer , & lorfque *videmus* offre un fens clair.

(*Nugari folitos græcè* , p. id. v. 8.) Les jeunes Romai

commençoient leurs études par la langue grecque. Lorsqu'ils étoient un peu avances, ils s'exerçoient à versifier
en grec, comme nos écoliers en latin.

(*Nec ponere lucum artifices*, p. id. v. id.) C'est une construction grecque. Elles sont familieres à Perse. On en
en trouvera une toute semblable à celle-ci, sat. VI, *mire
opifex... intendisse*, &c.

(*Fumosa Palilia fœno*, p. id. v. 10.) Les fêtes de Pales
étoient célébrées à la campagne le XI des calendes de
mai, on allumoit des feux de paille, au travers des-
quels passoient les bergers pour se purifier. On peut voir
le cérémonial de cette fête, & les prieres dont il étoit
accompagné, détaillés dans Ovide. *fast. lib. 4.*

(*Euge poëta*, p. id. v. 13.) C'est un pere qui parle ici
au jeune poëte que Perse vient de ridiculiser. Ce pere
encourage son fils en lui citant deux mauvaises tragédies
qui trouvent des lecteurs. Tous les commentateurs que
j'ai lus paroissent s'être trompés à ce passage. Ils ont séparé
sunt quos, &c. de *euge poëta*. Ils ont pensé que Perse trai-
toit un autre article. Ils n'ont pas fait attention que
Perse, trois vers plus bas, dit: *hos pueris monitus*, &c.
qui n'aura point de sens si tout ce qui précede n'est pas
lié avec *euge poëta*. Cet *euge* est aussi relatif au vers 49
de cette satire :

EUGE tuum & BELLE. Nam BELLE hoc excute totum.
Voici un exemple où il est appliqué à gens qui ne le méritent point: *quid non intus habet ?*

(*Accius*, p. id. v. 14.) Accius étoit un poëte tragique
qui avoit fait le drame de Briseis. Quelques-uns expliquent *Briseis* par *furieux, bachique.*

(*Pacuvius*, p. id. v. 13.) Pacuvius, poëte contemporain d'Accius ~~avoit fait la~~ tragédie d'Antiope, ~~dom~~ Ciceron ~~failoit cas~~, puisqu'il dit : *quis Enii medeam & Pacuvii Antiopam contemnat & rejiciat ?* lib. 1, de finib. Perse la blâme cependant. Il y a apparence que ces expressions, *ærumnis luctificabile fulta*, sont tirées de la piece de Pacuvius, ~~pour avoir le droit de la blâmer. Ce~~ sont-là des ~~ampullas & sesquipedalia verba qu'Horace con~~damne. Accius & Pacuvius se trouvent accolés dans Martial comme dans Perse.

Accius & quidquid Pacuviusque vomunt.

Virgile accouploit ainsi Bavius & Mœvius. On ne s'arrêtera point à rapporter les histoires connues de Briseis & d'Antiope.

(*Patres.... lippos*, p. id. v. 17.) *Lippus* signifie naturellement *chassieux*. Ici il veut dire, *sot, imbécille*, &c. On verra le même mot employé dans le même sens, sat. V.

(*Trossulus*, p. 14, v. 2.) Les chevaliers Romains furent appellés *Trossuli*, pour avoir pris d'assaut, sans le secours de l'infanterie, le fort de Trossulum en Etrurie. Selon Casaubon, on se sert du mot *trossuli* pour désigner ceux qui ~~veulent surpasser les autres~~ par une parure recherchée & un extérieur affecté. On a cru que le mot *petit-maître* rendoit bien cette idée.

(*Exultat tibi*, p. id. v. id.) Il n'est pas nécessaire de se tourmenter pour donner un sens à *tibi*. Il paroît oisif ici, mais il est élégant. Térence employe ainsi *mihi* dans le Phormion, acte V, scene VIII,

Qui mihi, ubi ad uxores ventum est tùm fiunt senes.

La Fontaine a fait un usage pareil de *vous* dans la fable du Sage & du Fou.

Maint eſtaſier accourt , on vous hape notre homme ;
   On vous l'échine , on vous l'aſſomme.

(*Nihil ne pudet* , p. 14 , v. 3.) Ici Perſe change d'objet
& fronde l'éloquence affectée & factice du barreau.

(*Crimina raſis librat in antithetis* , p. id. v. 6.) Perſe
compare aſſez plaiſamment & avec aſſez d'exactitude,
l'antitheſe aux baſſins bien ~~polis~~ d'une balance. ~~On charge~~
~~alternativement l'un & l'autre pour voir de quel côté~~
~~elle panchera.~~ Les exemples de cette figure de réthorique
ne ſont pas rares dans les orateurs anciens & modernes.
Pour n'offenſer perſonne, on ſe contentera de rapporter
ceux que cite le vieux ſcoliaſte.

Hinc , { *Pudor.*
         { *Pudicitia.*   *Illinc ,*   { *Petulantia.*
         { *Fraudatio.*   { *Stuprum.*
                                           { *Fides.*

Fortia neglecti velabant colla capilli
Et per neglecti volitabant colla capilli.
Aut quotiens umbra porrexi brachia mota :
Aut quotiens umbra reduxi brachia mota.

On ne décidera point ſi Perſe a tort ou raiſon de blâmer
cette ſymétrie cadencée dans les orateurs. On remarquera ſeulement que la nature n'a point cette affeterie , &
que l'art y paroît trop.

(*Men' moveat quippe* , &c. p. id. v. 8.) Perſe ~~fait ici~~
~~une comparaiſon ſans en avertir ſon lecteur. Il veut dire~~
~~que~~ l'éloquence affectée d'un accuſé ~~la touchera comme~~
les chanſons d'un homme qui a fait naufrage. ~~Il paroît~~
~~que notre poëte avoit~~ en vue le paſſage de l'art poétique
d'Horace :

                    Et fortaſſe cupreſſum ,
   Scis ſimulare. Quid hoc ſi fractis enatat expes

Navibus, ære dato qui pingitur?

& ~~qu'il~~ regarde, les antithefes de l'orateur comme le
cyprès du peintre qui a manqué fon but en peignant un
naufrage de maniere à ne point exciter la compaffion.

(*Verum , nec nocte paratum* , &c. p. 14 , v. 10.) Cet endroit eft imité d'Horace :

> *Si vis me flere , dolendum eft*
> *Primùm ipfi tibi.*

(*Sed numeris decor , & junctura addita crudis* , p. id. v.
12.) Ceci eft une objection que Perfe fe ~~fait faire~~ par le dé-
fenfeur des poëtes. Il fe rejette fur le mérite que donnent
aux vers mal digérés , la grace , l'harmonie , la fineffe
des liaifons. A l'inftant Perfe répond par une citation de
mauvais vers.

(*Berecynthius Atis* , p. id. v. 13.) Cette fin de vers eft
ridicule. On y voit un grand mot fuivi d'un petit. ~~Peut-
être Boileau a-t-il fongé à ce paffage lorfqu'il dit~~ :

> *De ce fourcilleux roc l'inbranlable cime.*

(*Et qui ceruleum* , &c. p. id. v. 14.) Ce vers eft très-
ridicule encore. On peut bien dire : *le dauphin qui fendoit
la mer , les flots , la plaine liquide* , &c. Mais lorfque la
mer eft perfonifiée , on ne peut fans extravagance fe
fervir du terme *fendre*.

(*Coftam longo fubduximus Apennino* , p. id. v. 15.) Perfe
raille ici l'affectation du poëte qui termine fon vers fpon-
daïque par deux longs mots pour allonger l'Apennin.
Ovide a fans doute fourni cette ~~penfee au poëte. Il~~ dit,
métam. lib. 1 , v. 13.

> *Nec brachia longo*
> *Margine terrarum porrexerat Amphitrite.*

(*Arma virum* , p. id. v. 16.) Ceci, comme chacun fait,

eſt le début de l'Enéide. Le défenſeur des mauvais poëtes demande à Perſe s'il n'eſt pas enflé plus que ſolide. Il ſe ſert, pour exprimer cètte penſée, du mot *ſpumoſum,* qu'on a rendu par *mouſſeux,* afin de ne ſe pas éloigner du texte. On a pareillement rendu *cortice pingui.* Le lecteur ſait aſſez que les arbres qui ont l'écorce graſſe ont le moins de force & de ſolidité. Perſe, pour donner du ridicule à celui qui ſe contredit, lui fait citer le commencement de l'Enéide comme un morceau ampoullé, ce qui eſt le comble de la déraiſon. Rien de plus doux & de plus ſimple que le ſtyle de Virgile en commençant ſon épopée. Si on avoit quelques doutes, Boileau les leveroit :

> O que j'aime bien mieux cet auteur plein d'adreſſe,
> Qui, ſans faire d'abord de ſi haute promeſſe,
> Me dit d'un ton aiſé, doux, ſimple, harmonieux :
> Je chante les combats, & cet homme pieux,
> Qui, des bords Phrygiens conduit dans l'Auſonie,
> Le premier aborda les champs de Lavinie.

(*Ut ramale vetus,* &c. p. 16, v. 2.) C'eſt Perſe qui répond ironiquement & qui ſe ſert de la même comparaiſon que lui fournit ſon adverſaire.

(*Quidnam igitur,* &c. p. id. v. 2.) Nouvelle queſtion à laquelle Perſe répond ironiquement encore, en prononçant avec emphaſe, *torva* & les trois vers ſuivans.

Mimalloneis, p. id. v. 4.) On appelloit *Mimallones* les prêtres de Bacchus. Ce nom leur fut donné parce que Bacchus étoit honoré ſur le mont Mima, dans l'Aſie mineure.

(*Bombis,* p. id. v. id.) Le poëte que Perſe cite s'eſt

servi du mot *bombit* pour imiter les sons dont il parle. Il a cru faire de l'harmonie imitative.

(*t raptum vitulo*, p. 16, v. 5.) On conçoit l'histoire fabuleuse de Panthée, rapportée dans Ovide, pour avoir méprisé Bacchus , ce dieu le transforma en veau , & ious cette métamorphose, il fut égorgé par sa mere Agave. Métammorph. lib. 3.

(*Hæc fierent*, p. id. v 8.) Perse quitte ici le ton ironique, & s'éleve avec indignation contre les mauvais vers. Ce seroit ici le lieu d'examiner s'il est probable que ces vers soient de Neron. On peut voir ce qu'on en a dit dans la préface.

(*Nec pluteum cædit, nec demorsos sapit ungues*, p. id. v. 11.) ce vers est imité d'Horace :

In versu faciundo

Sæpe caput scalperet, vivos & roderet ungues.

(*Sed quid opus teneras* , p. id. v. 12.) C'est ici l'interlocuteur qui parle.

(*Visesis, ne majorum tibi fortè limina frigescant*, p. id. v. 13.) Horace a dit la même chose, & presque dans les mêmes termes, sat. I , lib. II.

Metuo majorum ne quis amicus

Frigore te feriat.

(

Sonat hic de nare caninâ

Littera, p. id. v. 14.) Les chiens irrités & qui grondent, ~~semblent faire sonner~~ une suite d'*r r.* #

(*Per me equidem* , p. id. v. 15.) C'est Perse qui répond qu'il va tout approuver.

(*Nil moror : euge, omnes, omnes bene miræ eritis res*, p. id. v. 16.) Perse, pour dire que tous les poëtes vont lui sembler autant de merveilles, a fait le vers le plus

[marginalia left: font entendre / s/]

[handwritten note at bottom:] # Je pense néanmoins que Perse donne au poëte une narine de chien ; parce que ce poëte qu'à ssisdre laisser vous exclure , se met à gronder dans la loge , lorsqu vous voit . (sans cette sa l'endroit n'a pas de sens)

plat qu'il foit poffible de faire. Il a voulu les fatirifer en-
encore en les louant, & leur donner des éloges en fe
fervant de leur ftyle. Ce paffage a infpiré à Boileau les
vers fuivans.

> Puifque vous le voulez je vais changer de ftyle:
> Je fe déclare donc, Quinault eft un Virgile,
> Pradon, comme un foleil, en nos ans a paru.
> Pelletier écrit mieux qu'Ablancour ni Patru.
> Cottin, à fes fermons traînant toute la terre,
> Fend les flots d'auditeurs pour aller à fa chaire.

(*Hoc juvat*, p. 16, v. dern.) On lira *hoc juvat* fans
interrogation, & ce fera l'interlocuteur qui approuvera
Perfe. Si on avoit ainfi penché *hoc juvat?* ce feroit Perfe
qui demanderoit: *êtes-vous content?* mais ce qui fuit ne
feroit pas lié. *Hic inquis*, *veto*, &c. c'eft Perfe qui reprend
la parole & qui dit: *vous voulez que je regarde les écrits des*
grands comme une chofe facrée, que je ne les blâme point;
peignez-y donc, comme fur une muraille, deux ferpens; écri-
crez-y une défenfe, & je les refpecterai.

(*Secuit Lucilius urbem*, p. 18, v. 1.) Perfe ne demeure
pas long-tems dans l'intention de tout approuver. Son
penchant pour la fatire l'entraîne de nouveau. Le voici
qui s'aurorife de l'exemple de Lucilius & d'Horace, &
qui prétend avoir le même droit qu'eux. Horace s'eft pareillement appuyé fur l'exemple de Lucilius dans la fat. I,
du liv. II, où il difcute avec le jurifconfulte Trebatius,
s'il doit fe livrer ou non au genre fatirique. Si on fe
donne la peine de la lire, on verra beaucoup de rapport
entre elle & celle-ci. Boileau eft venu après & s'eft juf-
tifié par l'exemple de fes devanciers.

· C'est ainsi que Lucile , appuyé de Lelie ;
Fit justice en son tems des Cottins d'Italie ;
Et qu'Horace, jettant le sel à pleines mains,
Se jouoit aux dépens des Pelletiers Romains.

· · · · · · · ·

Hé quoi ? Lorsqu'autrefois Horace , après Lucile ;
Exhaloit en bons mots les vapeurs de sa bile ,
Et, vangeant la vertu par des traits éclatans,
Alloit ôter le masque aux vices de son tems :
Ou bien quand Juvenal , de sa mordante plume
Faisoit couler des flots de fiel & d'amertume ,
Gourmandoit en couroux tout le peuple latin,
L'un ou l'autre fit-il une tragique fin ?

(*Nec cum scrobe*, p. 18 , v. 7.) L'histoire du barbier de Midas est connue. C'est à elle que Perse fait allusion ici. *Scrobs* ou *scrobis* signifie un *trou*, une *fosse*.

(*Nusquam* , p. id. v. id.) Ce mot est dit par l'interlocuteur.

(*Hic tamen infodiam* , p. id. v. 8.) C'est Perse qui reprend la parole. Son petit livre est pour lui le trou que fit le barbier. Il va y enfouir son secret , & ce secret c'est :

Auriculas asini quis non habet.

On prétend que Perse avoit ainsi écrit ce vers :

Auriculas asini Mida rex habet.

Et que Cornutus le changea , afin que Neron & Claude ne pussent le prendre pour eux. Il semble que Boileau a lu comme Perse avoit écrit avant la correction de Cornutus. Son imitation l'indique.

Et s'il ne m'est permis de le dire au papier,
J'irai creuser la terre , & , comme ce barber ,

Faire dire aux roseaux, par un nouvel organe :
Midas, le roi Midas a des oreilles d'âne.

(*Nullâ tibi vendo Iliade*, p. 18, v. 10.) Perse veut encore parler ici de l'Iliade d'Actius Labeo, qu'il a déja
citée au commencement de cette satire.

(*Audaci quicumque*, &c. p. id. v. 11.) Perse déclare
ici quelles qualités il veut dans son lecteur.

(*Decoctius audis*, p. id. v. 13.) *Decoctus* est l'opposé
de *crudus*, & signifie aussi mûri par la réflexion. Perse
conserve encore ici la même modestie qui lui a fait dire
si quid aptius exit.

(*Non hic qui in crepidas*, &c. p. id. v. 15.) Perse attaque
par ces vers les détracteurs de la philosophie. Il fera
encore une sortie contre eux, sat. III :

    Hic aliquis de gente hirsosâ centurionum, &c.

Une autre encore, sat. V :

    Dixeris hæc inter varicosos centuriones, &c.

Voilà les lecteurs que notre auteur dédaigne.

(*Crepidas Grajorum*, p. id. v. id.) *Crepidæ*, chaussure
qui s'attachoit avec des courroies qui se lioient autour de
la jambe. On les appella *crepidæ*, du bruit *crepitus* qu'elles
faisoient quand on marchoit.

(*Et qui lusco poscit*, p. id. v. 16.) On a lu *poscit* avec
Casaubon, au lieu de *possit* qui se trouve dans le commun
des éditions. Le sens en paroît plus raisonnable. Il n'est
point d'homme qui ne *puisse* reprocher à un louche son
défaut naturel. Mais il n'y a qu'un homme grossier qui
cherche l'occasion de faire ce reproche. D'ailleurs *poscit*
répond à *gestit* du vers précédent.

(*Italo quod honore supinus*, p. id. v. 17.) *Supinus* signifie naturellement *renverſé* , *couché ſur le dos ;* ici il veut dire *arrogant* , *ſier.* Perſe blâme l'inſolence des petits juges de campagne qui ſe croient de grands perſonnages , & font les ſuffiſans. Horace dans ſon voyage de Brindes , raille pareillement le greffier de Fundi qui portoit la prétexte & le laticlave & qui ſe faiſoit précéder d'un réchaud de feu.

> *Fundos aufidio luſco pretore libenter*
> *Linquimus inſani ridentes præmia ſcribæ ,*
> *Prætextam & latum clavum , prunæque batillum.*
>
> Sat. V. lib. I.

(*Ædilis* , p. 18 , v. dern.) Les édiles étoient les moindres magiſtrats de Rome. On les appelloit édiles , parce qu'ils avoient ſoin des temples , *ædes ſacræ.* Leur juriſdiction s'étendoit auſſi ſur les poids & les meſures ; ils en corrigeoient la fraude. Juvenal , ſat. X.

> *Et de menſura jus dicere , vaſa minora*
> *Frangere , pannnoſus vacuis ædilis ulubris.*

Les édiles empêchoient encore qu'on n'expoſât en vente des marchandiſes défectueuſes & de mauvais aloi.

> *Plaute rudens.*
>
> *Quamvis faſtidioſus*
> *Ædilis eſt : ſi quæ improbæ ſunt merces jactat omnes.*

Du tems d'Horace & de Perſe , les petits juges dans les villages étoient renommés pour l'arrogance.

(*Nec qui abaco numeros* , p. 20 , v. 1.) ~~Abacus~~ eſt la table ſur laquelle les arithméticiens faiſoient leurs calculs.

(*Et ſecto in pulvere metas* , p. id. v. id.) Les géometres traçoient leurs figures ſur ~~la pouſſiere~~. Voilà pourquoi Ciceron l'appelle *eruditus pulvis.*

(*Nonaria* , p. id. 3.) On appelloit ainſi les courti-
ſannes qui ouvroient leur porte à la neuvieme heure du
jour , c'eſt-à-dire , à trois heures après midi.

(*Callirhoën* , id. v. dern.) Callirhoé étoit une courti-
ſanne fameuſe du tems de Perſe. Callirhoé étoit auſſi une
fontaine d'Athenes. Si on lui donnoit cette ſeconde ſigni-
cation , il faudroit dire , qu'ils aillent le matin au barreau
& l'après-diné ſe baigner à la fontaine de Callirhoé. On ne
croit pas que Perſe , écrivant ſur les vices de Rome , ait
envoyé les citoyens ſe baigner à la fontaine d'Athénes.

Boileau n'a pas dédaigné d'imiter la fin de cette ſatire ,
ſat. VII.

C'eſt à de tels lecteurs que j'offre mes écrits ,
Mais pour un tas groſſier de frivoles eſprits ,
Admirateurs zelés de toute œuvre inſipide ,
Que non loin de la place où Brioché préſide ,
Sans chercher dans les vers ni cadence ni ſon ,
Il s'en aille admirer le ſavoir de Pradon.

SATIRA II.

Hunc Macrine , diem numera meliore lapillo,
Qui tibi labentes apponit candidus annos ;
Funde merum genio : non tu prece poscis emaci,
Quæ nisi seductis nequeas committere divis.
At bona pars procerum tacitâ libabit acerrâ.
Haud cuivis promptum est, murmurque humi-
    lesque susurros
Tollere dè templis, & aperto vivere voto.
Mens bona, fama, fides, hæc clarè , & ut au-
    diat hospes ;
Illa sibi introrsum, & sub linguâ immurmurat:
    ô si
Ebullit patrui præclarum funus ! &, ô si
Sub rastro crepet argenti mihi seria, dextro
Hercule : pupillumve utinam, quem proximus
    heres
Impello , expungam ! namque est scabiosus, &
    acri
Bile tumet : Nerio jam tertia conditur uxor.

SATIRE II.

MARQUEZ avec une pierre blanche, Macrinus, votre jour natal ; ce jour heureux qui vient ajouter une année à celles qui se sont écoulées. Faites une (*simple*) libation à votre génie tutelaire. Ce n'est pas vous qui prétendez troquer un sacrifice contre ces faveurs qu'on n'oseroit demander aux qu'après les avoir tirés à l'écart. La plûpart des grands offrent en silence leur cassolette de parfums. Tout homme n'ose pas supprimer ces petits mots qui se prononcent à voix basse dans les temples, & montrer ses vœux à découvert. Un bon esprit, de la réputation, de la confiance, voilà ce qu'on demande tout haut. Un étranger pourroit l'entendre. Voici ce qu'on dit en soi-même, ce qu'on prononce entre ses dents : ô si je pouvois faire un bel enterrement à mon oncle ! O si par ta faveur, Plutus, en labourant j'entendois une cassette pleine d'argent sonner sous ma charue. Ce pupille après lequel j'hérite, dieux ! si je pouvois le congédier ! il est tout malade, une bile acre l'étouffe. Nevius enterre déja sa troisieme femme. Pour faire ces prieres avec sûreté,

qui commence pour vous une nouvelle suite d'années.

qu'en échange d'un saint sacrifice les dieux vous accordent [illegible] séduits

n'a pas la franchise de faire ses vœux à découvert et de bannir des temples ces mots étouffés qu'on prononce demi-voix

le soc de ma charrue ; le rayer [illegible] maléficié (c'est le mot) sanctifiés

Il vous [illegible] pour séduits, pour proposer un pareil échange aux dieux, il faudroit les avoir corrompus, les [illegible] par le sacrifice comme on séduit les juges, par des présents.

Hæc sanctè ut poscas, Tiberino in gurgite mergis

Manè caput bis, terque, & noctem flumine pur-
gas.

Heus age responde, minimum est quod scire
laboro,

De Jove quid sentis? Estne ut præponere cures

Hunc cuiquam? Cuinam! Vis Staio? an scilicet
hæres?

Quis potior judex puerisque quis aptior orbis?

Hoc igitur, quo tu Jovis aurem impellere tentas,

Dic agedum Staio proh Jupiter! ô bone, clamet,

Jupiter! at sese non clamet Jupiter ipse?

Ignovisse putas, quia cùm tonat, ocyus ilex

Sulfure discutitur sacro, quàm tuque, domus-
que?

An, quia non fibris ovium, ergennaque jugente,

Triste jaces lucis, evitandumque bidental,

Idcirco stolidam præbet tibi vellere barbam

Jupiter? Aut quidnam est, quâ tu mercede deo-
rum

Emeris auriculas? pulmone, & lactibus unctis?

Ecce avia, aut metuens divûm matertera, cunis

vous

ces prieres, vous vous plongez le matin deux ou trois fois dans le Tybre, vous purifiez dans ſes eaux les ſouillures de la nuit.

A préſent répondez-moi. Ce que j'ai à vous demander eſt peu de choſe. Que penſez-vous de Jupiter? Eſt-ce un dieu que vous puiſſiez préférer?... — A qui? — A qui? A Statius, par exemple, héſiteriez-vous? Lequel des deux juge avec plus d'intégrité? Lequel des deux protege ‖ mieux les orphelins? Les prieres que vous employez pour gagner l'oreille de Jupiter, adreſſez-les, pour voir, à Statius: ô bon Jupiter, s'écriera-t-il, ô Jupiter! Et Jupiter lui-même ne s'écriera pas ô Jupiter? Vous croyez qu'il vous a pardonné, parce que quand il ∤ fait gronder ſon tonnerre, ſes carreaux ſulphureux frappent un chêne plutôt que vous & vôtre maiſon? Parce que votre cadavre n'eſt point étendu dans un bois qu'on doive éviter comme un lieu funeſte, juſqu'à ce qu'un prêtre Toſcan l'ait purifié par des ſacrifices de brebis; (croyez vous) pour cela que Jupiter vous permettra ſottement de lui arracher la barbe? A quel prix prétendez-vous achetez la patience des dieux? Eſt-ce avec les **poumons**, les inteſtins & la graiſſe des victimes?

Je vois une grand'mere ou une tante bien

D

Exemit puerum, frontemque, atque uda labella
Expiat, urentes oculos inhibere perita.
Tunc manibus quatit, & spem macram, suplice
    voto,
Nunc Licinî in campos, nunc Crassi mittit in
    ædes:
Hunc optent generum rex & regina; puellæ
Hunc rapiant: quicquid calcaverit hic, rosa fiat.
Ast ego nutrici non mando vota; negato
Jupiter hæc illi, quamvis te albata rogârit.

    Poscis opem nervis, corpusque fidele senectæ:
Esto, age: sed grandes, patinæ tucetaque crassa
Annuere his superos vetuere, Jovemque mo-
    rantur.
Rem struere exoptas, cæso bove Mercuriumque
Arcessis fibrâ, da fortunare penates,
Da pecus, & gregibus fœtum. Quo, pessime
    pacto?
Tot tibi cùm in flammas junicum omenta liques-
    cant?
Et tamen hic extis, & opimo vincere farto

religieufe, qui débarraffe un enfant de fes langes.
Elle commence par purifier fon front & fes
petites levres ~~humides~~ avec le doigt du milieu
mouillé de falive expiatoire ; elle fait par cette
cérémonie, repouffer les regards ~~enchanteurs~~. *malfaisants*
Enfuite elle le frappe des mains ; puis, modefte
dans fes efpérances, humble dans fes vœux,
elle lui fouhaite les terres de Licinius & les *ne* *qu'*
palais de Craffus. Puiffent (*dit-elle*) un roi, une
reine le defirer pour gendre ! que les jeunes
filles fe l'arrachent ! que fous fes pas naiffent les
rofes. Je ne charge pas ma nourrice de faire des
vœux pour mon fils ; rebutez-la, Jupiter, quoique pour vous prier elle ait ~~mis~~ une robe blanche. *pris*

Vous demandez la force du corps, de la vigueur jufques dans la vieilleffe. Soit, j'y confens : mais les grands repas & les ragoûts em-
pêchent les dieux de vous exaucer, & retiennent
Jupiter.

Vous defirez augmenter votre fortune ; vous
immolez un bœuf, vous en offrez les inteftins
à Mercure, vous l'invoquez & lui dites : faites
profpérer ma maifon, multipliez mon bétail &
mes troupeaux. Le peut-il ~~insensé~~, lorfque tu
fais dévorer par les flammes les entrailles de
tant de jeunes bêtes ? ~~Et c'est cependant à force~~
de victimes & de facrifices, ~~que tu prétends~~

voyez l'insensé
~~...~~
qui se ruine en victimes
& en sacrifices pour
amasser aux dieux la
richesse.

Intendit; jam crefcit ager, jam crefcit ovile,

Jam dabitur; jam, jam : donec deceptus, &
    exſpes

Nequicquam fando ſuſpiret nummus in imo.

   Si tibi crateras, argenti incuſaque pingui .

Auro dona feram, ſudes, & pectore lævo

Excutias guttas, lætari prætrepidum cor.

Hinc illud ſubiit, auro ſacras quòd ovato

Perducis facies : nam fratres inter ahenos,

Somnia pituitâ qui purgatiſſima mittunt,

Præcipui ſunto, ſitque illis aurea barba.

    Aurum, vaſa Numæ, Saturniaque impulit æra,

Veſtaleſque urnas, & Thuſcum fictile mutat.

O curvæ in terras animæ, & cœleſtium inanes !

Quid juvat hoc, templis noſtros immittere
    mores,

Et bona diis ex hâc ſceleratâ ducere pulpâ ?

Hæc ſibi corrupto caſiam diſſolvit olivo :

Hæc calabrum coxit vitiato murice vellus :

Hæc baccam conchæ raſiſſe, & ſtringere venas

arracher ses faveurs. Je l'entends dire : bientôt
mes terres vont s'agrandir , mes troupeaux se
multiplier ; bientôt il me donnera.... Il répéte
encore bientôt, bientôt, jusqu'à ce que trompé ,
sans espérance , son dernier écu soupire au fond
de sa bourse.

Si je vous faisois présent de vases d'argent,
de coupes d'or massif ciselées ; la cupidité vous
feroit suer, pleurer de plaisir ; votre cœur tré-
failleroit de joie ; voilà pourquoi vous dorez le
visage des dieux avec l'or porté en triomphe.
En effet, les fils d'Egiste ne sont représentés
qu'en bronze ; si quelques-uns d'eux nous en-
voient des songes véritables, ils méritent la
préférence sur leurs freres / il leur faut une
barbe d'or.

L'or a remplacé dans nos temples les vases de
Numa , le cuivre de Saturne, les urnes des Vestales & l'argile de Toscane. Ames courbées vers
la terre, & que le ciel n'occupa jamais, à quoi
sert de porter notre avarice dans les temples, &
d'offrir aux dieux ce qu'estime une chair souillée
de crimes ? C'est pour cette chair que nous cor-
rompons la casse en la dissolvant dans l'huile ;
c'est pour elle que la laine de Tarente est teinte
dans le suc du murex gâté ; c'est elle qui nous
force d'arracher la perle de l'huitre qui l'a pro-

Ferventis maffæ crudo de pulvere junir

Peccat & hæc, peccat, vitio tamen utitur : at
    vos

Dicite, pontifices, in fancto quid facit aurum ?

Nempe hoc , quod Veneri donatæ à virgine
    pupæ.

Quin damus id fuperis , de magnâ quod dare
    lance

Non poffit magni Meffalæ lippa propago ?

Compofitum jus fafque animi , fanctofque re-
    ceffus

Mentis, & incoctum generofo pectus honefto ?

Hæc cedo, ut admoveam templis, & farre litabo.

duite ; c'est elle qui nous fait extraire d'une
~~terre informe les veines du métal enflammé.~~
Elle est vicieuse notre chair, elle est vicieuse ; ∧
du moins ~~cependant ses vices lui sont utiles.~~
Mais vous, pontifes, dites-moi ∰ quelle utilité
est l'or dans les temples ? ~~Il la même qu'une~~
poupée offerte à Venus par une jeune fille [qui
va se marier]. Que n'offrons-nous aux dieux ce
~~qu'avec tous ses~~ grands plats ne ~~peut leur pré-~~
~~senter le fils dissolu de l'illustre Messala ?~~ Un
esprit solidement équitable & pieux, une ame
sainte jusques dans ses derniers replis, un cœur
imbu de principes honnêtes. Que ~~je porte ces~~
~~vertus dans les temples~~, un peu de sel & de
farine me rendront les dieux propices.

N O T E S

SUR LA SECONDE SATIRE.

MᴀᴄʀɪɴE , page 46, vers 1.) Le vieux fcoliafte nous
apprend que Plorius Macrinus , à qui Perfe adreffe cette
fatire, étoit homme de lettres , tendrement attaché à
notre poëte ; qu'il avoit été inftruit dans la maifon de
Servilius, &c. Les anciens , ainfi que nous , avoient coutume d'envoyer des préfens à leurs amis au jour natal
qui étoit leur fête. Perfe envoie à Macrinus une fatire
pour offrande. Il prend de là occafion de louer la vertu
de fon ami , & de fronder fes contemporains qui , par
des facrifices intéreffés , tâchoient de fe rendre les dieux
favorables , & leur adreffoient des prieres criminelles ,
ou leur demandoient des chofes frivoles , &c.

(*Numera meliore lapillo* , p. id. v. id.) La coutume de
marquer les jours heureux avec une pierre blanche , & les
jours malheureux avec une pierre noire, avoit pris naiffance
chez les Thraces ; de là elle avoit paffé en Crete , puis
en Italie. *Meliore* eft le comparatif , ainfi il doit fignifier
la meilleure des deux pierres , ce qui veut dire la blanche ,
& non la plus blanche , comme l'ont prétendu quelques
interpretes. Perfe , dans cette même fatire , dira , en parlant de Jupiter & de Staius :

　Quis potior judex puerifve quis aptior orbis ?
On le traduira par , *leqoel des deux* , &c.

(*Funde merum genio* , p. id. v. 3.) Le génie , fuivant la théologie païenne, étoit un dieu qui présidoit à la conception ou génération de chaque homme. Il fut nommé *Genius*, qui dérive du supin de *gigno*; & *gigno*, du vieux verbe *geno* qui se trouve dans Lucrece. Il s'attachoit à lui pendant toute sa vie, l'exhortoit à se divertir, en l'avertissant qu'il devoit mourir. De là est venue l'expression, *indulgere genio*, *obéir*, *complaire à son génie*, pour dire *se donner du bon tems*; & *defraudare genium*, *tromper*; *frustrer son génie*, pour dire, *prendre de la peine*, *se donner du mal*, *se refuser le nécessaire & tout plaisir*. On sacrifioit à ce génie ou dieu tutélaire au jour natal, & toutes les fois qu'on se livroit à la joie.

> *Cras genium mero*
> *Curabis & porco bimestri.* Hor. epist. lib. III.

(*Prece emaci*, p. 46, v. 3.) Cette expression est belle en latin, on n'a pu la rendre en françois, il a fallu se contenter d'un équivalent.

(*Quæ nisi seductis*, p. id. v. 4.) Par *seductis* la plupart des interpretes entendent *seduits*, *dono corruptis*. Il y a apparence qu'ils se trompent. Perse savoit bien que *seducere* ne s'emploie pas élégamment pour signifier *tromper*, *séduire*. Par *seductis* Perse a donc voulu dire, *tirés à l'écart*, *pris en particulier*. On s'en convaincra, si l'on fait attention qu'il parle ici des prieres qu'on n'oseroit faire à haute voix; qu'il s'est servi de *seductior* dans le même sens, sat. V:

> *At tu meus heres,*
> *Quisquis eris, paulum à turbâ seductior audi.*

qu'il emploie *seductus* dans le même sens, sat. III.

> *Nisi solers luxuria ante seductum moneat.*

Que Plaute emploie *me folum feduxit*, pour, *il m'a tiré à part*. Ciceron : *feducere animum*, pour, *fe recueillir*, &c.

(*Tacitâ libabit acerrâ*, p. 46, v. 5.) Quelques éditeurs ont lu *libavit*. On a fuivi Cafaubon, qui préfere *libabit*.

(*Aperto vivere voto*, p. id. v. 7.) Expreffion belle & noble, qui fignifie, *montrer tous fes defirs au grand jour*. Se-neque a dit : *fic vive cum hominibus, tanquàm deus videat : fic loquere cum deo tanquàm homines audiant*. Vivez avec les hommes, perfuadé que dieu vous voit : parlez à dieu comme fi les hommes vous entendoient.

(*Ut audiat hófpes*, p. id. v. 8.) On pourroit demander ici pourquoi Perfe a dit un étranger plutôt qu'un citoyen. Les étrangers ont-ils l'oreille moins fine que les autres ? Non, fans doute; mais un étranger peu inftruit dans une langue, n'entend bien que ce qui eft articulé diftincte-ment.

(*Illa fibi introrsùm*, &c. p. id. v. 9.) Cet endroit eft imité de l'épitre 16 d'Hor. liv. premier :

Labra movet metuens audiri : pulchra Laverna,
Da mihi fallere, da juftum fanctumque videri :
Noctem peccatis, & fraudibus objice nubem.

(*O fi ebullit*, p. id. v. 10.) *Ebullit* eft ici pour *ebul-lerit*. Ainfi on doit rejetter la leçon *ebullet*. *Ebullire* fignifie *former une bulle qui creve à la furface de l'eau*. Sat. III, notre auteur dit dans ce fens :

Alto
Demerfus, fummâ rursùs non bullit in undâ.

Cette expreffion a pu être infpiré à Perfe par le vieux proverbe : *homo bulla*. La conftruction de cette phrafe eft : *ô fi præclarum funus patrui ebullit.*

[annotation manuscrite] A ebullire est employé ici par le tumulte l'efferve... populaire des grands convois

On auroit pu traduire : *ó si mon oncle pouvoit mourir, le bel enterrement que je lui ferois.* C'est ainsi que Boileau l'a entendu.

> O que si cet hiver, un rhume salutaire,
> Guérissant de tous maux mon avare beau-pere,
> Pouvoit, bien confessé, s'étendre en un cercueil,
> Et remplir sa maison d'un agréable deuil !
> Que mon ame en ce jour, de joie & d'opulence,
> D'un superbe convoi plaindroit peu la dépense !

(*Dextro Hercule*, p. 46, v. 12.) Hercule étoit réputé le gardien des trésors enfouis ; à ce titre on lui en payoit la dixme quand on les trouvoit. *Dextro* signifie ici *favorable*. C'est dans ce sens qu'on doit entendre le *dextro Jove* de la sat. V, le *dexter senio* de la sat. III. C'est dans ce sens qu'Horace a dit : *amico Hercule*, & Perse : *Apolline dextro*.

(*Quem proximus heres impello*, p. id. v. 12.) Mot à mot, *que je pousse moi second héritier ;* c'est-à-dire, *après lequel j'hérite.* Horace a dit dans le même sens, *secundus heres*, sat. V, lib. II. On rapporte le passage entier d'Horace, parce qu'il peut jetter de la clarté sur celui de Perse.

> Si cui præterea validus malè filius in re
> Præclarâ sublatus alitur : ne manifestum
> Cœlibis obsequium nudet te, leniter in spem
> Arrépe officiosus, ut & scribare secundus
> Heres, &, si quis casus puerum egerit orco,
> In vacuum venias. Par rarò hæc alea fallit.
> Qui testamentum tradet tibi cumque legendum,
> Abnuere & tabulas à te removere memento :

Sic tamen ut limis rapias , quid prima secundo
Cerâ velit versu. Solus , multisne coheres ,
Veloci percurre oculo.

(*Expungam* , p. 46 , v. 13.) *Expungere* signifie *rayer* , *effacer*. Lorsqu'on enrôloit des soldats , on les inscrivoit sur la liste : *albo punctis scribebantur*. Lorsqu'on les congédioit , on les rayoit du tableau , *albo expungebantur*. Perse a fait allusion à cet usage. Voilà pourquoi on a employé le mot *congédier* dans la traduction. D'ailleurs on remarquera que ceux qui font ici des prieres criminelles , adoucissent & dissimulent ce qu'elles ont d'odieux. Ce n'est pas la mort d'un oncle qu'ils demandent , c'est l'occasion de lui rendre avec pompe les derniers devoirs. Ils ne demandent pas non plus qu'un pupille meurt , mais qu'il reçoive le congé que ses infirmités lui méritent. Lorsqu'on dit : *Nerio jam tertia conditur uxor* , on ne demande pas la mort de sa femme ; on cite seulement aux dieux l'exemple de Nerius , qui enterre sa troisieme épouse. Il y a dans tous ces traits un sel satirique moins âcre que celui de Juvenal , mais tout aussi piquant.

(*Scabiosus* , p. id. v. id.) *Scabiosus* ne signifie pas seulement *galeux*, il signifie en général , *cacochime*, *maladif*, ou dans le style populaire , *malingre*. Dans la quatrieme satire , Perse dit , *scabiosum far* , *du bled gâté*.

(*Nerio jam tertia conditur uxor* , p. id. v. dern.) Quelques interpretes ont lu *ducitur* au lieu de *conditur*. Ils prétendent que *conditur* a passé de la glose dans le texte à la place du mot dont il étoit l'explication. Laissons disserter les commentateurs. L'une & l'autre leçon donne le même sens ; ainsi le choix en est indifférent.

Nerio. Nerius s'étoit enrichi des biens de plusieurs femmes. Il devint un célebre usurier. C'est de lui dont parle Horace : *scribe decem Nerio.*

(*Hæc sanēte ut poscas*, p. 48 , v. ɪ.) On connoît les purifications qu'employoient les anciens avant d'entrer dans les temples.

(*Heus age*, p. id v. 3.) Perse interroge ici celui qui vient de prononcer des vœux à voix basse.

(*Vis Staio*, p. id. v. 5.) pour sentir tout le sel de ce passage, il faut savoir que Staius étoit un scélérat. Il avoit empoisonné son frere, & l'épouse de ce frere, toute prête d'accoucher. Staius fit aussi périr le jeune Asinius, pour avoir ses biens qui étoient considérables.

(*An quia non fibris ovium , Ergennâque jubente ,*
Triste jaces lucis , evitandumque bidental ,
Idcirco stolidam præbet tibi vellere barbam
Jupiter ? p. id. v. 12 , &c.) La construction de ce passage est : *quia non jaces in lucis bidental triste & evitan-dum , jubente Ergennâ fibris ovium , an idcirco jupiter præbet tibi barbam stolidam vellere ?*

Lucus est un bois consacré à une divinité qui , suivant l'opinion commune , y faisoit sa résidence. Si on en croit les commentateurs , les bois s'appelloient *luci* , du verbe *luceo , lucere , briller*, parce qu'ils étoient sombres. Cette figure s'appelle , disent-ils , anti-phrase , c'est-à-dire , contre-vérité.

Bidental. On appelloit ainsi les lieux frappés de la foudre , parce que , pour les purifier , on y immoloit des brebis de deux ans , appellées *bidentes* , parce qu'à cet âge elles ont poussé deux dents. C'étoit un crime d'entrer dans l'enceinte du *bidental ;* on se rendoit impur & sacri-lége. Hor. *de art. poët.*

An triste bidental moverit incestus.

Voilà pourquoi Perse appelle le *bidental*, *triste evitandum.*
Il a transporté, par une licence poétique, la dénomination
du lieu à la personne, & nommé *bidental* l'homme frappé
de la foudre.

Ergenna est un nom toscan, ainsi que *Porsenna*, *Per-
penna*, *Sisenna*, &c. C'étoit de Toscane que venoient les
aruspices, qui avoient apporté leurs superstitions à
Rome, & tous ces fourbes qui lisoient l'avenir dans les
intestins des victimes, dans le vol des oiseaux, la maniere
dont mangeoient les poulets, &c. L'*Ergenna* dont Perse
fait mention ici, après avoir interrogé les fibres, pro-
nonçoient malédiction contre ceux qui profaneroient le
bidental. C'est ce que signifie *jubenta fibris ovium.*

Idcirco stolidam præbet tibi vellere barbam

Jupiter? On sait assez que c'est la plus grande marque
de mépris que d'arracher la barbe à quelqu'un. Perse a
fait mention de cette insulte dans la sat. I :

Si cynico barba . . . ulans Nonaria vellat.

Il seroit assez vraisemblable qu'il fit ici allusion à l'impiété
de Denis le Tyran, qui alla dans le temple d'Esculape
lui enlever sa barbe d'or.

(*Lactibus unctis*, p. 48, v. 16.) *Lactes unctæ* sont les
intestins grêles ; on les appelle *lactes* à cause de leur blan-
cheur, & *uncta* parce qu'ils sont gras. Perse cite ici ce
qu'il y a de plus vil dans les animaux, pour faire sentir
le mépris que font des dieux ceux qui prétendent à ce
prix les rendre favorables à l'injustice.

(*Ecce avia*, &c. p. id. v. dern.) Perse vient de blâmer
ceux qui font aux dieux des prieres iniques. Il attaque à
présent les souhaits frivoles que font pour leurs enfans

des parens fuperftitieux. *Ecce* marque que le poëte va
traiter un autre article. La conftruction de ce paffage eft:
*ecce avia , aut matertera metuens divûm , perita inhib e
oculos urentes* , &c. *Perita inhibere* eft une conftruction
grecque , familiere à Perfe. On indique la marche gram-
maticale du latin dans cette note , parce qu'on ne l'a point
fuivie dans la traduction. On a jugé qu'il valoit mieux
fuivre l'ordre des idées du poëte. *Avia aut matertera* , ce
font de vieilles femmes , par qui Perfe fait faire les expiations de l'enfant. La fuperftition eft leur partage. *Matertera*
eft la tante maternelle , ou la fœur de la mere , *quafi mater
altera.*

(*Cunis exemit* , p. 48 , v. dern.) *Cunæ* & *cunabula* font
le berceau , la couche de l'enfant. Ils étoient fous la protection de la déeffe *Cunina.* Les enfans étoient recom-
mandés aux dieux *Edulinus* , *Statulinus* , *Fabulinus* , lorfqu'ils commençoient à manger , à marcher , à parler. Le
dieu *Fafcinus* les préfervoit des fortileges.

(*Infami digito* , p. 50 , v. ▣ .) C'eft le doigt du milieu
qui eft ainfi appellé. On l'appelloit auffi *verpus*. Montrer
le doigt à quelqu'un étoit une infulte. Juvenal , fat. X ,
v. 52.

        *Cùm fortunæ ipfe minaci
Mandaret laqueum , mediumque oftenderet unguem.*

(*Luftralibus. . . . falivis* , p. id. v. ▣ .) *Luftralibus* vient
de *luftrare* , expier. De là vient auffi *luftrum* , expiation , à
qui on a fait fignifier un efpace de cinq années , parce
que les grandes expiations fe faifoient tous les cinq ans.
Salivis ; la falive , felon les païens , avoit une vertu
merveilleufe pour repouffer les enchantemens , fur-tout
lorfqu'elle étoit mêlée avec de la pouffiere. Dans

Petrone, la vieille Chrisis emploie l'un & l'autre pour dé-senchanter *Polyenos. Mox turbatum sputo pulverem medio sustulit digito, frontemque repugnantis signavit.* Pettrone, sat. p. 202, édit. Traject. au. 1654. Ceux qui voudront s'instruire plus au long des effets attribués à la salive, peuvent consulter Pline, lib. 28, chap. 4.

(*Urentes oculos*, p. 50, v. 2.) Les païens croyoient que les regards des envieux suffisoient pour ensorceler les enfans & les faire maigrir. Ce sont ces regards que Perse appelle *urentes oculos.* Virgile en fait mention, écl. III,

 Nescio quis teneros oculus mihi fascinat agnos.

Cette superstition a passé en Turquie & s'y est accrue. Les Turcs sont persuadés que certaines personnes ont le ta-lent de faire tomber des infortunes sur les êtres qu'ils louent avec exagération en les regardant. Ce genre d'en-chantement est nommé le *cativocio.* Ils racontent à ce sujet une histoire aussi morale que fabuleuse. Un com-merçant, disent-ils, vit un jour sortir du port le vais-seau d'un armateur son ennemi. Afin de lui attirer un naufrage, il alla chercher un homme qui avoit le talent d'ensorceler ce qu'il regardoit avec éloge. Le méchant montre le navire déja éloigné. L'ensorceleur ne le pou-vant distinguer, se retourne vers celui qui le mettoit en œuvre, le regarde & lui dit : ah, que vous avez de bons yeux ! A l'instant ces paroles operent & rendent aveugle celui qui avoit voulu nuire.

(*Tunc manibus quatit*, p. id. v. 3.) On frappoit l'enfant qu'on vouloit préserver des regards nuisibles. Les Turcs ont encore conservé cet usage, qui est une conséquence de celui qu'on a rapporté dans la note précédente. Si quelqu'un fait l'éloge d'un enfant avec trop d'affectation, on frappe cet enfant, on lui caufe une douleur légere pour empêcher l'effet de l'éloge, qui lui feroit, à ce qu'ils croient, funefte.

(*Spem macram, fupplice voto,* p. 50, v. 3.) Ceci eft une ironie.

(*Licini in campos,* p. id. v. 4.) Les interpretes ne s'accordent pas fur le *Licinius* ou *Licinus* dont il eft queftion ici. Les uns veulent que ce foit Licinus, barbier d'Augufte ; d'autres, que ce foit Licinius Stolon, à qui fes immenfes poffeffions attirerent une condamnation. Ce point eft fort peu important pour l'intelligence de Perfe. Il fuffit de favoir que ce Licinus étoit fort riche en terres.

(*Nunc Craffi mittit in ædes,* p. id. v. id.) Ce Craffus eft-il celui dont parle Plutarque, & qui s'enrichit confidérablement à vendre & acheter des maifons ? Eft-ce celui que cite Valere Maxime, & qui, après avoir diffipé des richeffes immenfes, étoit encore appellé *dives* par dérifion ? Cette queftion peut refter indécife, Perfe n'en fera pas moins clair.

Mittit eft le mot propre, il a paffé dans notre langue. On dit *envoyer en poffeffion.*

(*Aft ego nutrici non manda vota,* &c. p. id. v. 7.) Après avoir rapporté les vœux que font les femmes pour l'enfant qu'elles chériffent, le poëte, par une apoftrophe à Jupiter, s'éleve avec indignation contre la frivolité de ces prieres.

(*Quamvis te albata rogârit,* p. id. v. 8.) Lorfque les païens faifoient des facrifices, ils étoient vêtus de blanc. Cette couleur, dit Ciceron, eft agréable aux dieux : *color albus præcipuè decorus deo eft.* Si on defire un commentaire plus étendu fur les vœux que forment les parens pour

E

leurs enfans, la fat. X de Juvenal en fervira. Seneque,
en parlant de cette efpece de vœux, dit : *optaverunt tibi*
alia parentes tui : fed ego contrà , omnium tibi eorum con-
temptum opto , quorum illi copiam. Et ailleurs : *etiam num*
optas quod tibi optavit nutrix , aut pædagogus , aut mater ?
Nondum intelligis quantùm mali optaverint.

(*Pofcis opem nervis corpufque fidele feneЄlæ* , p. 50 , v. 9.)
C'eft dans les nerfs que réfide la force. Lorfqu'Horace
dit :

> *Sine nervis altera quidquid*
> *Compofui pars effe putat.*

Il veut faire entendre par *fine nervis , fans force , fans*
vigueur. *Corpus fidele feneЄæ* ; l'expreffion *fidele* eft fu-
blime/pour en fentir : toute la beauté, qu'on obferve
avec Salufte, que l'ame eft faite pour commander , & le
corps pour obéir.

Lorfque ce ferviteur exècute ponЄuellement les ordres
de fa maitreffe , il eft ce que Perfe appelle ici *fidele.* Juvenal a décrit fort au long , dans la fat. X, les incommo-
dités de la vieilleffe, dont le corps eft rebelle aux vo-
lontés de l'ame.

(*Efto age* , p. id. v. 10.) Perfe n'a garde de blâmer cette
demande. Il favoit que *orandum eft ut fit mens fana in*
corpore fano. Mais il blâme l'inconféquence de ceux qui
demandent aux dieux de leur conferver une fanté qu'ils
détruifent eux-mêmes par le luxe de la table.

(*Tucetaque craffa* , p. id. v. id.) On a rendu ces deux
mots par le mot générique *ragoût.* On ne s'eft point mis
en peine fi *tuceta* fignifie *hachis*, en le faifant dériver du
verbe *tundo* , ou s'il veut dire bœuf falé, fumé, ma-
riné, &c. qui fe garde toute l'année. On a laiffé les

commentateurs débattre entre eux ces conjectures peu importantes.

(*Rem struere exoptas* , p. 50, v. 12.) Perse attaque ici ceux qui se ruinent en sacrifices , dans l'espérence d'obtenir des dieux une augmentation de fortune. *Res* a un sens fort étendu ; il signifie ici *bien* , *richesse.* Térence l'emploie dans le même sens , Heaut. acte I , scene I.

> . . . *In Asiam hinc abii propter pauperiem , atque ibi*
> *Simul rem , & gloriam armis belli repperi.*

(*Mercuriumque* , p. id. v. id.) Mercure étoit le dieu de l'éloquence , du commerce & du mensonge. Comme dieu de l'éloquence , il étoit appellé *Hermes ;* comme dieu du commerce , *Mercurius* , dérivé *à mercium curâ.* Il étoit le le patron des fourbes & des voleurs , pour avoir dérobé les vaches que gardoit Apollon lorsqu'il étoit berger.

(*Da fortunare penates* , p. id. v. 12.) Les pénates étoient les dieux protecteurs de chaque maison. On les appelloit aussi *lares familiares.* Le nom de *penates* leur est venu du mot *penu* , qui signifie en général tout ce qui sert d'aliment aux hommes. Ici les pénates sont pris pour la maison même.

> *Da fortunare penates ,*
> *Da pecus , & gregibus fœtum.*

Ceci est la priere de celui qui offre des victimes. Perse reprend la parole & lui dit : *quo pessime* , &c.

(*Quo , pessime , pacto* , p. id. v. 13.) *Pessime* ne signifie pas ici *méchant* , mais *déraisonnable* , *insensé* , &c.

(*Ferto* , p. id. v. dern.) Il faut lire *ferto* , & non *farto* , comme quelques éditeurs. *Fertum* vient de *fero* , & signifie

E ij

[handwritten marginal notes, largely illegible]

tout ce qu'on portoit dans les temples, que nous rendons par les mots *offrandes* & *oblations*. *Fartum* fignifie un mélange de bleds, de graines, de légumes, de vin, d'encens, &c. qu'on préfentoit aux dieux avant la moiffon. Ce n'eft point de cette offrande que Perfe parle ici, mais feulement des facrifices d'animaux.

(*Jam crefcit ager*, p. 52, v. 1.) Perfe fait parler ici celui qui vient de faire des facrifices.

(*Sufpiret nummus*, p. id. v. 3.) L'expreffion *fufpiret* eft hardie. Le poëte anime le dernier écu, il le fait foupirer au fond de la bourfe. On a rendu littéralement cette expreffion. On n'a pas cru qu'un traducteur pût rien changer à fon auteur. Il auroit été facile de dire *jufqu'à ce que tu fois à ton dernier écu*.

(*Hic illud fubiit*, p. id. v. 7.) Perfe dit ici que notre amour pour l'or nous a fait croire que les dieux en faifoient cas.

(*Auro ovato*, p. id. v. id.) Les triomphateurs fe faifoient précéder du butin pris fur les ennemis. Le triomphe dont parle ici Perfe, eft le petit triomphe appellé *ovatio*, parce qu'il étoit fuivi d'un facrifice de brebis, au lieu que le grand triomphe demandoit des facrifices de bœufs.

(*Fratres inter ahenos*, p. 52, v. 8.) Ce n'eft point des ftatues de Caftor & Pollux que Perfe parle ici, puifqu'il met au plurier ceux qui méritent la préférence, *præcipui funto*. Il parle des cinquante fils d'Egyptus, qui étoient repréfentés en bronze au dehors du temple d'Apollon Palatin. Quelques-uns d'entre eux étoient fuppofés envoyer des fonges véritables.

(*Somnia pituitâ qui purgatiffima mittunt*, p. id. v. 9.) Les païens n'ajoutoient pas foi à tous les fonges. Ceux qu'ils avoient dans le commencement du fommeil, lorfque la digestion n'étoit pas faite, étoient réputés l'effet des vapeurs de l'estomac & de la fermentation des humeurs, & ne méritoient aucune croyance. Les songes qu'ils éprouvoient après le premier sommeil, & vers le matin, étoient regardés comme des avertissemens des dieux. Ce sont ceux-ci dont parle notre poëte, & qu'il appelle : *somnia pituitâ purgatissima.* On peut voir la distinction des songes bien marquée dans Virgile. Les uns, selon ce poëte, venoient du ciel, les autres des enfers. Ils étoient vrais, ou trompeurs, selon qu'ils sortoient par la porte de corne, ou par la porte d'ivoire. Il faut entendre les commentateurs expliquer le sens louche de ces deux portes. La corne, disent-ils, représente les yeux qui ne trompent jamais ; l'ivoire désigne la bouche à cause des dents, & c'est de la bouche que sortent les mensonges.

(*Vasa Numæ*, p. 52, v. 11.) Numa Pompilius, second roi de Rome, Sabin d'origine, donna un culte aux Romains ; il institua des prêtres, des vestales, & un souverain pontife. Comme les Romains étoient pauvres sous son regne, les vases sacrés étoient de terre. Voltaire, dans la défense du mondain, dit en parlant des Romains :

> Leur Jupiter, au tems du bon roi Tulle,
> Étoit de bois : il fut d'or sous Luculle.

(*Saturnia æra*, p. id v. id.) Sous le regne de Saturne, dont Ovide a fait une belle description, *métamorph. liv. premier*, la monnoie étoit de cuivre. Le trésor public en tira son nom, & fut appellé *ararium*.

(*Thuscum fictile*, p. id. v. 12.) La Toscane étoit renommée pour la poterie.

(*Ex hâc scelerata ducere pulpâ*, p. 52, v. 15.) La pulpe est la substance qui se trouve entre l'écorce & le noyau des fruits. Il le prend ici pour la chair humaine, ou plutôt pour l'homme charnel & sensuel. Si on avoit osé employer l'expression *pulpe*, on auroit évité le mot *chair*, qui joint à *scelerata*, *souillée de crimes*, semble appartenir à la morale évangélique.

(*Hæc sibi corrupto casiam dissolvit olivo*, p. id. v. 16.) Le fard, les parfums & les pommades qui adoucissoient la peau, étoient faits avec un mélange de casse & d'huile.

(*Hæc calabrum coxit vitiato murice vellus*, p. id. v. 17.) La Calabre, partie de l'Italie arrosée par le fleuve Galesus, étoit renommée pour la beauté de ses laines. Le murex est un poisson dont le suc servoit à la teinture, & donnoit la couleur de pourpre.

(*Donatæ à virgine pupæ*, p. 54, v. 4.) Les jeunes filles, en renonçant aux amusemens de l'enfance, ou en se mariant, consacroient leurs poupées à Venus, comme les jeunes garçons leurs petits joyaux aux dieux pénates. Les athletes, en quittant leur art, offroient leurs cestes à Castor & Pollux. Horace fait mention de pareilles consécrations.

> *Vejanus armis*
> *Herculis ad postem fixis latet abditus agro.* Ep. lib. 1.
> *Donasset jamne catenam*
> *Ex voto laribus quærebat.* Sat. V, l. 1.

(*Magni Messalæ lippa propago*, p. id. v. 6.) La famille Messalina étoit une des plus illustres de Rome ; elle descendoit de Valerius Corvinus, qui fut surnommé Messana ou Messala, de la ville de Messana qu'il prit d'assaut.

Lippa propago, le Meſſalinus Cotta dont Perſe fait mention, étoit extrèmement chaſſieux dans ſa vieilleſſe. Cette
infirmité lui venoit de ſes débauches. Voilà pourquoi on a
traduit par *diſſolu* le mot *lippus*. Perſe l'emploie au figuré.
On en verra des exemples, & on les remarquera.

(*Jus faſque animi*, p. 54, v. 7.) *Jus* s'entend de ce
qui eſt permis par les loix humaines ; *fas*, de ce qui eſt
conforme aux loix divines. Virg. *Fas & jura ſinunt.*

(*Et incoctum generoſo pectus honeſto*, p. id. v. 8.) On n'a
pas aſſez fortement rendu l'expreſſion *incoctum*. Le mot
imbu eſt le plus approchant qu'on ait pu trouver. *Incoctum*
eſt une métaphore empruntée des teinturiers, qui font
bouillir la laine pour lui donner une couleur inaltérable.
Le lecteur pourra trouver l'expreſſion qu'on a vainement
cherchée.

(*Hæc cedo ut admoveam templis*, & *farre litabo*, p. 16,
v. dern.) On lit dans quelques éditions *admoveant*, au lieu
d'*admoveam*. On a préféré la plus univerſellement adoptée des deux leçons. *Farre*, *far* eſt un mèlange de bled
grillé avec du ſel, autrement appellé *mola ſalſa*. Les
pauvres en faſoient leur offrande. Perſe emploie cette
expreſſion pour déſigner la plus modique oblation. *Litare*
eſt uſité pour ſignifier un ſacrifice agréable aux dieux.
Il dit que le moindre ſacrifice lui rèndra les dieux propices, s'il porte dans leurs temples les vertus, qui leur
ſont plus agréables que les victimes.

S A T I R A I I I.

NEMPE hoc aſſiduè? Jam clarum manè feneſtras
Intrat, & anguſtas extendit lumine rimas :
Stertimus indomitum quod deſpumare Falernum
Sufficiat, quinta dum linea tangitur umbrâ.
En quid agis? ſiccas inſana canicula meſſes
Jamdudùm coquit, & patulâ pecus omne ſub
    ulmo eſt
Unus ait comitum. *D.* Verumne? Itàne?
    Ocyùs adſit
Huc aliquis; nemon'? *P.* Turgeſcit vitrea bilis,
D. Findor. *P.* Arcadiæ pecuaria rudere credas.
Jam liber, & bicolor poſitis membrana capillis,
Inque manus chartæ, nodoſaque venit arundo.
Tunc queritur, craſſus calamo quód pendeat
    humor,
Nigro quòd infuſâ vaneſcat ſepia lymphâ;
Dilutas queritur geminet quód fiſtula guttas.
O miſer! inque dies ultra miſer, huccine rerum
Venimus? At cur non potiùs, teneroque co-
    lumbo,

unus ait comitum. Seroggun a Verumne
es non par accqui preude.
eposque i nacre agrasle insquia ulmo
unde dives sve, vrai? es la in rure. ve

SATIRE III.

~~Toujours au lit~~ ? Le grand jour pénetre déja les volets, la lumiere en élargit les fentes, & vous dormez ~~assez profondément pour~~ cuver le plus fougueux vin de Falerne, tandis que l'ombre du cadran marque onze heures. Voilà donc votre occupation ? Depuis long-tems l'ardente canicule brûle les moissons desséchées, tous les troupeaux sont à l'ombre des ormes touffus. (C'est un pédagogue qui parle ~~à son élève~~.) *D.* Vraiment ? répond le disciple. Oui dà ? Vîte ici quelqu'un...... Personne ? *P.* Sa bile s'allume. *D.* Je m'époumone. *P.* On croiroit en effet entendre braire les bestiaux d'Arcardie. Enfin un livre, une membrane de deux couleurs ~~dont les poils sont colorés~~, le papier, sont entre ses mains, la plume dans ses doigts. ~~A présent on~~ se plaint que l'encre trop épaisse ne coule point. On y verse de l'eau, on la trouve pâle, on ~~reproche~~ qu'elle est trop délayée & qu'elle macule. O malheureux, & qui le devenez ~~davantage~~ chaque jour ! Jusqu'où portez-vous la paresse ? Que ne faites-vous comme un petit pou-

Et fimilis Regum pueris , pappare minutum
Pofcis , & iratus mammæ lallare recufas ?
D. An tali ftudeam calamo ? *P.* Cui verba? Quid
     iftas
Succinis ambages ? Tibi luditur : effluis amens ,
Contemnere. Sonat vitium percuffa , malignè
Refpondet viridi non cocta fidelia limo.
Udum & molle lutum es : nunc , nunc prope-
     randus , & acri
Fingendus fine fine rotâ. Sed rure paterno
Eft tibi far modicum , purum & fine labe fa-
     linum :
Quid metuas ? Cultrixque foci fecura patella eft,
Hoc fatis ? An deceat pulmonem rumpere ventis
Stemmate quòd Thufco ramum milleûme ducis ,
Cenforemne tuum vel quòd trabeate falutas ?
Ad populûm phaleras ! ego te intus , & in cute
     , novi :
Non pudet ad morem difcincti vivere Nattæ ?
Sed ftupet hic vitio , & fibris increvit opimum

pon , comme le fils d'un roi ? Que ne demandez-
vous du nanan ? Que ne vous fâchez-vous
contre vôtre bonne , & son dodo , l'enfant do ?
D. Puis-je travailler avec une telle plume ? *P.* A
qui pensez-vous en faire accroire ? Pourquoi
rebattre ces défaites ? C'est vous , insensé , que
vous trompez. Votre jeunesse s'écoule , le mépris vous attend. ~~Elle rend un son vicieux~~ quand
on la frappe , elle répond mal cette cruche
formée d'un limon humide & peu cuit. Vous
êtes une argille molle & mouillée. A l'instant,
à l'instant hâtez - vous , faites tourner rapide-
ment la roue , façonnez - vous sans relâche.
Mais [me direz-~~vous~~] « les terres de ~~votre~~ pere
» ~~nous~~ fournissent un modique revenu , ~~vous~~ y
» trouve une saliere propre & pure. Qu'aur-
» ~~vous~~ à craindre »? Votre cuisine est bien fondée.
Cela suffit-il ? La vanité doit-elle vous crever
les poumons , parce que vous êtes la millieme
branche d'une souche Toscane , ou parce que,
vêtu de pourpre , vous saluez un censeur de vos
parens ? Étalez cette housse devant la populace.
Pour moi , je vous connois ~~au-delà de la peau~~ ,
~~& jusques dans l'intérieur.~~ N'avez-vous ~~pas~~
honte de vivre dans le déréglement du débauché
Natta ? Mais Natta est abruti par les vices , ils se
sont empâtés dans la graisse de ses fibres , il n'est

Pingue; caret culpâ; nefcit quid perdat, & altơ
D-merfus, fummâ rurfus non bullit in undâ.

Magne pater divûm, fævos punire tyrannos
Haud alia ratione velis, cùm dirâ libido
Moverit ingenium, ferventi tinĉta veneno:
Virtutem videant, intabefcantque reliĉtâ.
Anne magis Siculi gemuerunt æra juvenci?
Et magis auratis pendens laqueatibus enfis
Purpureas fubter cervices terruit, imus,
Imus præcipites, qnàm fi fibi dicat, & intus
Palleat infelix, quod proxima nefciat uxor?

Sæpe oculos, memini, tangebam parvus olivo,
Grandia fi nollem morituri verba Catonis
Difcere, ab infano multùm laudanda magiſtro,
Quæ pater adduĉtis fudans audiret amicis.
Jure, etenim id fummum, quid dexter Senio
ferret,
Scire, erat in voto; damnofa canicula quantùm
Raderet; anguftæ collo non fallier orcæ;
Neu quis callidior buxum torquêre flagello.
Haud tibi inexpertum curvos deprendere mores;

plus coupable, il ne sait ce qu'il perd; ~~plongé dans le bourbier, il ne s'élève plus à la surface.~~

Souverain des dieux, pour punir les cruels tyrans, veuillez choisir ce genre de supplice, lorsque la férocité s'allumera dans leur ame, lorsqu'elle y fera fermenter son venin; qu'ils voient la vertu, & sechent de l'avoir abandonnée. Les gémissemens du taureau de Phalaris étoient-ils plus lugubres? L'épée attachée aux lambris dorés & suspendue sur la tête couronnée de Damoclès, étoit-elle plus *son* ~~effrayante~~ que les remords d'un malheureux qui se dit en pâlissant, & si bas que sa femme couchée près de lui ne peut l'entendre, je cours, je cours au précipice?

Dans mon enfance, il m'en souvient encore, j'avois coutume d'humecter mes yeux avec de l'huile, lorsque je ne voulois pas répéter le discours sublime de Caton, prêt à se donner la mort; discours qui devoit m'attirer les éloges d'~~un~~ précepteur insensé que mon pere, accompagné de ses amis, devoit entendre avec extase. J'avois raison, puisque le comble de mes vœux étoit de savoir combien ~~gagnoit le plus~~ favorable ~~coup de~~ dez, ce que le coup du chien faisoit perdre, de ne jamais manquer ~~de jetter une~~ noix ~~dans~~ le goulot étroit ~~d'une~~ bouteille, de fouetter mon sabot plus adroitement que tout autre. Mais vous, à qui l'expérience fait dis-

Quæque docet fapiens, braccatis illita Medis,
Porticus, infomnis quibus & detonfa juventus
Invigilat, filiquis & grandi pafta polentâ.
Et tibi quæ Samios deduxit littera ramos,
Surgentem dextro monftravit limite callem.
Stertis adhuc? Laxumque caput, compage folutâ,
Ofcitat hefternum, diffutis undique malis?
Eft aliquid quò tendis, & in quod dirigis arcum,
An paffim fequeris corvos, teftâque, lutoque,
Securus quò pes ferat, atque ex tempore vivis?

    Elleborum fruftra, cum jam cutis ægra tu-
        mebit,
Pofcentes videas : venienti occurite morbo,
Et quid opus Cratero magnos promittere
    montes?
Difcite ô miferi, & caufas cognofcite rerum;
Quid fumus, & quidnam victuri gignimur, ordo
Quis datus, aut metæ quà mollis flexus, & unde,

cerner le déréglement dans la morale , vous qu'on inftruifit dans les fages principes de ce por- tique où les Medes font peints avec leurs hauts- de-chauffes , ~~où des jeunes gens la tête rafe ap- prennent à vaincre le fommeil~~ , après s'être ~~nourris~~ d'écoffes de légumes, & de grands plats de bouillie ; vous à qui la lettre de Pythagore a montré avec fon jambage droit le fentier qui conduit à la vertu, pouvez-vous dormir encore ? Votre tête chancele, mal affermie fur fon pivot, la débauche d'hier vous fait bailler à vous dé- boîter la mâchoire ? Avez-vous un but ? Diri- gez-vous votre arc vers un point ? Ou bien vous égarez-vous à pourfuivre des corbeaux à coup de teffons ou de mottes de terre, fans vous em- barraffer où vous conduiront vos pas ? Et vivez- vous au jour le jour !

~~Vous demanderez vainement de l'ellébore~~ ~~lorfque l'hydropifie vous aura tendu la peau ;~~ ~~prévenez la maladie. Eft-il befoin~~ de promettre des monts d'or au médecin Craterus ? Inftruifez- vous, malheureux ; des effets, remontez aux aux caufes, fachez ce que vous êtes, à qu'elle condition l'être vous eft donné, quel ordre vous eft prefcrit , à quel endroit vous devez molle- ment faire le tour de la borne, de quel point vous devez partir ; fachez jufqu'où doit aller

[notes manuscrites en marge]
qui connoître les chofes fur lesquelles s'attiens des jeunes gens, la tête rafe ;

voyez ce malade demander inutile ment de l'ellebore, lorsque l'hydropisie à tiendue sa peau ; alors qui leur fert il ? prevenez la maladie. inftruisez vous &...

Quis modus argento; quid fas optare : quid afpet

. Utile nummus habet; patriæ, carifque propin-
    quis

Quantùm elargiri deceat: quem te deus effe.

Juffit, & humanâ quâ parte locatus es in re.

Difce : nec invideas, quòd multa fidelia putet

In locuplete penu, defenfis pinguibus Umbris,

Et piper & pernæ, Marfi monumenta clientis,

Mænaque quòd prima nondum defecerit orca.

   Hic aliquis de gente hircofâ centurionum

Dicat ; quod, fapio, fatis eft mihi; non ego
    curo

Effe quod Arcefilas, ærumnofique Solones,

Obftipo capite, & figentes lumine terram;

Murmura cùm fecum, & rabiofa filentia rodunt,

Atque exporrecto trutinantur verba labello,

Ægroti veteris meditantes fomnia ; *gigni*

De nihilo nihil , in nihilum nil poffe reverti.

Hoc eft, quòd palles ? Cur quis non prandeat,
    hoc eft ?

His populus ridet; multumque torofa juventus

Ingeminat tremulos nafo crifpante cachinnos.

                                    l'amour

l'amour de l'argent, ce qu'on peut licitement
defirer, quelle eft l'utilité d'un écu, quelle portion vous en devez à la patrie, à des parens
chéris ; fachez quel pofte la Providence vous a
donné, quel rang elle vous a marqué dans la
nature humaine. Inftruifez-vous , & ne foyez
point jaloux des provifions qui fe gâtent dans la
cave du riche avocat qui a défendu les peuples
opulens de l'Ombrie , de ce qu'il a reçu du
poivre & des jambons, monument de la reconnoiffance d'un Marfe fon client, de ce ~~qu'il n'a~~
~~pas encore vuidé~~ fon premier faloir de poiffon.

Ici quelqu'un de la race velue des centurions
me dira : « ce que j'ai de fageffe me fuffit ; je ne
» fuis pas curieux d'être ni un Arcefilas , ni ces
» Solons foucieux, qui ~~baiffent la tête , fixent~~
» ~~leurs regards contre terre, lorfqu'ils murmurent~~
» ~~en eux-mêmes , lorfqu'ils rongent des médita-~~
» ~~tions qui les tourmentent , & qu'ils alongent~~
» ~~la levre en forme de balance pour y pefer leurs~~
» ~~paroles. Ils s'occupent~~ des rêveries d'un ancien
» malade. *Rien ne peut rien produire , rien ne peut*
» *retourner à rien.* C'eft là ce qui vous rend pâle
» voilà ce qui vous empêche de dîner ». A ce
difcours le peuple rit , nos robuftes jeunes gens ,
les narines relevées , redoublent des éclats qui
leur mettent tout le corps en convulfion.

F

Inspice ; nescio quid trepidat mihi pectus , &
    ægris
Faucibus exsuperat gravis halitus ; inspice , sodes,
Qui dicit medico , jussus requiescere , postquàm
Tertia compositas vidit nox currere venas ,
De majore domo modicè sitiente lagenâ ,
Lenia loturo sibi Surentina rogavit.
Heus , bone , tu palles. Nihil est. Videas tamen
    istud
Quicquid id est ; surgit tacitè tibi lutea pellis.
At tu deteriùs palles : ne sis mihi tutor :
Jampridem hunc sepeli : tu restas. Perge , tacebo.
Turgidus hic epulis , atque albo ventre , lavatur ,
Gutture sulphureas lentè exhalante mephites.
Sed tremor inter vina subit , calidumque trientem
Excutit è manibus ; dentes crepuere retecti ;
Uncta cadunt laxis tunc pulmentaria labris ;
Huc tuba , candelæ ; tandemque beatulus alto
Compositus lecto , crassisque lutatus amomis ,
In portam rigidos calces extendit ; at illum
Hesterni capite induto subiere quirites.
    Tange miser venas , & pone in pectore dextram

« Voyez ; je ne fais pourquoi ~~mon~~ cœur pal-
» pite, pourquoi j'ai la refpiration difficile &
» l'haleine forte. Voyez je vous prie ». Le malade qui fait cet aveu à fon médecin, eft mis à la
diete : lorfque trois jours de repos lui ont réglé
le pouls, il envoie chercher dans une grande
maifon une petite bouteille de vin vieux de Su-
rente. Il veut la boire avant le bain. — Mais,
mon ami, [lui dit le médecin] vous êtes encore
blême. — Ce n'eft rien. — Songez-y, quoique
ce ne foit rien. Des taches jaunes s'élevent in-
fenfiblement fur votre peau. — Vous êtes plus
pâle que moi : ne foyez point mon tuteur,
je l'ai enterré depuis long-tems. Vous le rem-
placez. — ~~Je ne m'oppofe à rien~~, je me tais.
Notre homme gorgé de mets, le ventre tendu,
va fe baigner ; fa refpiration lente exhale une
odeur de ~~foufre & de terre~~ pourrie. Le tremble-
ment le prend en buvant, le verre chaud tombe
de fes mains, fes dents fe découvrent & claquent,
les ragoûts s'échappent de fes levres ~~retirées~~ ;
enfuite la trompette & les flambeaux. Enfin le
bienheureux, arrangé fur un lit de parade, ~~abon-~~
~~damment parfumé d'effence, allon~~ fes pieds
~~glacés fur la porte ;~~ puis des citoyens d'un jour,
la tête couverte, l'emporte fur leurs épaules.

   Miférable, tâtez votre pouls, mettez la main

Nil calet hîc? Summoſque pedes attinge, ma-
    nuſque,
Non frigent? Ingens ſi fortè pecunia viſa eſt,
Candida vicini ſubriſit, mollè puella
Cor tibi ritè ſalit? Poſitum eſt algente catino
Durum olus, & populi cribro decuſſa farina;
Tentemus fauces; tenero latet ulcus in ore
Putre, quod haud deceat plebeia radére beta.
Alges, cùm excuſſit membris timor albus ariſtas:
Nunc face ſuppoſitâ ferveſcit ſanguis, & irâ
Scintillant oculi; diciſque faciſque quod ipſe;
Non ſani eſſe hominis, non ſanus juret Oreſtes.

ſur votre cœur. P̶. Nulle chaleur. P. Touchez
les extrêmités de vos pieds & de vos mains.
P̶. Rien de froid. P̶. Mais à l'aſpect de l'argent,
au doux ſourire d'une jeune voiſine, les pulſa-
tions de votre cœur ſont-elles bien réglées ? On
ſert un plat froid de légumes groſſiers, & du
pain de la farine paſſée au gros tamis. Interro-
geons votre palais; votre bouche délicate recele
un ulcere ſuppurant ; il ne convient pas de l'é-
corcher avec la bette plébéienne. Le friſſon vous
prend, lorſque la frayeur vous rend pâle & vous
fait dreſſer tous les poils du corps. Le flambeau
de la colere met votre ſang en efferveſcence ; vos
yeux étincelent, vos diſcours & vos actions
partent d'un inſenſé ; l'inſenſé Oreſte lui-même
le jureroit.

NOTES

SUR LA TROISIEME SATIRE.

Dans cette fatire l'auteur a pour objet d'exciter les jeunes Romains à l'étude de la fageffe , qui eft la médecine de l'ame. Voilà le but général. Les détails en font pleins de fineffe , & du fel de la plus ingénieufe fatire. Perfe entre brufquement en matiere ; & par un dialogue entre un jeune homme pareffeux , & fon inftituteur, il fait un tableau animé de la pareffe des jeunes gens de fon tems. Il les preffe enfuite vivement , & leur fait envifager que le mépris fera leur partage , s'ils ne fe hâtent de former leur efprit. Il prévient , & réfute l'objection des riches & des nobles , qui s'autorifent de leurs biens & de leur naiffance, pour négliger la philofophie. Il les livre aux remords , le plus cruel des fupplices. Il quitte enfuite le ton fublime, & raconte d'un ftyle enjoué les amufemens de fon enfance , qu'il préféroit à l'étude. Puis il revient à fon fujet , & fait une vigoureufe fortie contre fon dormeur , qui ne met point en pratique les préceptes qu'il a reçus. Il le renvoie à l'étude , & lui dit ce qu'il faut apprendre. Après cela il répand le ridicule fur ces militaires qui fe font un mérite de leur ignorance. A ce tableau fuccede celui d'un malade que l'intempérance conduit à la mort. Il finit par appliquer cet exemple aux maladies de l'ame , que la feule philofophie peut préferver de la folie.

(*Jam clarum mane* , page 72 , vers 1.) Ici *mane* , qui eft ordinairement adverbe , eft pris pour un nom.

(*Et angustas extendit lumine rimas*, p. 72 , v. 2.) Perse met ici pour réel ce qui n'est qu'apparent. Lorsque la lumiere passe par des fentes, elle les fait paroitre plus grandes qu'elles ne sont. On a traduit littéralement. L'idée est plus poétique que si on avoit dit : *la lumiere semble*, &c. & la traduction est plus fidelle.

(. . . *Indomitum quod despumare Falernum Sufficiat*, p. id. v. 3 & 4.) La montagne de Falerne, dans la Campanie, produisoit du vin très-violent & très-fumeux. Tibulle a dit : *nunc mihi fumosos veteres Falernos.* Horace fait aussi mention du vin de Falerne, od. 20, l. 1 ; od. 3 , l. 2. *Despumare* : lorsque le vin est nouveau il fermente, bout, & jette une écume ; c'est ce que signifie *despumare*, pris au naturel : ici il est employé métaphoriquement pour dire *digérer, cuire dans l'estomac, appaiser par le sommeil l'ivresse & les fumées du vin.* On s'est servi de l'expression *cuver*, qui rend exactement le *despumare*. En effet, lorsque le raisin est pressuré, la liqueur écume dans la cuve, & de là vient l'expression *cuver son vin*, pour dire, *dormir après avoir bien bu.*.

(*Quintâ dum linea tangitur umbrâ*, p. id. v. 4.) Il s'agit ici d'un cadran solaire. La cinquieme ligne, ou la cinquieme heure, répondoit à la onzieme chez nous. Au lieu de commencer le jour civil à minuit, les Romains le faisoient commencer au lever du soleil, qu'ils avoient fixé à ce que nous appellons six heures.

(*Unus ait comitum*, p. id. v. 7.) C'est Perse qui parle ici. Il indique l'interlocuteur qui donne des conseils, c'est *unus comitum*. Mais qu'entend il par *unus comitum* ? un camarade d'étude ? Il n'y a pas d'apparence. C'est plutôt un instituteur. Le mot *comes* n'y répugne point la févérité des confeils l'indique. Si j'ofois hafarder une conjecture, je dirois que Perfe fait à la fois la fatire du pareffeux & du pédagogue. Du pareffeux bien ouvertement, du pédagogue d'une maniere détournée. Pour s'en convaincre, que l'on fuive les difcours du précepteur, on verra un pédant **bavard**, dont le ftyle eft tantôt fublime, tantôt au-deffous du langage familier. Si je n'ai pas deviné l'intenfion de Perfe, on ne fauroit nier qu'il n'ait fait une fatire de bien mauvais goût. Si j'ai rencontré jufte, la bigarrure de fon ftyle fera un mérite & un trait de génie. C'eft au lecteur à juger.

(*Vitrea bilis*, p. 72, v. 8.) Il n'eft pas aifé de deviner pourquoi l'épithete *vitrea* eft donnée à *bilis*. Eft-ce parce que la colere, comme un verre bien tranfparent, montre à découvert le caractere de l'homme qui s'y abandonne ? Eft-ce parce qu'il s'étend & s'enfle comme la matiere du verre lorfqu'elle eft foufflée au bout du chalumeau, ce que nous rendons populairement en françois par, *monter comme une foupe au lait* ? Horace avoit dit avant Perfe :

Juffit quod fplendida bilis.

(*Findor*, p. id. v. 9.) On lit dans plufieurs éditions *finditur*, au lieu de *findor. Ut.* Ces deux leçons donnent peu de différence dans le fens. On a préféré *findor*, parce qu'il coupe davantage le dialogue. En effet, fi on lifoit *finditur*, il ne faudroit point le féparer de ce qui fuit.

(*Bicolor pofitis membrana capillis*, p. id. v. 10.) Avant l'invention de notre papier, on écrivoit fur des écorces de l'arbre appellé papyrus, dont le nom a paffé à notre papier, quoique fait d'une matiere très-différente. On écrivoit auffi fur du vélin, ou parchemin fait avec des peaux préparées pour cet ufage. Elles étoient blanches d'un côté, & jaunes de l'autre. Le côté jaune étoit celui qui avoit été couvert de poil, que la préparation avoit fait tomber. C'eft ce qu'il faut entendre par *pofitis capillis.* Un interprete conjecture cependant que *pofitis capillis* pourroit bien fignifier les cheveux bien peignés du jeune homme qui va fe mettre à l'étude.

(*Nodofa..... arundo*, p. 72, v. 11.) Ici *arundo* eft pris pour la plume à écrire.

(*Nigra quòd infufâ vanefcat fepia lymphâ*, p. id. v. 13.) La feche eft un poiffon de mer. Lorfqu'on veut le prendre, il répand une liqueur fort noire, avec laquelle il trouble l'eau pour s'échapper. *Sepia* eft ici employé pour le fuc de ce poiffon, ou plutôt pour fignifier l'encre.

(.   .   .   : *Pappare minutum* *Pofcis*, p. 74, v. 1 & 2.) Ce que Perfe entend par *pappare minutum*, eft la bouillie, la pannade, & les alimens faciles à avaler qu'on donne aux enfans nouveaux nés. Les autres interprétations que donnent les commentateurs, ne méritent pas d'être rapportées.

(*Iratus mammæ lallare recufas ?* p. id. v. 2.) Par *lallare*, Perfe entend les chanfons, les *la, la, la,* que répetent les nourrices pour endormir les enfans. On a tâché de rendre *pappare, mammæ, lallare,* par des mots enfantins.

(.   .   .   .   . *Effluis amens,* *Contemnére*, p. id. v. 4 & 5.) Cet endroit eft imité d'Horace, fat. III, l. 6 :

> *Invidiam placare paras virtute relictâ ?*
> *Contemnére mifer.*

Horace a dit auffi :

> *Culpantur fruftrâ calami.*

(*Sonat vitium percussa.... fidelia*, p. 74 , v. 5.) Quand on veut acheter un vase de terre, on le frappe, & on juge, par le son qu'il rend, s'il est fêlé, ou non. Perse dit à Cornutus, sat. V :

> *Pulsa, dignoscere cautus,*
>   *Quid solidum crepet.*

Par *fidelia* on entend un vase de terre, ainsi appellé, *eo quòd recondita* FIDELITER *servet*. Perse l'emploie encore, vers 73 de cette satire.

(. . . . . . . *Acri*
   Fingendus sinè fine rotâ, p. id. v. 7 & 8.) Perse continue la métaphore qu'il a empruntée des potiers de terre. On sait qu'ils façonnent leurs ouvrages sur une roue en mouvement. Hor. *de arte poëticâ* :

> *Amphora cœpit*
> *Institui, currente rotâ cur urceus exit ?*

(*Sed rure paterno*, &c. p. id. v. 8.) Le pédagogue prévient l'objection que pourroit lui faire le paresseux riche & noble qu'il excite à l'étude. Ensuite il lui répond avec vivacité : *hoc satis ?* &c.

(*Stemmate quòd Thusco ramum millesime ducis*, p. id. v. 12.) *Stemma* est ici l'arbre généalogique. Juvenal l'a employé dans le même sens, sat. VIII, v. 1 :

> *Stemmata quid faciunt*, &c.

La noblesse d'Étrurie ou de Toscane étoit réputée la plus ancienne ; voilà pourquoi Perse a dit, *stemmate Tusco*. Lorsqu'Horace veut flatter Mecene sur sa naissance, il le fait descendre des anciens rois d'Étrurie :

> *Mœcenas atavis edite regibus.* Od. I, l. 1.
> *Non quia, Mœcenas, Lydorum quidquid Etruscos*
> *Incoluit fines, nemo generosior est te*, &c. Sat. VI, l. 1.

Perſe fronde ici en paſſant l'orgueil des nobles qui s'en-
flent du mérite de leurs ancêtres , ſans ſe donner la peine
d'en acquérir. Ovide avoit dit avant Perſe , *metam. l.* 13 :

 Nam genus & proavos & quæ non fecimus ipſi ,
 Vix ea noſtra voco.

Salluſte , dans la harangue de Marius , a traité ce ſujet.
Juvenal & Boileau en ont fait chacun l'objet d'une ſatire.

 (*Cenſoremque tuum, vel quod trabeate ſalutas ?* p. id. v. 13.)
Doit-on lire *Cenſoremve*, ou *cenſoremne* , ou *cenſoremque ?*
Les deux premieres leçons ont des partiſans. Si on lit
ve, il eſt ſuperflu , puiſque *vel* vient après. Si on lit *ne*, il
marquera bien l'interrogation , mais il ne ſera pas trop
à ſa place ; il ſera ſuperflu auſſi , puiſque Perſe a déja dit
an deceat : que ſembleroit ôter toute difficulté ; quoique
perſonne n'ait encore lu ainſi , on oſe le haſarder. *Cen-*
ſorem : les cenſeurs étoient des magiſtrats qu'on nom-
moit à Rome tous les cinq ans. La police & les mœurs
étoient de leur reſſort. *Trabea'e :* il y avoit à Rome trois
eſpeces de trabées , l'une toute de pourpre , qui étoit le
vêtement des dieux ; une ſeconde de pourpre mêlée de
blanc , que portoient les empereurs ; la troiſieme de
pourpre mêlée du rouge appellé *coccum* , étoit l'orne-
ment des augures. Perſe employe ici le mot *trabeate* , pour
déſigner un habillement honorable.

 (*Ad populum phaleras* , p. id. v. 14.) Ces mots ont paſſé
en proverbe , mais le ſens n'en a jamais été bien fixé. On
l'a traduit ici littéralement. Il rend la penſée de l'auteur.
Il compare la trabée dont il vient de parler , à la houſſe
d'un cheval (*phalera* a cette ſignification) , & dit qu'elle
n'en peut impoſer qu'à la populace. Faut-il obſerver que
trabeate & *milleſime* ſont deux vocatifs qui tiennent lieu de
nominatifs ?

(*Non pudet ad morem difcinēti vivere Nattæ* , p. 74, v. 15.)
Difcinēlus fignifie *détrouffé* , *qui laiffe traîner fa robe*. Au
figuré , il veut dire un homme *mou* , *efféminé*. Il eft le fynonyme de *diffolutus* , qui a la même étymologie. Il étoit
paffé en proverbe que, *difcinēla veftis*, *difcinēlus animus*. La
raifon eft facile à trouver. Les Romains portoient des
robes longues. Quand ils vouloient agir , ils les retrouf-
foient à l'aide d'une ceinture, pour être plus difpos. De là
eft venu que *accinēlus* a fignifié *un homme aētif*, *laborieux* ;
& *difcinēlus* , *diffolutus* , le contraire. *Nattæ :* le Natta
dont Perfe fait ici mention, n'eft pas le même dont parle
Horace , fat. VI :

　　　　　　　　　Ungor olivo,
　　Non quo fraudatis immmundus Natta lucernis.

à moins que le nom de Natta ne fût confacré pour défigner un débauché. Ciceron, *pro Mur.* cite un Natta de
bonne famille , qui vivoit de fon tems. Perfe cependant
en parle comme d'un homme vivant, lorfqu'il dit: *fed*
ftupet hic vitio , &c. Ce point n'eft pas d'une grande importance.

(*Stupet hic vitio* , p. id. v. dern.) Le mot *ftupet* ne
marque pas ici l'étonnement , mais la ftupidité. Voilà
pourquoi on l'a rendu par *abruti*.

(*Opimum pingue* , p. 76, v. 1.) Ces deux expreffions
ont la même fignification. On ne les a pas traduites toutes
deux. On a cru que , *empâté dans la graiffe* , feroit l'équivalent.

(*Caret culpâ* , p. id. v. id.) A force de crimes on ne
devient pas moins criminel , mais on devient moins malheureux.

　　　　　.　　　.　　　.　　*Quantò conftantior idem*
In vitiis , tantò leviùs mifer,.. Hor.

(*Summâ rurſus non bullit in undâ* , p. 76 , v. 2.) On n'a
pu rendre en françois toute la force du mot *bullit* ; on ne
peut que la faire ſentir. *Bullire* ſignifie proprement former
ces bulles d'eau qui s'élevent du fond & viennent crever
à la ſurface. Perſe veut dire que ſon Natta , enfoncé
dans le gouffre des vices , ne s'éleve pas même un inſtant à la connoiſſance de la vertu. Cette penſée excite
dans le poëte un ſentiment d'indignation , qui amene la
ſublime priere : *magne pater divúm* , &c.

(*Ferventi tinĉta veneno* , p. id. v. 5.) Ceci eſt une métaphore empruntée des teinturiers , qui font bouillir les
étoffes dans la teinture. Perſe l'a déja employée , ſat. II :

   Incoĉtum generoſo peĉtus honeſto.

On n'a pas cru que cette métaphore pût être rendue avec
grace en françois.

(*Intabeſcantque reliĉtâ* , p. id. v. 6.) Quelle force ,
quelle énergie d'expreſſion ! Et comment la pourroit-on
rendre auſſi briévement ? Ovide a fait uſage du mot *inta-
beſco* , dans ſon beau portrait de l'envie , ſi bien copié par
le grand Rouſſeau.

  Sed videt negratos , intabeſcitque videndo
  Succeſſus hominum... Met. l. 2.

(*Anne magis ſiculi* , &c. p. id. v. 7.) La conſtruction
de ce paſſage , quoiqu'exacte , eſt obſcure. Il eſt à propos
de la faire : *æra juvenci ſiculi an gemuerunt magis , eſins
pendens laquearibus auratis an magis terruit cervices purpureas
ſubter proxima quàm ſi (quis) ſibi dicat , imus , imus præcipites , & inſelix palleat intùs quod uxor , neſciat ?* Le taureau de Phalaris , fabriqué par Periclès eſt connu. On
ſait auſſi que Denis le Tyran fit ſuſpendre avec un crin
de cheval une épée ſur la tête de Damoclès. On ne fera

là deſſus aucune remarque. Mais un point que les jeunes gens pourroient ne pas faiſir, c'eſt la liaiſon qui ſe trouve entre la priere & ce qui la ſuit. Après avoir prié Jupiter de montrer la vertu aux tyrans & de les livrer a leurs remords, Perſe dit que les remords ſont le plus cruel des ſupplices. Il avoit ſans doute préſens à la memoire ces paſſages d'Horace :

> *Invidiâ ſiculi non invenêre tyranni*
> *Majus tormentum.* Ep. II, l. 1.
> *Diſtrictus enſis cui ſuper impiâ*
> *Cervice pendet, non ſiculæ dapes*
> *Dulcem elaborabunt ſoporem :*
> *Non avium, citharæque cantus*
> *Somnum reducent.* Od. 1, l. 3.

(*Sæpè oculos, memini, tangebam parvus olivo*, p. 76, v. 12.) Le pédagogue avoue la ruſe qu'il employoit dans ſon enfance pour ſe diſpenſer de l'étude. Il feignoit d'avoir mal aux yeux, ſe les frottoit avec de l'huile pour paroître chaſſieux.

(*Grandia ſi nollem morituri verba Catonis*
Dicere, p. id. v. 13 & 14.) Perſe parle ici de Caton d'Utique, ainſi ſurnommé parce qu'il ſe tua à Utique, après la défaite du parti de Pompée ; afin de ne pas tomber en la puiſſance de Ceſar. Il fit, avant que de ſe donner la mort, un diſcours ſublime ſur l'immortalité de l'ame. C'eſt ce diſcours que Perſe, dans ſon enfance, ne vouloit point apprendre pour le réciter. Que le lecteur n'aille pas conclure de ceci que les dernieres paroles de Caton aient été recueillies & écrites. Qu'il ſe rappelle plutôt que les rhéteurs dans leurs écoles, pour former les jeunes gens à l'éloquence, leur faiſoient compoſer & réciter des diſ-

cours qu'avoient dû faire tels ou tels grands perfonnages dans telles ou telles circonftances. C'eft ainfi que Juvenal a dit, fat. I:

> *Et nos ergo manum ferulæ fubduximus : & nos*
> *Confilium dedimus Sullæ , privatus ut altum*
> *Dormiret.*

On peut voir la note fur ce vers de la premiere fatire de Perfe:

> *Ecce modò heroas fenfus adferre videmus.*

Quelques éditeurs ont lu :

> *Grandia fi nollem morituro verba Catoni*
> *Dicere.*

au lieu de :

> *Grandia fi nollem morituri verba Catonis*
> *Dicere.*

Si on adoptoit cette leçon, on traduiroit : *lorfque je ne voulois pas prononcer un difcours fublime à Caton prêt dè fe donner la mort.*

(*Quæ pater. . . . . fudans*, p. 76, v. 15.) Voici la feconde fois que Perfe emploie *fudare*, pour marquer la joie exceffive. Il a dit, fat. II :

> *Si tibi crateras argenti , incufaque pingui*
> *Auro dona feram , fudes*, &c.

(*Jure : etenim id fummum* , &c. p. id. v. 16.) C'eft ainfi qu'il faut ponctuer, & non, *jure etenim id fummum* : la conftruction de ce paffage eft : *jure , avec raifon : etenim id fummum erat in voto fcire* , &c. puifque le comble de mes vœux étoit de favoir , &c.

> (. . . . . *Quid dexter Senio ferret,*
> . . . . *Damnofa canicula quantùm*
> *Raderet*, p. id. v. 16 , 17 & 18.) On ne fait pas bien

comment les anciens jouoient aux dez. Il y a quelqu'apparence que leur jeu de dez approchoit de celui que nous
appellons *la ferme*. La preuve en eſt, que certains coups
leur faiſoient gagner plus ou moins, d'autres leur faiſoient perdre plus ou moins. *Senio*, ainſi nommé peut-
être parce qu'il étoit compoſé de ſix, étoit le plus favorable ; voilà pourquoi Perſe lui donne l'épithete de
dexter. On l'appelloit auſſi, *veneris jactus*. Le coup du
chien, *jactus canis*, ou *canicula*, étoit le plus ruineux.
Notre poëte le nomme *damnoſa*. Il ne donnoit probable-
ment que des as. Properce le nomme *canes damnoſi*. Il y
avoit encore d'autres coups qui avoient leurs noms ; l'un
étoit appellé *Chius ;* un autre, *vulturius*.

(*Anguſta collo non ſallier orcæ*, p. 76, v. 18.) Le vaſe
appellé *orca*, avoit le col long & l'ouverture étroite. Les
enfans, à une diſtance marquée, tàchoient de jetter une
noix dans ce vaſe. Le plus adroit gagnoit les enjeux.
Ovide fait mention de ce jeu, *de nuce :*

> *Vas quoque ſæpè cavum ſpatio diſtante locatur*
> *In quod miſſa levis nux cadit una manu.*

(*Haud tibi inexpertum curvos deprendere mores*, p. id,
v. dern.) La liaiſon de ces deux paſſages eſt facile à ſaiſir.
Le pédagogue vient de dire qu'il préféroit dans ſon enfance les jeux à l'étude ; qu'il avoit raiſon, puiſqu'il étoit
dans l'ignorance, & qu'il ne connoiſſoit d'autre bonheur
que d'exceller dans les jeux. Il adreſſe à préſent la parole
à ſon jeune homme, qu'on a inſtruit des principes de la
ſaine morale ; il lui reproche ſa pareſſe. Par *curvos mores*,
Perſe entend le déréglement dans la morale. Dans la
ſat. V, il dit à Cornutus :

> *Appoſita intortos oſtendit regula mores*,

Il dit, sat. IV :

> *Rectum discernis, ubi inter*
> *Curva subit, vel cùm fallit pede regula varo.*

Ces passages rapprochés s'expliquent les uns par les autres.

(*Quæque docet sapiens, braccatis illita Medis,*
Porticus, p. 78, v. 1.) La construction de ce passage est : *haud tibi in expertum,* vous savez ; *quæ porticus sapiens illita Medis braccatis docet,* ce qu'enseigne le portique sage où sont peints les Medes en haut-de-chausses. Un portique d'Athenes, appellé *stoa,* servoit d'école au philosophe Zenon. Le mot *stoa* fit donner le nom de stoïciens aux sectateurs de ce philosophe. Le célebre peintre Polygnote avoit peint gratuitement, sur les murs de ce portique, le combat de Marathon, dans lequel les Grecs, sous la conduite de Miltiade, se couvrirent de gloire, en combattant contre Darius, roi de Perse & de Médie. Le peintre avoit représenté les Medes avec leur habillement appellé *braccæ,* qui descendoit des reins jusques sur les talons. Ovide fait mention de ce vètement :

> *Pellibus & laxis arcent mala frigora braccis.*

Il est parlé aussi de cet habit dans l'écriture sainte.

(.... *Insomnis quibus indetonsa juventus*
Invigilat, siliquis, & grandi pasta polentâ, p. id. v. 2 & 3.) On ne peut dire en moins de mots les trois qualités qu'exigeoient les stoïciens dans leurs disciples : vigilance, aucun luxe, & sobriété. Soit qu'on lise *intonsa,* ou *indetonsa,* le sens doit être le même. On sait que les stoïciens ne laissoient point croître leurs cheveux, qui auroient exigé du soin & pris du tems. *Siliquis* sont l'enveloppe ou l'écosse des légumes.

G

NOTES

Vivit filiquis & pune fecundo. Hor. ep. l. II.

Par *polenta* on entend une espece de bouillie grossiere, qui étoit la nourriture des esclaves. Elle étoit faite avec de l'orge mouillée d'abord, puis séchée au feu, ensuite moulue. Cette farine se gardoit long-tems, puisqu'on lit dans Josué : *polentam ejusdèm anni.* Cette farine servoit à faire la bouillie. Perse y a joint l'épithete *grandi*, pour signifier que les jeunes gens en mangeoient beaucoup, & qu'elle étoit leur seul met.

(*Et tibi quæ Samios deduxit littera ramos,*
  Surgentem dextro monstravit limite callem, p. 78, v. 4 & 5.)

Ce passage doit être ainsi construit : *& littera quæ deduxit ramos Samios, monstravit tibi limite dextro callem surgentem.* Cette lettre, dont parle ici Perse, est l'y inventé par Pythagore, natif de Samos. Il la montroit à ses disciples, comme indiquant avec le jambage droit la route de la vertu, & celle du vice avec le jambage gauche. On a cette explication dans une épigramme de Virgile :

  Littera Pythagoræ discrimine secta bicorni,
  Humanæ vtiæ speciem præferre videtur.

Ces passages de Perse & de Virgile serviront d'explication à ces deux vers de la sat. V :

  Cùmque iter ambiguum est & vitæ nescius error,
  Deducit trepidas ramosa in compita mentes.

(*Stertis adhuc ?* p. id. v. 6.) Le pédagogue, après avoir battu la campagne, après avoir parlé du vice & de la vertu, revient à son objet. Il reproche encore la paresse à son dormeur. Il lui rappelle son éducation, la vie que menent les jeunes gens élevés à l'école d'où il est sorti, & met sa conduite en opposition. Chaque mot est

un coup de pinceau mâle & vigoureux. Tout cela eft
très-fuivi.

(*Ofcita heſternum* , p. 78 , v. 7.) Sous-entendu *vinum* ;
comme s'il difoit , *heſternum crapulam.*

(*Eſt aliquid quò tendis* , *& in quod dirigis arcum* , p. id.
v. 8.) Le maitre interroge ici le pareſſeux ; il lui demande
s'il fe propofe un but fixe , une fin dans fa conduite , ou
s'il fe laiſſe entraîner aveuglément au hafard. Il emploie
une métaphore prife des tireurs d'arc, qui vifent à un but,
& la met en oppofition avec la folie des enfans qui
pourfuivent des oifeaux avec des mottes de terre & des
pierres , fans fonger qu'ils peuvent s'égarer , ou fe pré-
cipiter dans cette pourfuite.

(*Elleborum fruſtrà* , &c, p. id. v. 11.) Ceci eſt une comparaiſon prife d'une maladie du corps ; elle doit s'appliquer à l'ame. Il faut prevenir l'hydropifie , & ne pas
attendre qu'elle foit formée, pour demander de l'ellébore.
C'eſt comme fi l'auteur difoit : on doit fortifier par l'étude
le tempérament de l'ame ; il fera trop tard de recourir à
la philofophie , lorfque l'ame fera dépravée.

(*Et quid opus Cratero* , p. id. v. 13.) Ce Craterus étoit
un médecin célèbre du tems d'Augufte. Horace & Ciceron en font une mention honorable.

(*Difcite ô miferi* , &c. p. id. v. 14.) Le pédagogue
quitte tout emblême , & parle clairement. Les préceptes
qu'il donne font dignes d'un philofophe chrétien. ~~On ne~~
~~finiroit pas , fi on vouloit les prendre en détail , & y ap-~~
~~pliquer toutes les citations des commentateurs.~~

(*Metæ quà mollis flexus* , *& unde* , p. id. v. dern.) Perfe
compare ici la carriere de la vie à la carriere du cirque. Il
faut fe conduire dans la vie avec fageſſe , comme on doit

G ij

conduire fon charriot avec art dans l'arene, pour ne pas fe heurter contre la borne, qui eft le terme de la courfe, comme la mort eft le terme de la vie, &c. Si au lieu de *undè*, adopté par la plupart des éditeurs, on lifoit *undæ*, comme quelques-uns, il faudroit entendre ce paffage d'une courfe de vaiffeaux, au lieu d'une courfe de chars. Le fens principal feroit toujours le même.

(*Difce : nec invideas , quòd mult fidelia putet*, &c. p. 80, v. 5.) Nouvelle inftance de la part du pédagogue. Il exhorte de nouveau fon pareffeux à l'étude, & lui dit de ne point s'occuper des richeffes, de n'être point jaloux de ce que, &c. On a expliqué ailleurs les mots *fidelia* & *orca*. *Mæna* eft un poiffon de mer, dont Pline fait mention.

(*Hìc aliquis de gente hircofâ centurionum*, p. id. v. 9.) Ceci eft une fortie contre les détracteurs de la philofo-phie, contre les militaires qui fe vantoient de leur igno-rance. La fatire V finit par un trait femblable. Pour fron-der ces orgueilleux ignorans, Perfe emploie le moyen le plus fûr. Il les fait parler comme ils parlent ordinaire-ment.

(*Arcefilas , ærumnofique Solones*, p. id. v. 11.) Arcefilas étoit un philofophe de la fecte académique, difciple de Crantor. Solon fut un des fept fages de la Grece, qui floriffoit à Athenes vers le regne de Tarquin l'Ancien. Le centurion que Perfe fait parler, dit *Solones* au plurier, par mépris.

(. . . . . *Gigni*

De nihilo nihil, &c. p. id. v. 15 & 16.) Axiome de la philofophie païenne, développé en beaux vers par Lucrece. On y renvoie le lecteur, s'il veut s'inftruire de ce fyftême abfurde. Une traduction admirable de ce

poëte a été faite depuis deux ans par M. de la Grange.
C'est un chef-d'œuvre d'élégance & d'exactitude. Que
n'a-t-il traduit Perse ? On dit qu'il traduit Seneque.

(*Tremulos cachinnos*, p. 80 , v. dern.) C'est le rire con-
vulsif des sots , qui leur met tout le corps en mouvement.

(*Inspice ; nescio quid trepidat mihi pectus*, &c. p. 82 ,
v. 1.) C'est toujours le pédagogue que Perse fait parler.
Il met un malade en scene avec son médecin. Celui-ci
donnera de bons conseils , ils ne seront point suivis , la
mort sera le dénouement. Ensuite ce petit drame s'appli-
quera à un homme dont l'ame est malade.

(*Modicè sitiente lagená*, p. id. v. 5.) Une bouteille mé-
diocrement altérée , pour une bouteille d'une grandeur
médiocre. *Modicè capax*. Cette expression est hardie , &
ne plairoit pas en françois.

(*Loturo sibi*, p. id. v. 6.) Mot à mot, *celui qui doit se
baigner*, qu'on a rendu par , *avant d'aller au bain.*

(*Lenia Surrentina*, p. id. v. id.) Surrente étoit une
ville de Campanie. Ses vins étoient légers, & propres aux
convalescens , sur-tout quand l'âge les avoit mûris. On
les gardoit jusqu'à vingt-cinq ans.

(*Gutture suphureas lentè exhalante Mophites*, p. id. v. 12.)
Mophitis étoit , chez les païens , la déesse des mauvaises
odeurs. Dans le sac de Cremone , son temple seul fut
respecté. *Solum Mophitis templum stetit*. Tac. La déesse
Mophitis est ici prise pour la mauvaise odeur, comme
Bacchus est souvent employé pour signifier le vin. Cette
espece de mauvaise odeur, exprimée par *Mophitis*, est
celle qui sort de la terre qui renferme des mines de soufre.

Exhalat opaca Mophitis. Virg. En. l. VII.
Ausone, dans son Cenon, a fait usage de cet hémist.

riche de Virgile. Cette odeur est ici les rapports de l'estomac.

(*Calidum triental*, p. 82, v. 13.) Perse appelle *triental* un vase qui contenoit la troisieme partie du septier. Il ajoute *calidum*, parce que le vin que va boire le malade, est chaud.

(*Hesterni capite induto subiere Quirites*, p. id. v. 19.) Par *hesterni Quirites*, Perse désigne les esclaves nouvellement affranchis, affranchis ~~de la veille~~. Ces affranchis portoient au bûcher le corps de leur ancien maître. Il dit, *capite induto*, parce que les esclaves seuls alloient tête nue. Les affranchis portoient le bonnet, qui étoit la marque de leur liberté. *Pileo donare*, signifie, mettre en liberté. Notre poëte a dit ; sat. V :

Hæc mera libertas quam nobis pilea donant.

(*Tange miser venas*, p. id. v. dern.) Ici commence l'application de la scene du malade & de son médecin. C'est ~~un philosophe~~ qui prend la place du médecin, & qui interroge un détracteur de la philosophie. Il va lui prouver qu'il n'a pas l'ame bien saine. Quelques commentateurs s'y sont trompés ; ils font continuer le dialogue du médecin avec son malade. Ils n'ont pas fait attention qu'il n'est plus question du malade, & qu'il est enterré.

(*Visa est si forte pecunia*, &c. p. 84, v. 2.) Le dialogue finit ici. C'est à présent le ~~philosophe~~ qui ~~parle seul.~~ Il demande à son malade si l'avarice & l'amour n'excitent pas dans son cœur des mouvemens désordonnés ; si la gourmandise ne lui cause point de dégoûts à l'aspect d'un repas frugal ; s'il n'est pas sujet à la frayeur & à la colere.

(*Subrisit mollè*, p. id. v. 3.) Ici *mollè* est pris adverbialement. L'harmonie de ce vers exprime la douceur du sourire que le poëte veut peindre.

(*Populi cribro decuſſa farina* , p. 84 , v. 5.) Mot à mot , la farine qui tombe du crible du peuple , pour dire du gros pain.

(*Plebeia radere beta* , p. id. v. 7.) La bete eſt un plante inſipide , qui demande beaucoup d'aſſaiſonnement pour avoir quelque ſaveur.

> *Ut ſapiant fatuæ fabrorum prandia betæ*
>
> *O quam ſæpè petit vina piperque coquus !* Martial.

Perſe appelle la bete *plebeia* , comme Martial la nomme *fabrorum prandia.* Notre poëte avoit dit , deux vers plus haut : *durum olus.* Il a dit , ſat. VI :

> *Mihi feſtâ luce coquatur*

Urtica.

(*Alges , cùm excuſſit membris timor albus ariſtas* , p. id. v. 8.) La frayeur rend pâles ceux qu'elle affecte. Voilà pourquoi elle eſt appellée *timor albus.* Perſe emploie le mot *ariſta* dans un ſens métaphorique. Il compare les poils du corps , que la frayeur fait dreſſer , à ces pointes qui hériſſent l'épi de bled , proprement appellées *ariſta.*

(*Oreſtes* , p. id. v. dern.) On ſait qu'Oreſte , après avoir tué ſa mere Clytemneſtre , pour venger les mânes d'Agamemnon ſon pere , devint inſenſé , & ſe croyoit toujours pourſuivi par les furies.

SATIRA IV.

Rᴇᴍ populi tractas ? (barbatum hæc crede
 magiſtrum
Dicere ſorbitio tollit quem dira cicutæ)
Quo fretus ? Dic hoc magni pupille Pericli,
Scilicet ingenium , & rerum prudentia velox
Ante pilos venit, dicenda tacendaque calles.
Ergo cùm motâ fervet plebecula bile ,
Fert animus calidæ feciſſe filentia turba
Majeſtate manûs : quid deinde loquêre ? Qui-
 rites,
Hoc, puto, non juſtum eſt , illud malè, rectiùs
 illud.
Scis etenim juſtum geminâ ſuſpendere lance
Ancipitis libræ : rectum diſcernis , ubi inter
Curva ſubit , vel cùm fallit pede regula varo:
Et potis es nigrum vitio præfigere theta.
Quin tu igitur ſummâ nequicquam pelle decorus
Ante diem blando caudam jactare popello
Deſinis, Anticyras melior ſorbere meracas ?

SATIRE IV.

VOUS prétendez gouverner la république?
(imaginez entendre ce philosophe à grande
barbe, qui fut condamné à boire de la ciguë)
Quels font vos droits? Répondez, éleve du
grand Periclès. Le génie, sans doute, une sagesse précoce, vous sont venus avant la barbe.
Vous savez ce qu'il faut dire, ce qu'il faut taire.
Aussi, quand la bile du peuple s'allumera,
vous êtes tout prêt à imposer silence à sa
troupe échauffée, en faisant de la main un geste
majestueux. Mais ensuite, que direz-vous?
« Romains, je ne pense pas que ceci soit juste,
» cela est mal, bien ceci ». Car vous savez peser
la justice dans les deux bassins d'une balance bien
égale. Vous savez découvrir le droit, lorsqu'il se
cache dans les plis tortueux; lors-même que la
loi offre un sens trompeur & louche. Vous pouvez attacher le noir theta sur une action criminelle. [Parlons sérieusement.] Que ne cessez-
vous de vous glorifier d'une belle peau? Que ne
cessez-vous de faire avant l'âge le chien cou-
chant devant la populace? Vous feriez mieux
d'avaler tout pur l'ellébore des Antycires; quel

Quæ tibi fumma boni eft ? Unctâ vixiffe patellâ

Semper, & affiduo curata cuticula fole.

Expecta : haud aliud refpondeat hæc anus. I

nunc,

Dinomaches ego fum : fufla fum candidus. Efto

Dum ne deteriùs fapiat pannucia Baucis,

Cum bene difcincto cantaverit ocima vernæ.

Ut nemo in fefe tentat defcendere, nemo :

Sed præcedenti fpectatur mantica tergo.

Quæfieris : noftin' Vectidi prædia ? Cujus ?

Dives arat Curibus quantùm non milvus ober-

ret :

Hunc ais ? Hunc diis iratis, genioque finiftro :

Qui quandoque jugum pertufa ad compita figit,

Seriolæ veterem metuens deradere limum,

Ingemit, *hoc bene fit* : tunicatum cum fale mor-

dens

Cæpe, & farratam pueris plaudentibus ollam,

Pannofam fæcem morientis forbet aceti ?

est à votre avis le souverain bonheur ? « De
» faire tous les jours, grands repas, de bien soi-
» gner sa peau au soleil ». Attendez, cette vieille
qui passe va faire la même réponse. ———
——Venez après cela nous dire : « Je suis fils de
» Dinomaque, moi ». Enflez-vous bien. « Je suis
» beau ». D'accord. Convenez aussi qu'elle n'est
pas moins sage que vous, cette vieille Baucis,
couverte de haillons, qui vient de chanter
pouille à un libertin d'esclave. Comme personne
ne veut descendre en soi-même, personne! Mais
on examine la besace que porte sur son dos
l'homme qui va devant nous. Qu'on vous demande, connoissez-vous les possessions de Vectidius ? H (Vous répondrez) duquel voulez-vous
parler ? Est-ce de ce richard qui laboure à
Cures plus de terre qu'un milan n'en pourroit
parcourir en volant? De cet homme né sous la
colere des dieux & de son mauvais génie, qui,
les jours de fêtes, attachant son joug au carrefour, gémit dans la crainte de déboucher une
petite bouteille de vin vieux, & qui se dit, c'est
bon ; lorsqu'il assaisonne d'un peu de sel un
oignon qu'il mange avec toutes les enveloppes;
lorsque ses valets s'applaudissent de voir un
un chaudron plein de grosse bouillie; lorsqu'il avale
la épaisse d'un vinaigre usé.

At ſi unĉtus ceſſes , & figas in cute ſolem ,

Eſt propè te ignotus, cubito qui tangat , & acre

Deſpuat in mores , penemque arcanaque lumbi

Runcantem populo marcentes pandere vulvas.

Tu cum maxillis balanatum gauſape peĉtas ,

Inguinibus quare detonſus curgulio extat;

Quinque paleſtritæ licèt hæc plantaria vellant ,

Elixaſque nates labefaĉtent forcipe aduncâ.

Non tamen iſta filix ullo manſueſcit aratro.

　　Cædimus, inque vicem præbemus crura ſa-
　　　gittis.

Vivitur hoc paĉto : ſic novimus. Ilia ſubter

Cæcum vulnus habes ; ſed lato balteus auro

Prætegit : ut mavis, da verba, & decipe nervos,

Si potes. Egregium cùm me vicinia dicat,

Non credam ? Viſo ſi palles improbe nummo,

Si facis, in penem quicquid tibi venit amarum,

Si Puteal multâ cautus vibice flagellas :

Après vous être parfumé, allez vous tran-
quilliser, étendre votre peau au soleil ~~il fe trou-~~
~~vera près de vous un inconnu, qui vous re-~~
pouffera du coude, ~~qui~~ crachera dédaigneufe-
ment fur les mœurs dépravées qui vous engagent
à vous faire épiler, pour vous préfenter au
peuple avec un air efféminé, lorfqu'on vous
voit peigner avec complaifance la frange qui
tombe de votre menton fur votre poitrine.
Pourquoi n'en voulez-vous point fouffrir ailleurs ? Vous avez beau faire, vous emploieriez
cinq athletes à l'arracher, ils ~~fe ferviroient de~~
~~tenailles courbées~~ ; c'eft une fougere qu'aucune
charrue ne peut détruire.

Nous frappons les autres, & nous ~~nous dé-~~
~~couvrons pour recevoir~~ leurs traits. C'eft ainfi
que l'on vit, nous le favons. Vous avez ~~au dé-~~
~~faut du flanc~~ un ulcere caché, mais vous le
couvrez avec un large baudrier d'or : comme il
vous plaira, faites-en accroire à vos nerfs, trompez la douleur, fi vous le pouvez. — Quoi,
lorfque tout mon voifinage m'appelle homme de
bien, je ne le croirois pas ? Si la vue d'un écu
éveille votre cupidité, fi vous vous permettez
tout ce qu'infpire une paffion ~~déshonnête~~, fi
vous écorchez vos ~~créanciers~~ ~~auprès~~ du puits,
vainement ouvrirez-vous des oreilles avides

Nequicquam populo bibulas donaveris aures.
Respice quod non es : tollat sua munera cerdo :
Tecum habita ; & noris quàm sit tibi curta sup-
  pellex.

aux éloges du peuple. Rejettez les louanges
que vous ne méritez pas, renvoyez votre pa-
rafite avec fes flatteries. Habitez en vous-
même , & voyez combien vous êtes mal
meublé.

NOTES

SUR LA QUATRIEME SATIRE.

Sous le nom d'Alcibiade, Perſe fronde dans cette ſatire un jeune homme qui veut ſe mêler de gouverner
la république ſans en être capable. La plupart des interpretes penſent que c'eſt Neron que le poëte a eu en vue.
Ce point eſt aſſez problématique, & laiſſe un libre champ
aux conjectures. Tous les traits de cette ſatire conviennent très-bien à Neron; mais elle ſera trop foible,
& le ſatirique véhément aura fait grace à l'empereur de
ſes vices les plus exécrables, à moins que cet ouvrage
n'ait été compoſé dans les commencemens de ſon regne,
qui eurent une apparence de modération. Au reſte, ſans
diſcuter cette queſtion ſur laquelle le vieux ſcoliaſte &
Caſaubon, Baile, Moreri & Boileau ſe contrediſent,
on peut remplir la tâche de traducteur, & donner l'intelligence de cette ſatire. Perſe commence par nommer
les interlocuteurs qu'il met en ſcene. Ce ſont Socrate &
ſon diſciple Alcibiade. Ils continuent le dialogue juſqu'à
la fin de cette piece, quoiqu'il s'y trouve des traits
qui ſemblent indiquer que la ſcene eſt à Rome. On les
expliquera ces traits, quand l'ordre y amenera. D'après
cette notion (qui n'eſt pas adoptée par les commentateurs) la ſatire va devenir très-intelligible.

(. . . *Barbatum hæc crede magiſtrum*

Dicere, ſorbitio tollit quem dira cicutæ, p. 104, v. 1 & 2.)
L'hiſtoire de Socrate eſt connue, on ne la rapporte point
ici.

ici. On fait que ce philofophe portoit fa barbe , & qu'il fut condamné , par fes compatriotes, à s'empoifonner avec de la ciguë.

(*Magni pupille Pericli*, p. 104, v. 3.) Alcibiade, fils de Clynias & de Dynomaque , étoit d'Athenes. Il fut élevé dans la maifon de Periclès , qui avoit, dit-on , époufé fa mere en fecondes noces. Socrate prit foin de cultiver fon efprit , & de former fes mœurs. Periclès fut un des plus grands hommes de l'ancienne Grece. Illuftre par fa naiffance , il le devint encore davantage par fon éloquence. La différence que Valere Maxime trouve entre Pififtrate & Periclès , c'eft que le premier affervit fa patrie par les armes , & le fecond y régnoit par le charme de la perfuafion.

(*Ergo ubi commotá fervet plebecula bile* , p. id. v. 6.) Ce paffage a beaucoup de reffemblance avec celui du premier livre de l'Énéide :

> *Ac veluti in magno populo quum fæpe coorta eft*
> *Seditio , fævitque animis ignobile volgus :*
> *Jamque faces & faxa volant , furor arma miniftrat :*
> *Tum , pietate gravem ac meritits fi fortè virum quem*
> *Confpexére , filent , arrectifque auribus adftant :*
> *Ille regit dictis animos , & pectora mulcet.*

(*Quirites*, p. id. v. 8.) C'eft Alcibiade qui eft fuppofé répondre. Socrate lui a demandé ce qu'il dira pour appai- fer la populace mutinée. Il dira : *Romains* , &c. Le pere Jouvenci a bien vu que *Quirites* fignifie *Romains* , foit qu'il dérive de *Cures* , ville des Sabins , ou de *quiris* , qui , en langage fabin , veut dire une pique , dont le peuple Romain étoit toujours armé. Mais il n'a pas compris comment Alcibiade peut dire *Romains* dans la ville

H

d'Athenes. C'eſt, ſelon lui, une catachreſe, pour ſignifier *Grecs*. Sans recourir aux figures de rhétorique, il eſt
viſible que Perſe met ce mot dans la bouche d'un Grec,
exprès pour faire ſentir aux Romains que c'eſt eux qu'il
veut déſigner. Jean Boud & Labinus l'ont jugé ainſi, &
s'autoriſent de ce mot, pour prouver que c'eſt ſur Neron
que tombe cette ſatire.

(*Vel cùm fallit pede regula varo*, p. 104, v. 12.) Par
pes varus on entend un pied crochu. C'eſt une métaphore
que Perſe applique à la loi. On n'a pas oſé employer
cette figure dans la traduction, elle auroit ſemblé trop
hardie en françois. On en a préféré une plus uſitée dans
notre langue, & qui eſt très-approchante du latin. Caſaubon, pour faire comprendre que la loi peut quelquefois induire en erreur, cite un exemple de Ciceron, qui
dit : *rendre un dépôt eſt un devoir ; cependant on ne doit pas
rendre une épée à un furieux.*

(*Et potis es nigrum vitio præfigere theta*, p. id. v. 13.)
Perſe tranſporte de nouveau la ſcene dans la ville
d'Athenes, en ſe ſervant du mot *theta*. Lorſque les
Grecs votoient au ſcrutin ſur une affaire capitale, ceux
qui vouloient condamner l'accuſé à mort, mettoient dans
la capſe un billet où étoit écrit un *theta*, qui eſt la premiere lettre de *thanatos*, qui ſignifie en grec *la mort*. Voilà
pourquoi Perſe donne à ce *theta* l'épithete *nigrum*. Virgile
l'appelle *infelix*.

Cui multùm ante alias infelix littera theta

(*Quin tu igitur*, &c. p. id. v. 14.) On a bien vu que
depuis *ſcis etenim*, juſqu'à *quin tu igitur*, Socrate a parlé
ironiquement à Alcibiade. Ici il parle ſerieuſement &
avec véhémence.

(*Ante diem blando caudam jaclare popello*

Definis, p. 104, v. 15 & 16.) Il n'eſt pas néceſſaire de
faire ici une differtation ſur les mouvemens de queue
que font les chiens lorſqu'ils veulent careſſer leur
maitre; il eſt inutile de citer le chien de **Tobie** &
celui d'**Ulyſſe**, pour faire ſentir au lecteur, que ceci
eſt une métaphore, par laquelle Socrate dit à Alcibiade,
ou plutôt Perſe à ſon jeune ambitieux : *que ne ceſſez vous*
de faire baſſement votre cour au peuple, avant d'être en âge
d'entrer dans les charges, avant d'avoir le talent de les bien
exercer? Notre langue a fourni une métaphore à peu près
ſemblable à celle du texte. Si on vouloit entendre *caudam,*
de la queue du paon, comme quelques interpretes, alors
on traduiroit : *que ne ceſſez-vous de faire la roue,* ou, *de*
vous pavaner? Le lecteur choiſira. Ce dernier ſens auroit
même plus d'analogie avec le vers précédent :

Summâ nequicquam pelle decorus.

Ceux qui prétendent trouver dans cette ſatire le portrait de **Neron**, citent les moyens qu'il employa pour
ſe ~~gagner~~ la faveur du peuple dans les commencemens
de ſon élévation. Ils rapportent, d'après **Tacite**, le refus
de **Neron**, lorſqu'on vouloit lui ériger des ſtatues d'or
ou d'argent maſſif : *ſibi ſtatuas argento vel auro ſolidas,*
adversùs offerentes, prohibuit; ſon oppoſition au décret
flatteur du ſénat, qui vouloit faire commencer l'année
par le mois de décembre qui l'avoit vu naitre : & *quan-*
quàm cenſuiſſent patres, ut principium anni inciperet menſe
decembris, quo ortus erat Nero, veterem religionem kal. jan.
inchoando anno retinuit. Ils n'oublient pas les belles ha-
rangues ſur la clémence, que Seneque compoſoit, &
que ſon éleve débitoit dans le ſénat ; ni le beau mot de

H ij

ce prince, lorfqu'on lui apporta un arrêt de mort à figner : *quàm vellem nefcire litteras !* & autres actes de modération & de douceur, qu'on trouve au commencement du treizieme livre de Tacite.

Malgré les traits de reffemblance que cette fatire offre avec le caractere de Neron, on ne fauroit fe perfuader que Perfe ait eu deffein de le peindre. S'il a voulu faire le portrait de maniere que l'empereur ne pût s'y reconnoître, les autres ne l'auroient pas mieux reconnu, & le but du peintre fatirique auroit été manqué. A-t-il voulu que la reffemblance fût frappante ? Ce fera témérité, s'il connoiffoit Neron, *intùs & in cute.* Ce fera calomnie & méchanceté, s'il le croyoit auffi bon qu'il affectoit de le paroître.

(*Anticyras melior forbere meracas*, p. 104, v. dern.) *Melior forbere*, eft une conftruction grecque. Anticyre eft une ifle où croît le meilleur ellébore. Elle eft prife ici pour l'ellébore même. *Meracas* eft l'adjectif de *Anticyras.* Perfe confeille à fon jeune ambitieux de fe guérir de fa folie, en buvant pur tout l'ellébore de l'ifle d'Anticyre, & d'acquérir de la fageffe avant de s'ingérer dans l'adminiftration de la république. Horace fait mention de l'ellébore pour guérir la folie, fat. III, l. 2 :

Danda eft ellebori multi pars maxima avaris.

Art. poët. en parlant d'un poëte, il dit :

Nancifcetur enim pretium nomenque poëtæ,
Si tribus Anticyris caput infanabile numquàm
Tonfori Licino commiferit.

(*Quæ tibi fumma boni*, p. 106, v. 1.) Perfe fe fert de *fumma boni*, pour *fummum bonum.* Le fens de ces mots eft : *quel eft pour vous le bien fuprême, ou, le fouverain bonheur ?*

(*Et assiduo curata cuticula sole*, p. 106, v. 2.) Le soin que prenoient de leur peau les anciens voluptueux, est bien digne des traits de la satire. Après s'être frottés d'essences & de pommades, ils se tenoient au soleil, qui les faisoit fondre & en imbiboit la peau. Dans cette même satire on lit, vers 33 :

At si unctus cesses, & figas in cute solem.

Juvenal, dans la satire contre les femmes, leur reproche, avec sa dureté ordinaire, toutes les drogues dont elles oignoient leur visage. Au lieu de le citer, rapportons la traduction de M. Dusseaux. Juvenal n'y perdra rien :

« *Il faut la voir* (en parlant d'une femme riche) *s'em-*
» *pâter le visage, l'enduire avec les mêmes essences dont usoit*
» *Poppée, & les levres du mari se prendre à cette glu. . . .*
» *Je demanderois volontiers, en voyant une face ainsi sophis-*
» *tiquée, est-ce un visage ? est-ce un ulcere* » ?

(*Dinomaches ego sum*, p. id. v. 4.) Ce mot *Dinomaches* prouve que le discours s'adresse à Alcibiade. Sa mere, comme on l'a dit, s'appelloit Dinomaque. Ce discours pourroit convenir aussi à Neron. Ce seroit lui dire obliquement qu'il avoit, à sa mere Agrippine, l'obligation d'avoir été adopté par l'empereur, & d'être monté sur le trône.

(*Suffla*, p. id. v. id.) Dans cet endroit, *sufflare* a la même force que *pulmonem rumpere ventis*, de la satire III, s'enfler, crever d'orgueil.

(*Sum candidus*, p. id. v. id.) Ce trait convient mieux à l'éleve de Socrate qu'à Neron. Le premier étoit le plus beau des Grecs, & Neron étoit laid.

(*Dum ne deterius sapiat pannucea Baucis*, p. id. v. 5.) Socrate accorde à son disciple qu'il a les avantages de la naiffance & de la beauté. Mais il lui foutient qu'il n'eft pas plus fage qu'une vieille déguenillée , puifqu'elle feroit la même réponfe que lui , fi on lui demandoit en quoi elle fait confifter le fouverain bien. *Baucis* n'eft pas ici pour défigner la refpectable époufe de Philemon, mais pour toute vieille en général.

(*Cùm bene difcincto cantaverit ocyma vernæ*, p. 106, v. 6.) Ce vers peut recevoir deux explications. Afin de mettre le lecteur en état de choifir , obfervons d'abord que *ocymum* fignifie la plante appellée *bafilic*, que les anciens croyoient qu'il falloit la charger de malédictions en la femant , afin qu'elle profpérât. *Nihil ocymo fœcundius : cùm maledictis & probris ferendum præcipiunt , ut lætius proveniat*. Plin. l. XIX , cap. 7. Ainfi, *cantare ocyma*, fignifiera *dire des injures*, & populairement , *chanter pouille*. On peut donc traduire ce vers par , *lorfqu'elle a bien chanté pouille à un efclave diffolu*. Cette traduction n'a rien de trop gêné , elle fera conforme au fens que plufieurs interpretes donnent à ce paffage. Mais les injures de la vieille, débitées à l'efclave, paroiffent des détails oififs dans cette fatire, & Perfe n'emploie guere de mots inutiles. Si on traduifoit tout fimplement , *lorfqu'elle a bien chanté aux oreilles d'un libertin d'efclave , mon beau bafilic*, le fens paroîtroit plus vif , plus dans le génie de l'auteur , & renfermeroit des traits fatiriques. La vieille qui vante fon bafilic, fera Alcibiade qui fe glorifie de fa naiffance & de fa beauté ; & l'efclave débauché fera le peuple afservi, qui négligeoit les arts honnêtes pour fuivre les jeux , & qui demandoit feulement *panem & circenfes*. C'eft encore allier Alcibiade avec les Romains.. On a préféré le premier fens. Le lecteur décidera;

(*Ut nemo in fese tentat descendere! Nemo!* p. 106, v. 7.)
Ce vers & le suivant sont une réflexion pleine d'indignation, que fait Socrate, après avoir reproché au jeune
Alcibiade son extravagance. On a traduit littéralement,
le sens est assez clair. La même pensée terminera cette
satire :

    Tecum habita ; & nóris quàm sit tibi curta supellex.
Juvenal a dit :

        È celo descendit gnoti seauton.

(*Sed præcedenti spectatur mantica tergo*, p. id. v. 8.)
Perse fait ici allusion à la fable d'Esope, imitée par Phedre,
& si admirablement développée par la Fontaine. Les derniers vers de la fable françoise sont la paraphrase de ce
vers : *Sed præcedenti*, &c.

    On se voit d'un autre œil qu'on ne voit son prochain.
        Le fabricateur souverain
Nous créa besaciers tous de même maniere,
Tant ceux du tems passé que du tems d'aujourd'hui.
Il fit pour nos défauts la poche de derriere,
Et celle de devant pour les défauts d'autrui.

(*Quæsieris*, &c. p. id. v. 9.) Perse vient de dire qu'on
ne veut point se connoitre, & qu'on regarde seulement
la besace que porte sur son dos celui qui marche devant
nous ; c'est-à-dire, que nous n'examinons que les défauts
des autres. Il va étendre cette pensée, & la prouver par
un exemple. Socrate, qu'il fait toujours parler, dit au
jeune Alcibiade : si l'on vous demande, *connoissez-vous
Vectidius*, vous en direz tout le mal qu'on en peut dire ;
mais un autre vous rend la pareille. Est-il nécessaire d'observer que Perse fait parler Alcibiade de Vectidius de

                H iv

Cures & des ufages Romains ? Comme il lui a fait dire *Quirites*, & que ce feroit une inconféquence s'il ne l'avoit pas fait à deffein de fatirifer les Romains ; pour donner à *quæfieris* fon vrai fens, il auroit fallu traduire : *fi vous demandez*, & non, *fi on vous demande*. On s'eft permis cette petite inexactitude, pour conferver à Perfe fa vivacité. Le lecteur verra fans peine qu'il eft mieux de faire tomber fur Alcibiade que fur un interlocuteur nouveau, les reproches, *& fi unctus ceffes*, & ce qui fuit. Surtout, ces reproches conviennent très-bien à l'opinion qu'on a des mœurs d'Alcibiade, &c.

(*Vectidi*, p. 106, v. 9.) Quelques interpretes lifent *Ventidi*, & prétendent que celui dont Perfe parle ici, eft le *Ventidius* dont Juvenal a fait mention. On ne fuit point cette leçon. Le Ventidius de Juvenal étoit riche à la vérité, mais il étoit débauché, & le richard de Perfe eft un avare.

(*Curibus*, p. id. v. 10.) Cures étoit la ville capitale du pays des Sabins.

(*Quantum non milvus oberret*, p. id. v. 10.) Cette façon de parler étoit une efpece de proverbe. Juvenal a dit :

Tot milvos intrà tua prædia laffos.

Nous difons en françois, *le vol du chapon*, pour défigner le terrein attenant un manoir.

(*Dis irats, genioque finiftro*, p. id. v. 11.) Pour conftruire ce paffage, on y a fous-entendu *natum*. On a fuivi en cela Cafaubon. Les païens croyoient qu'un bon & un mauvais génie préfidoient à la naiffance de chaque homme, & l'accompagnoient dans le cours de fa vie, l'un pour lui nuire, l'autre pour l'obliger. Pendant une nuit, Brutus apperçut dans fa tente un fpectre plus grand que nature ; il lui demanda : *quel homme , ou quel dieu êtes-vous ?* Le fantôme répondit : *je fuis ton mauvais ange , Brutus , & tu me verras près de la ville de Philippes.* Brutus , *fans autrement fe troubler* , lui repliqua : *& bien, je t'y verrai donc.* Plutarque , de la traduction d'Amyot. Dans le Phormion de Térence , acte I , fcene II , je lis:

 Memini relinqui me deo irato meo.

(*Qui quandoque jugum pertufa ad compita figit* , p. 106, v. 12.) Par *compita pertufa* , on entend les carrefours où aboutiffent un grand nombre de chemins. *Pertufa* peut auffi fignifier la même chofe que *trita.* En lui donnant ce fens , on traduiroit *compita pertufa* , par *les carrefours fréquentés. Jugum figit* : après les femailles , les laboureurs attachoient leurs charrues dans un carrefour , faifoient des facrifices , & célébroient des fêtes joyeufes, appellées *compitalia.*

(*Seriolæ veteris metuens deradere limum ,*

Ingemit , p. id. v. 13 & 14.) *Seriola* eft le diminutif de *foria* , qui fignifie une cruche dans laquelle on gardoit du vin. *Deradere limum* , fignifie *déboucher.* On fait que les anciens enduifoient avec de la poix ou de la terre , le goulot de leurs bouteilles. Térence a dit , acte III , fcene premiere , de l'Heaut.

 Relevi dolia omnia , omnes ferias.

Relinere , le contraire de *linere* , *enduire* , a la même fignification que *deradere.* Ces deux vers , *qui quandoque* , &c. ne font encore que l'ébauche du portrait de l'avare Vectidius. Un jour de fête & de plaifir , lorfque les autres laboureurs fe livrent à la joie , à la bonne chere , il tremble d'être forcé de déboucher une petite bouteille de vin vieux. **Les** trois vers qui fuivent, vont donner la derniere touche au tableau.

(*Hoc benè fit*, p. 126, v. 14.) Lorfque les anciens Romains entreprenoient une action importante, ils fe fervoient de différentes formules pour demander aux dieux un heureux fuccès. Telles font : *dii benè vortant*, ou bien, *quod felix, fauftum, fortunatumque fit*; ou, comme Vectidius, *hoc benè fit.* Il eft ici employé pour faire fentir le ridicule d'un avare qui emprunte les mots ufités dans un grand facrifice, lorfqu'il va manger un oignon, & donner de la bouillie à fes efclaves. Cette dépenfe étoit un facrifice pour Vectidius.

(*Farratam pueris plaudentibus ollam*, p. id. v. 15.) On lit dans quelques éditions : *farratá ollá.* Ces deux leçons donnent le même fens. *Olla farrata*, eft ce que les rhéteurs appellent *metonimie*, le contenant pour le contenu. Quel dommage que le peuple n'ait pas appris la rhétorique ! il fauroit, comme M. Jourdain, qu'en difant, *un pot de lait, une bouteille de vin*, &c. ce font des *metonimies* qu'il fait, & qu'il en a fait long-tems fans le favoir. Il falloit que Vectidius fit mauvaife chere tous les jours, puifque fes efclaves font fi contens d'avoir de la bouillie un jour de fête.

(*Pannofam fæcem morientis forbet aceti*, p. id. v. dern.) Chaque mot de ce vers eft un coup de pinceau vigoureux, qui acheve le portrait de l'avare Vectidius. *Sorbet*, il ne boit pas à longs traits, il avale goulument ; ce n'eft pas du vin qu'il avale ainfi, c'eft du vinaigre ; & quel vinaigre ? Du vinaigre ufé, du vinaigre au bas, *morientis.* Encore, s'il buvoit du vinaigre ufé, ce feroit au moins une liqueur ; mais non, ce n'eft que la lie, *fæcem*, & la

lie chargée de ces floccons bourbeux qui reſſemblent à
des lambeaux de vieux haillons , *pannoſam.* Horace a dit ,
ſat. III , l. 2 , v. 143 , en parlant d'un avare :

> *Pauper Opimius argenti poſiti intùs & auri ,*
> *Qui Vejentanùm feſtis potare diebus*
> *Campaná ſolitus trullá , vappamque profeſtis.*

Cette note doit contenter ceux qui aiment le docteur
Mathanaſius. Ils ſont priés de trouver bon qu'on ne faſſe
pas ainſi l'anatomie des vers ſuivans.

(*At ſi unctus ceſſes* , p. 108 , v. 1.) Socrate vient de
faire blâmer , par Alcibiade , l'avarice de Vectidius. Le
tour d'Alcibiade vient. Socrate lui dit que s'il va , bien
parfumé , au ſoleil , un inconnu lui reprochera ſes vices.

(*Cubito qui tangat* , p. id. v. 2.) Cette expreſſion eſt
imitée d'Horace , ſat. V , l. 2 :

> *Nonne vides aliquis cubito ſtantem propè tangens.*

Horace emploie *cubito tangere* , pour ſignifier *avertir* ; &
Perſe , pour repouſſer avec mépris.

(*Cædimus , inque vicem præbemus crura ſagittis* , p. id.
v. 10.) Ceci eſt le réſumé des deux critiques qui ont été
faites , l'une de Vectidius par Alcibiade , l'autre d'Alcibiade , ſous le nom ſuppoſé d'un inconnu. C'eſt comme
ſi Perſe avoit dit : *on ſe déchire réciproquement.*

(. . . . . . *Ilia ſubter*
Cæcum vulnus habes , &c p. id. v. 11 & 12.) Ceci eſt
une comparaiſon. Ce qui eſt dit du corps, doit s'entendre
de l'ame. L'intention du poëte eſt de dire : vous cherchez
à cacher , par un extérieur impoſant , les vices que votre
cœur recele. Tâchez de tromper votre conſcience , &
de vous diſſimuler ſes remords : *ut mavis , da verba &*
decipe nervos , ſi potes.

(. : : . *Egregium cùm me vicinia dicat ,*
Non credam, p. 108 , v. 14 & 15.) Cette pensée est
empruntée d'Horace , ép. XVI , l. 1 :

Tu rectè vivis , si curas esse quod audis.

.   .   .   .

Sed vereor , ne cui de te plus quàm tibi credas ,

.   .   .   .

Neu , si te populus sanum rectèque valentem
Dictitet , occultam sebrem sub tempus edendi
Dissimules , donec manibus tremor incidat unctis.
Stultorum incurata pudor malus ulcera celat.

.   .   .   .

Quum poteris sapiens emendatusque vocari ,
Respondesne tuo , dic sodes nomine ?

(*Si Puteal multá cautus vibice flagellas* , p. id. v. dern.)
Ce vers est susceptible de plusieurs interprétations. Casaubon , qui veut que cette satire soit faite contre Neron,
fait signifier à ce vers : *si vous parcourez la place, en frappant*
insolomment ceux que vous rencontrez. D'autres commentateurs, prenant *Puteal* pour le lieu où le preteur rendoit
la justice , veulent que *si Puteal* , &c. signifie , *si vous êtes*
un chicaneur. Ces explications paroissent un peu trop
forcées. On a préféré un sens qui paroit plus naturel.
Puteal , le puits de Libonius , étoit l'endroit où se rassem-
bloient les usuriers & ceux qui vouloient emprunter. Ce
Puteal répond à ce que nous appellons *la bourse. Vibice*
est l'ablatif de *vibex* , qui signifie la marque que font sur
le corps les coups de fouet. Ces observations , & la glose
de Jean Bond , *si tu es sœnerator adeò callidus , ut debitores*
multá & immani usurá flagelles & premas , ont déterminé

sur le sens de ce passage. Deux vers d'Ovide sont aussi d'une grande autorité sur ce point :

Qui Puteal Janumque timet celeresque kalendas
  Torqueat hunc æris mutua summa sui.

(*Bibulas aures* , p. 110, v. 1.) Des oreilles altérées, c'est-à-dire, *avides de louanges* , parce qu'il est question de louanges.

(*Respue quod non es* , p. id. v. 2.) *Rejettez ce que vous n'êtes pas* , pour dire, les éloges que vous ne méritez pas.

(*Tollat sua munera cerdo* , p. id. v. id.) *Cerdo* signifie un savetier, un cordonnier, tout vil artisan. Il est pris ici pour un bas flatteur.

(*Tecum habita ; & noris quàm sit tibi curta supellex* ; p. id. v. dern.) Ceci est le résumé de toute la satire. Socrate, après avoir reproché au jeune Alcibiade son empressement à se mêler du gouvernement avant d'être en âge d'entrer dans les charges, avant d'avoir acquis les talens nécessaires pour les administrer, &c. finit par lui dire : *tâchez de vous connoître, & voyez votre incapacité.*

SATIRA V.

VATIBUS hic mos eſt, centum ſibi poſcere
   voces,
Centum ora, & linguas optare in carmina cen-
   tum :
Fabula ſeu mœſto ponatur hianda tragœdo.
Vulnera ſeu Parthi ducentis ab inguine ferrum.
C. Quorsùm hæc ? Aut quantas robuſti carminis
   offas
Ingeris, ut par ſit centeno gutture niti ?
Grande locuturi nebulas Helicone legunto :
Si quibus aut Prognes, aut ſi quibus olla Thyeſtæ
Fervebit, ſæpè inſulſo cœnanda Glyconi.
Tu neque anhelanti, coquitur dum maſſa ca-
   mino,
Folle premis ventos : nec clauſo murmure rau-
   cus
Neſcio quid tecum grave cornicaris ineptè,
Nec ſcloppo tumidas intendis rumpere buccas.
Verba togæ ſequeris, juncturâ callidus acri,

SATIRE V.

C'EST la coutume des poëtes, de demander cent voix, cent bouches, cent langues, pour chanter leurs vers, soit qu'ils veuillent mettre au théâtre une tragédie, que les acteurs déclameront avec emphase; soit qu'ils ~~veuillent~~ chanter les combats des Parthes, qui arrachent le fer ~~de leurs cuisses.~~

C. Où nous menera ce début? Préparez-vous donc un assez grand pâté de vers nerveux, pour avoir besoin de cent bouches? Laissez ~~ramasser~~ les brouillards de l'Hélicon aux poëtes qui ont de grands sujets à traiter, à ceux qui ~~veulent~~ apprêter le repas de Progné, ou faire bouillir la marmite de Thyeste, qui doit souvent fournir à souper à l'insipide Glycon. Vous ne faites point de vos poumons les soufflets d'une forge, qui s'agitent & poussent l'air jusqu'à ce que la masse de fer soit fondue. Vous ne murmurez pas intérieurement; vous ne vous enrouez pas à croasser en vous même je ne sais quelles graves inepties; vous ~~ne rendez~~ pas vos joues, pour les faire crever avec explosion. Vous parlez un langage familier. Avec une liaison fine, un style

Ore teres modico, pallentes radere mores
Doctus & ingenuo culpam defigere ludo.
Hinc trahe quæ dicas. Menfafque relinque My-
    cenis,
Cum capite & pedibus : plebeiaque prandia
    nôris.

P. Non equidem hoc ftudeo, bullatis ut mihi
    nugis
Pagina turgefcat, dare pondus idonea fumo.
Secreti loquimur: tibi nunc hortante Camœnâ
Excutienda damus præcordia : quantaque noftræ
Pars tua fit, Cornute, animæ, tibi dulcis amice,
Oftendiffe juvat : pulfa, dignofcere cautus
Quid folidum crepet, & pictæ tectoria linguæ.
His ego centenas aufim depofcere voces,
Ut quantùm mihi te finuofo in pectore fixi
Voce traham purâ : totumque hoc verba re-
    fignent
Quod latet arcanâ non enarrabile fibrâ.
Cùm primùm pavido cuftos mihi purpura cef-
    fit,
Bullaque fuccinctis laribus donata pependit :

                                  fimple

simple & poli, vous savez enlever le masque
de l'hypocrisie, &, par un badinage honnête,
percer le vice des traits de la satire. C'est là le
genre que vous devez traiter. ————————

Laissez à Mycene ~~les~~ repas sanguinaires, ~~où~~
~~l'on sert des~~ pieds & ~~une~~ tête ~~humaine~~. — Pei-
gnez-nous les repas du peuple. *P.* Vous avez
raison, je ne cherche point à boursouffler mes
écrits de bagatelles ampoullées, je ne veux point
donner du poids à la fumée, nous parlons entre
nous : ma Muse me conseille de vous laisser
fouiller au fond de mon cœur. Cornutus, mon
tendre ami, que j'ai de plaisir à vous montrer
quelle portion votre ame est de la mienne! Frap-
pez sur mon cœur; la prudence vous fera discerner s'il rend un son ~~plein~~, & si ma langue
est couverte d'un ~~vernis emmiellé~~. Lorsque
j'ose demander cent voix, c'est pour vous dire
clairement combien vous êtes profondément
gravé dans mon ame, c'est pour vous ~~dire &~~
vous développer les sentimens inexprimables
qu'elle renferme. Dès que j'eus quitté la pourpre,
protectrice de ma timide enfance, lorsque j'eus
fait aux dieux pénates l'offrande des ~~bijoux~~
de mes tendres années, lorsque je me vis accompagné de camarades complaisans, ~~lorsque~~
la robe virile me donna le droit de promener

handwritten marginal annotations:

écrit dans un [?]
8/ Q

de [?]

pur /
enduit que l'imitte [?]

8 /
et serret

son
[struck-through word]

et que /

Mr. Diderot

Cùm blandi comites , totâque impune Suburrâ
Permifit fparfiffe oculos jam candidus umbo :
Cùmque iter ambiguum eft , & vitæ nefcius error
Diducit trepidas ramofa in compita mentes ,
Me tibi fuppofui : teneros tu fufcipis annos
Socratico, Cornute , finu , tunc fallere folers
Appofita intortos extendit regula mores :
Et premitur ratione animus , vincique laborat,
Artificemque tuo ducit fub pollice vultum.
Tecum etenim longos memini confumere foles,
Et tecum primas epulis decerpere noctes.
Unum opus,& requiem pariter difponimus ambo,
Atque verecundâ laxamus feria menfâ.
Non equidem hoc dubites,amborum fœdere certo
Confentire dies , & ab uno fidere duci.
Noftra vel æquali fufpendit tempora libra
Parca tenax veri , feu nata fidelibus hora
Dividit in geminos concordia fata duorum :
Saturnumque gravem noftro Jove frangimus
        unà.
Nefcio quod , certè eft quod me tibi temperat ,
        aftrum.

impunément mes regards dans tout le fauxbourg
de Suburra, à cet âge où la route eſt équivoque,
où l'erreur & le défaut d'expérience conduiſent
& laiſſent balancer nos eſprits entre deux ſen-
tiers, alors je me mis ſous votre diſcipline ;
vous ouvrîtes votre ſein pour me recevoir,
Cornutus, & vous fûtes mon Socrate. Alors,
par une ſage tromperie, vous me ſoumîtes à
des regles qui redreſſerent ma conduite ; mon
eſprit ~~fut ſubjugué~~ par la raiſon, ~~& contraint
de lui céder~~ ; il prit ſous vos doigts habiles une
forme nouvelle. Avec vous, il m'en ſouvient,
je paſſois les jours entiers, avec vous je paſſois
à table les premieres heures de la nuit. Nous
diſpenſions également tous deux le travail & le
repos. Un repas où régnoit la modeſtie, nous
délaſſoit des occupations ſérieuſes. N'en doutez
point, ~~un accord conſtant fait couler~~ nos jours
unis ; ~~ils ſont guidés par le même aſtre~~. Soit
que la parque, immuable dans ſes décrets, ait
peſé nos ~~momens~~ dans ~~la juſte~~ balance, ſoit que
la conſtellation des gémeaux, qui ~~voit naître~~
les amis ~~fidelles~~, ait partagé entre nous deux
une deſtinée ſympatique, ou que, ſous la protection de Jupiter, nous ayons enſemble vaincu
la maligne influence de Saturne. J'ignore laquelle,
mais certainement une étoile m'attache à vous.

Mille hominum fpecies, & rerum difcolor
  ufus :
Velle fuum cuique eft, nec voto vivitur uno.
Mercibus hic Italis mutat fub fole recenti
Rugofum piper, & pallentis grana cumini :
Hic fatur irriguo mavult turgefcere fomno :
Hic campo indulget : hunc alia decoquit : ille
In Venerem eft putris : fed cùm lapidofa chi-
  ragra
Fregerit articulos veteris ramalia fagi,
Tunc craffos tranfiffe dies, lucemque paluf-
  trem
Et fibi jam feri vitam ingemuere relictam.
At te nocturnis juvat impallefcere chartis,
Cultor enim juvenem purgatas inferis aures
Fruge Cleantheâ. Petite hinc juvenefque fenef-
  que
Finem animo certum, miferifque viatica canis.
Cras hoc fiet. Idem cras fiet : quid ? Quafi ma-
  gnum
Nempe diem donas? Sed cùm lux altera venit,

Les hommes different de mille manieres par la figure. La même diverſité ſe remarque dans leur conduite. Chacun d'eux a une volonté qui lui eſt propre ; rien de pareil dans leurs deſirs. L'un échange vers l'orient des marchandiſes d'Italie contre le poivre & le pâle cumin. Un autre, ~~bien~~ gorgé de mets, ~~ſe livre au ſommeil qui le raffraîchit~~ & ~~l'engraiſſe~~. Celui-ci ſe plaît au champ de Mars ; cet autre ſe ruine au jeu ; un autre s'anéantit dans les plaiſirs de l'amour : ~~lorſque~~ la goutte & ſes pierres auront noué leurs articulations , comme les branches d'un vieux hêtre , ils gémiront, ~~mais~~ trop tard , d'avoir paſſé leurs jours dans l'obſcurité, dans un brouillard épais , & ~~de n'avoir pas joui de la~~ vie.

Pour vous , Cornutus, ~~vous aimez à pâlir ſur les livres pendant la nuit~~ ; vous formez la jeuneſſe ; après avoir extirpé les vices de ſon cœur, vous y ſemez le froment de la vraie philoſophie. [Vous ~~leur~~ dites] Jeunes gens, & ~~vous auſſi vieillards , cherchez dans ſon étude~~ le but fixe que vous devez vous propoſer , & des proviſions pour la fin de votre carriere. — Cela ſe fera demain. — Demain vous ferez la même promeſſe. — Quoi, vous m'accordez un jour comme une choſe de conſéquence ? — Mais lorſque le lendemain ſera arrivé, le jour pré-

I iij

et rempli de vin
aimé a dormir et
a s'engraiſſer

mais quand

hélas

d'avoir perdu leur

votre genie eſt de
veiller en pâliſſ᷒
ſur les livres

Voici ce que

∧…))

c'eſt dans cette
étude que vous
trouverez … la bonne
… jouir en dans
l'âge avant

Jam cras hefternum confumfimus : ecce aliud cras

Egerit hos annos, & femper paulùm erit ultrà.

Nam quamvis propè te, quamvis temone fub uno

Vertentem fefe, fruftrà fectabere canthum.

Cùm rota pofterior curas, & in axe fecundo

    Libertate opus eft : non hæc, ut quifque Ve-

    lina

Publius emeruit, fcabiofum tefferulâ far

Poffidet. Heu fteriles veri, quibus una Quiritem

Vertigo facit ! hic Dama eft non treffis agafo !

Vappa, & lippus & in tenui farragine mendax.

Verterit hunc dominus, momento turbinis exit

Marcus Dama. Papæ ! Marco fpondente recufas

Credere tu nummos ? Marco fub judice palles ?

Marcus dixit : ita eft. Adfigna, Marce, tabellas.

Hæc mera libertas, hanc nobis pilea donant.

An quifquam eft alius liber, nifi ducere vitam

Cui licet, ut voluit ? Licet, ut volo vivere : non

    fim

Liberior Bruto ? Mendosè colligis, inquit

Stoïcus hic, aurum mordaci lotus aceto.

Hoc reliquum accipio, licet illud & ut volo tolle

cédent sera déja passé. Un autre demain mine vos, années & sera toujours un peu au-delà de vous. En effet, quoique près de vous, quoiqu'il tourne au même charriot, vous le poursuivez vainement, puisque vous êtes la roue de derriere & au second essieu.

Il faut être libre, non de cette liberté qui fait inscrire un Publius dans la tribu de Velina, qui lui fait délivrer un boisseau de bled gâté.

Hélas! insensés Romains, ~~un tournoiement~~ vous donne un citoyen. Ce Dona est un palfrenier qui ne vaut pas trois sols, c'est un polisson, une bête, qui mentiroit pour une poignée de mauvais fourrage. Que son maître le fasse tourner, après ~~une une~~ pirouette, ~~je vois pa~~ ~~reître~~ Marcus Damas. Miracle! Sous la caution de Marcus, refuseriez-vous de prêter votre argent? Trembleriez-vous, si vous aviez Marcus pour juge? Marcus l'a dit, cela est. ~~Marcus,~~ ~~vous pouvez faire votre testament.~~ Voilà la vraie liberté, un ~~chapeau~~ nous la donne. Quel est l'homme libre, sinon celui qui a la permission de vivre comme il veut? Or il m'est permis de vivre comme je veux; ne suis-je pas plus libre que Brutus? — La mineure est fausse, dira ce stoïcien qui a l'oreille ~~fine & délicate~~. J'accorde la majeure : mais effacez votre *il m'est permis &*

I iv

Vindiâá poſtquàm meus à prætore receſſi,
Cur mihi non liceat juſſit quocumque volun-
  tas

Excepto ſi quid Maſuri rubrica vetavit?
Diſce : ſed ira cadat naſo, rugoſaque ſanna,
Dum veteres avias tibi de pulmone revello.
Non prætoris erat ſtultis dare tenuia rerum
Officia, atque uſum rapidæ permittere vitæ
Sambucam citiùs caloni aptaveris alto.
Stat contra ratio, & ſecretam garrit in aurem,
Ne liceat facere id, quod quis vitiabit agendo.
Publica lex hominum, naturaque continet hoc
  fas,

Ut teneat vetitos inſcitia debilis aâus.
Diluis elleborum certo compeſcere punâo
Neſcius examen? Vetat hoc natura medendi.
Navem ſi poſcat ſibi peronatus arator
Luciferi rudis, exclamet Melicerta periſſe
Frontem de rebus.   Tibi reâo vivere talo
Ars dedit? Et veri ſpeciem dignoſcere calles
Ne qua ſub ærato mendoſum tinniat auro?

comme je veux. — Depuis que la verge du pré-
teur m'a ~~envoyé en poffeffion de ma perfonne~~, *rendu poffeffeur de moi même*
pourquoi ne me feroit-il pas permis de faire tout
ce que je veux , excepté ce qui eft défendu en
lettres rouges dans le code de Maffurius ? — Je
vais vous le dire, mais modérez votre colere ne
froncez pas le fourcil ; ~~décider vous~~, tandis que
j'arracherai de vos entrailles ~~vos~~ vieux préjugés. Il n'appartient point au préteur de donner
à un fot la connoiffance des devoirs civils dans
les circonftances délicates , ni de lui apprendre
le bon ufage de la vie. Vous inftruiriez plutôt
ce ~~lourdaut de goujat~~ à bien jouer de la lyre. *valet groffier*
La raifon nous dit à l'oreille : « je vous défends
» de faire ce que vous feriez mal ». Le droit
public, la loi naturelle, nous difent : « abftenez-
» vous des emplois que l'ignorance & la foi-
» bleffe vous interdifent ». Vous ~~préparez~~ de *deftinez*
l'ellébore, fans favoir à ~~quelle dofe~~ il faut fixer *quel point pour le dofes*
la balance. La médecine vous en fait un crime.
Si un laboureur en guêtres demandoit la conduite d'un navire , fans ~~rien~~ connoître aux
aftres, Melicerte s'écrieroit qu'il n'exifte plus
de pudeur.
Vous avez appris à marcher d'un pas ferme,
à diftinguer la vérité d'avec fon apparence Le
fon du cuivre furdoré ne vous en impofe pas

Quæque fequenda forent , quæque evitanda
    viciffim,

Illa priùs cretâ , mox hæc carbone notafti ?

Et modicus voti, preffo lare , dulcis amicis ?

Jam nunc aftringas, jam nunc granaria laxes:

Inque luto fixum poffis tranfcendere nummum:

Nec glutto forbere falivam Mercurialem ?

Hæc mea funt , teneo , cùm verè dixeris, efto

Liberque ac fapiens , prætoribus ac Jove dex-
    tro.

Sin tu cùm fueris noftræ paulò antè farinæ,

Pelliculam veterem retines , & fronte politus,

Aftutam vapido fervas fub pectore vulpem:

Quà dederam fuprà , repeto , funemque re-
    duco.

Nil tibi conceffit ratio , digitum exere , peccas.

Et quid tam parvum eft ? Sed nullo thure li-
    tabis.

Hæreat in ftultis brevis ut femuntia recti.

Hæc mifcere nefas : nec , cùm fis cætera foffor,

Tres tantùm ad numeros fatiri moveare Ba-
    thylli.

Vous avez marqué ce qu'on doit pratiquer, ce qu'on doit fuir, l'un avec de la craie, l'autre avec du charbon. Vous êtes moderé dans vos defirs; avec une fortune médiocre vous êtes agréable à vos amis, vous favez à propos fermer & ouvrir vos greniers; vous paffez fans vous baiffer, auprès d'un écu cloué dans la boue. Les faveurs de Mercure ne vous font point venir l'eau à la bouche. Si vous pouvez dire avec vérité, j'ai ces qualités, elles m'appartiennent, je vous déclare libre & fage par la faveur des préteurs & de Jupiter.

Si au contraire, après avoir été de la même pâte que nous, vous gardez votre ancienne peau, fous un extérieur honnête, fi vous confervez dans un cœur gâté l'aftuce d'un renard, je reprends ce que je vous avois accordé, je raccourcis la longe. Si la raifon ne vous a point favorifé, remuez le doigt, vous commettez une faute. — Eft-il notion moins importante ? — Par aucuns facrifices, jamais vous n'obtiendrez que les fots puiffent avoir en partage une once de bon fens ; la fageffe & la fottife font inaliénables. Si à tous autres égards vous avez la rufticité d'un payfan, vous ne pourrez jamais imiter pendant trois mefures la légéreté du danfeur Bathylle.

— Liber ego. — Unde datum hoc ſumis tot
    ſubdite rebus ?

An dominum ignoras, niſi quem vindicta re-
    laxat ?

I puer, & ſtrigiles Criſpini ad balnea defer;

Si increpuit, ceſſas nugator ? Servitium acre

Te nihil impellit ? Nec quicquam extrinſecus
    intrat,

Quod nervos agitet ? Sed ſi intùs, & jecore ægro

Naſcantur dömini, qui tu impunitior exis,

Atque hic, quem ad ſtrigiles ſcutica & metus
    egit herilis ?

Manè piger ſtertis : ſurge, inquit avaritia, eia,

Surge. Negas. Inſtat, ſurge, inquit. Non queo.
    Surge.

Et quid agam ? Rogitas ? Saperdas advehe Ponto.

Caſtoreüm, ſtupas, ebenum, thus, lubrica
    Coa:

Tolle recens, primus piper è ſitiente camelo:

Verte aliquid, jura. Sed Jupiter audiet ꝓ eheu!

Varo reguſtatum digito terebrare Falernum

Contentus perages, ſi vivere cum Jove tendis.

— Je suis libre, moi. — Où l'avez-vous prise, qui vous l'a donné cette liberté, lorsque vous êtes soumis à tant de maîtres ? Est-ce que vous n'en connoissez point d'autre, que celui dont la verge du préteur vous affranchit ?

Si je vous dis : ~~vas, mon~~ garçon, vas, porte ~~mes étrilles~~ au bain de Crispinus ; si je vous crie en grondant, à quoi t'amuses-tu, paresseux, ne ~~vous sentez-vous pas pressé par un dur~~ esclavage ? ~~Une puissance extérieure ne vient-elle pas agiter vos nerfs ?~~ Mais si ~~intérieurement, & dans~~ votre cœur malade, naissent des maîtres, êtes-vous plus assuré de l'impunité qu'un esclave ~~que~~ la crainte de son maître & des étrivieres ~~annuie~~ porter ~~les étrilles~~ ?

Le matin la paresse vous tient au lit. Leve-toi, dit l'avarice, allons, leve-toi. — Vous refusez. — Elle presse. Leve-toi, dit-elle. — Je ne saurois. — Leve-toi. — Et pourquoi faire ? — Belle demande. Vas porter dans le royaume de Pont des ~~poissons~~ du Castoreum, du chanvre, de l'ébene, de l'encens, du vin doux de Cos. Enleve le premier le poivre ~~qu'apportent~~ les chameaux altérés. Négocie, parjure-toi. — Mais Jupiter m'entendra. Ô le butor ! ~~Il faudra te contenter de~~ lécher le doigt ~~qui mura frotté~~ la saliere, si tu veux ~~bien vivre~~ avec Jupiter.

Jam pueris pellem fuccinctus & œnophorum
 aptas :

Ocyùs ad navem : nil obftat, quin trabe vaftâ

Ægeum raptas, nifi folers luxuria ante

Seductum moneat : quò deinde infane ruis?
 Quo ?

Quid tibi vis ? Calido fub pectore mafcula bilis

Intumuit, quam non extinxerit urna cicutæ.

Tun' mare tranfilias ? Tibi, tortâ cannabe fulto,

Cœna fit in tranftro, Vejentanumque rubellum

Exhalet vapidâ læfum pice feffilis obba ?

Quid petis ? Ut nummi, quos hic quincunce
 modeftè

Nutrieras, pergant avidos fudare deunces ?

Indulge genio, carpamus dulcia, noftrum eft,

Quod vivis ; cinis ; & manes, & fabula fies :

Vive memor leti : fugit hora : hoc quod loquor,
 inde eft.

En quid agis ? Duplici in diverfum fcinderis
 hamo :

Hunccine, an hunc fequeris ? Subeas alternus
 oportet

Ancipiti obfequio dominos : alternus oberres,

Déja bien retrouſſé, je vous vois charger vos
valets de peaux & de cruches de vin : ~~alles~~ vîte
au navire / ~~plus d'obſtacle~~ ; votre immenſe vaiſ-
ſeau va fendre la mer Égée, à moins que la
volupté ~~adroite~~ ne prévienne votre embarque-
ment, & ne vous diſe ~~en particulier~~ : « où veux-
» tu courir, inſenſé ? Où vas-tu ? Quel eſt ton
» deſſein ? Une paſſion violente eſt allumée dans
» ton cœur. Une urne de ciguë ne pourroit l'é-
» teindre ┃ & tu paſſerois la mer ? ~~Aſſis ſur une~~
» ~~corde de chanvre~~, tu ſouperois ſur un banc ?
» Un vin rougeâtre de Vejès, ſentant la poix
» ~~échauffée~~, te ſeroit verſé d'une cruche ~~plate~~
» par le fonds ? Quel eſt ton deſſein ? Que l'ar-
» gent qui te rapportoit ici modeſtement le de-
» nier cinq, rende à force de travail à ton avidité
» cent pour cent ? Donne-toi du bon tems,
» cueillons les ~~plaiſirs~~, c'eſt par moi que tu vis.
» ~~Tu dois être~~ réduit en cendres, ~~être mis~~ au
» rang des manes fabuleux. ~~Que la penſée de la~~
~~mort t'engage~~ à vivre. Le tems fuit. L'inſtant
» où je ~~vous~~ parle eſt déja ~~paſſé~~ ». Eh bien, que
ferez-vous ? Deux harpons vous tiraillent en
ſens contraire. Suivrez-vous celui-ci, ou celui-
là ? Il faut que vous obéiſſiez tour à tour à l'un
de ces deux maîtres, & qu'alternativement ils
vous égarent. Pour avoir fait réſiſtance une

[handwritten marginal notes:]
d'
ſi rien ne vous arrête
ſéduiſante
à l'écart
ſi
ſoutenu d'une
corde de chanvre
vapide / applatie
dans un moment
tu feras
te / loin

[handwritten note at bottom:]
Souviens toi que tu es mortel, te Jouis.

Nec tu, cùm obftiteris femel, inftantique negâris

Parere imperio, rupi jam vincula dicas.

Nam & luftata canis nodum abripit : attamen
    illi

Cùm fugit, à collo trahitur pars longa catenæ.

  Dave, citò, hoc credas jubeo, finire dolores

Præteritos meditor : (crudum Chæreftratus un-
    guem

Abrodens ait hæc) ac ficcis dedecus obftem

Cognatis ? An rem patriam rumore finiftro

Limen ad obfcœnum frangam, dum Chrÿfidis
    udas

Ebrius ante fores, extinctâ cum face canto ?

Euge, puer, fapias, dîs depellentibus agnam

Percute. Sed cenfen' plorabit Dave relicta ?

Nugaris. Soleâ, puer, objurgabere rubrâ

Ne trepidare velis atque arctos rodere caffes.

Nunc ferus, & violens : aut fi vocet. Haud
    mora dicas,

Quidnam igitur faciam ? Ne nunc, cùm accerfat,
    & ultrò

Supplicet, accedam ? Si totus & integer illinc
                              fois,

fois , pour avoir ~~refufé de fuivre~~ leurs ordres
preffans , n'allez pas dire , j'ai brifé mes fers ; car
un chien , à force de fe débattre , rompt fon lien ;
mais en fuyant il traîne au col un long bout de
fa chaîne.

Dave , à l'inftant , & je veux que tu m'en
croies , je fonge à terminer mes anciens tourmens. (C'eft Chereftrate qui parle en fe ron-
geant les ongles jufqu'au fang.) Voudrois-je
nuire à la fortune de mes ~~vertueux~~ parens , &
les déshonorer ? Irois-je engloutir mon patrimoine & ma réputation dans une maifon infame ?
La porte de Chrifis , arrofée de mes larmes , me
verroit éteindre mon flambeau pour y chanter
une ivreffe amoureufe ? — Courage , mon
maître , devenez fage ; immolez une brebis aux
dieux qui vous guériffent. — Mais crois-tu ,
Dave , qu'elle pleurera ~~lorfque je l'aurai aban-
donnée~~ ? — ~~Paroles perdues.~~ Mon pauvre maître ,
vous recevez encore des coups de la pantoufle
rouge. Ne vous débattez point , ne cherchez
point à rompre les liens qui vous ferrent. Vous
voilà bien en colere , bien emporté ; mais fi elle
vous appelloit , auffi-tôt vous diriez : « que
» ferai-je donc ? Quoi , préfentement qu'elle me
» rappelle , & qu'elle vient me fupplier , je n'y
» retournerois pas » ? Si vous étiez forti ~~tom-~~

K

Exieras nec nunc. Hic, hìc, quem quærimus,
 hic eſt,
Non in feſtucâ, lictor quam jactat ineptus.

 Jus habet ille ſui, palpo quem ducit hiantem
Cretata ambitio ? Vigila, & cicer ingere largè
Rixanti populo, noſtra ut Floralia poſſint
Aprici meminiſſe ſenes ; quid pulchrius ? At
 cùm
Herodis venêre dies, unctâque feneſtrâ
Diſpoſitæ pinguem nebulam vomuere lucernæ,
Portantes violas, rubrumque amplexa catinum
Cauda natat thynni, tumet alba fidelia vino ;
Labra moves tacitus, recutitaque ſabbata
 palles.
Tunc nigri lemures, ovoque pericula rupto :
Tunc grandes Galli, & cum ſiſtro luſca ſacer-
 dos,
Incuſſere deos inflantes corpora, ſi non
Prædictum ter manè caput guſtaveris ali

~~lement~~ sain & sauf de son esclavage, vous ne diriez pas, *quoi présentement.* [Le voilà , le voilà, celui que nous cherchons. Le voilà l'homme libre , & non celui qu'un licteur inepte ~~met en liberté~~ avec son fêtu. ————

~~Est-il bien maître de soi en cajoleur~~ que l'ambition, vêtue de blanc, ~~fait courir~~ la bouche béante? « Leve-toi matin [lui dit ~~elle~~], distribue » abondamment des pois au peuple, qui se dis- » putera ~~pour en avoir~~, afin qu'un jour les » vieillards, en se chauffant au soleil, puissent » se rappeller les fêtes de Flore que tu auras » ordonnées. Est-il rien de plus glorieux » ?

Lorsqu'on célébre ~~le jour natal~~ d'Herode, que des lampions ~~arrangés sur les~~ fenêtres grasses, ~~vomiront~~ des nuages ~~de~~ fumée hui- leuse, ~~lorsqu'on offrira des violettes, que~~ la queue d'un thon nage dans ~~le plat~~ rouge ~~dont elle~~ fait le tour, qu'on emplit de vin les bou- teilles blanches; alors vous ~~ferez~~ des prieres à voix basse. Le sabbat des ~~Juifs~~ circoncis vous ~~fera trembler.~~ Ensuite vous craignez les noirs lemes & les dangers d'un œuf ~~couvé~~, puis les grands prêtres de Cybelle, une prêtresse louche avec son systre, vous ~~menacent des~~ dieux, ~~qui vous feront~~ enfler ~~le~~ corps, si vous ne mangez à jeûn les trois gousses d'ail prescrites.

P

c. Dixeris hæc inter varicofos centuriones ;
Continuò craffum ridet Vulfenius ingens,
Et centum Græcos curto centuffe licetur.

ℓ. Allez tenir ces difcours au milieu de nos vigoureux centurions, l'immenfe Vulfenius fera éclater un rire épais, & criera : à cent fols les cent philofophes ; adjugé.

variolos ne
fignifie pas
vigoureux,
il fignie bouffis

N O T E S

SUR LA CINQUIEME SATIRE.

Cette satire a deux parties. Dans la premiere, Perſe fait l'éloge de Cornutus ſon précepteur , & lui marque ſa reconnoiſſance. Dans la ſeconde, il prouve par des exemples cette propoſition des ſtoïciens , que *le ſeul ſage eſt libre*. Horace . ſat. VII, l. 2 , a traité le même ſujet avec ſa gaieté ordinaire. Perſe eſt plus véhément.

(*Vatibus hic moſt eſt* , pag. 126, v. 1,) C'eſt Perſe qui parle ici. Il fronde , en paſſant, le début des poëtes qui demandent cent bouches, cent langues, cent voix , pour chanter avec emphaſe des ſujets tragiques qu'ils traitent en vers ampoullés. Perſe alloit ajouter après ces quatre vers, pourquoi il deſiroit ~~avoir~~ cent bouches ; mais il eſt interrompu par Cornutus ſon interlocuteur : ce ne ſera qu'au vers 25 qu'il ~~dira pourquoi il demanderoit cette multiplication d'organes~~. Virgile a dit :

Non mihi ſi centum linguæ ſint , oraque centum.

(*Fabula ſeu mæſto ponatur hianda tragœdo* , p. id. v. 3.) Perſe a fait ce vers & ceux qui ſuivent, bien ~~ronflans~~, pour railler l'affectation des poëtes tragiques , qui employoient ce qu'Horace appelle :

Ampullas & ſequipedalia verba.

Le même Horace a pareillement raillé cette pompe emphatique dans ce vers :

Fortunam Priami cantabo & nobile bellum.

que Boileau a imitée dans son art poétique :

Je chante le vainqueur des vainqueurs de la terre.

Peut-être le satirique françois avoit-il en vue le début
de la Pharsale :

Bella per Emathios plus quàm civilia campos.

On n'a pas rendu dans la traduction le mot *hianda.* Il
n'auroit eu aucune grace en françois. *Tragœdus* est un
acteur tragique, au lieu que *tragicus* est le poëte tragique.

(*Vulnera seu Parthi ducentis ab inguine ferrum*, p. 126,
v. 4.) Après avoir parlé du poëme dramatique, Perse
parle de l'épopée. La conquête des Parthes pouvoit
fournir la matiere d'un poëme épique. Horace trouvoit
ce sujet au-dessus de ses forces, lorsqu'il disoit :

Non quivis horrentia pilis agmina
Aut labentis equo describet vulnera Parthi.

Les interpretes sont partagés sur le sens de *ducentis ab*
inguine ferrum. Casaubon veut que Perse ait eu en vue la
maniere dont les Parthes lançoient leurs flèches. ~~Ils~~
~~tirent leur arc~~, dit-il, à la hauteur de la cuisse. D'autres
commentateurs prétendent, avec plus de probabilité,
que *ducentis ab inguine ferrum* signifie, qui arrache de sa
cuisse le javelot qui l'a blessé. Le mot *vulnera* ne paroit
pas laisser d'équivoque.

(*Quorsàm hæc*, p. id. v. 5.) Perse est ici interrompu
par Cornutus, qui lui demande à quel dessein il débute
ainsi par demander cent bouches, &c.

(. . . . . . *Aut quantas robusti carminis offas*
Ingeris, &c. p. id. v. 5 & 6) L'expression *offas* est remarquable, jointe avec *carminis. Offa* est une boulette

de pâte appellée *pâton*, avec lesquelles on engraisse la volaille. Petrone a dit : *mellitos verborum globulos.*

(*Grande locuturi nebulas Helicone legunto*, p. 126, v. 7.) Perse a dit, dans son prologue, qu'il abandonne les habitantes de l'Hélicon & la fontaine de Pyrene aux poëtes à prétentions, dont les statues sont couronnées de lierre. Il se fait dire ici par Cornutus, qu'il faut laisser ramasser les brouillards de l'Hélicon aux poëtes tragiques. C'est la même pensée exprimée en termes peu différens.

(*Si quibus aut Prognes, aut si quibus olla Thyestæ Fervebit*, p. id. v. 8 & 9.) On sait assez l'action barbare de Progné, fille de Pandion, qui tua son fils Itis, & le fit servir à Terée son époux. L'action de Thyeste est aussi notoire. On ne s'appesantira point sur ces détails. On remarquera seulement que le poëte se sert du mot *olla*, *chaudiere*, pour jetter du ridicule sur les poëtes tragiques qui employoient ces sujets usés & rebattus, & qui montroient sur la scene ces repas sanguinaires. C'est dans le même dessein qu'il dira :

> *Mensamque relinque Mycenis,*
> *Cum capite & pedibus.*

(*Sæpè insulso cœnanda Glyconi*, p. id. v. 10.) Les interpretes ne s'accordent point sur le Glycon dont il est fait mention ici. Les uns le font acteur, & d'autres, auteur. Il semble plus probable qu'il n'étoit qu'acteur. La raison en est, que s'il étoit auteur, *sæpè* seroit en contradiction avec *insulso*. Il ne seroit pas mauvais auteur, si ses pieces étoient jouées souvent.

Quoique *cœnanda* ne doive pas être pris à la lettre, & qu'il faille l'entendre du profit que faisoit Glycon à représenter dans les tragédies de Progné & de Thyeste,

† *ce n'est pas cela ; glycon étoit un mauvais acteur Insulso ; qui n'auroit eu de quoi souper, sans le tribut de sa représentation*

cependant il résulte de ces deux vers rapprochés, une image révoltante.

(*Tu neque anhelanti, coquitur dum massa camino,*

Folle premis ventos, p. 126, v. 10 & 11.) La construction de ce passage est, *tu neque premis ventos folle anhelanti dum massa coquitur camino.* Horace peut servir ici de commentateur à Perse, sat. IV, l. 1 :

Atque tu conclusas hircinis follibus auras

Usque laborantes, dum ferrum molliat ignis,

Ut mavis imitare.

Perse avoit lu son Horace lorsqu'il a fait ce vers : *tu neque*, &c. Juvénal avoit lu ses deux devanciers, lorsqu'il disoit, en parlant des avocats :

Tunc immensa cavi spirant mendacia folles.

Boileau est venu ensuite qui a lu ces trois satiriques, & s'est approprié leurs pensées.

Perse a dit, sat. 1 :

Scribimus inclusi, numeros ille, hic pede liber,

Grande aliquid, quod pulmo animæ prælargus anhelet.

Sat. III :

An deceat pulmonem rumpere ventis

Stemmate quod Thusco ramum millesime ducis ?

Sat. IV :

I nunc.

Dinomaches ego sum, suffla.

On entasse ces passages pour les éclaircir les uns par les autres, & faire voir que Perse entend désigner la vanité lorsqu'il parle de l'extension des poumons. Le mot *vanitas*, qui peut venir de *ventus*, l'indiquoit déja. L'effet de la vanité est d'enfler, *vanitas inflat.* Qu'on voie plutôt la fable de la grenouille, jalouse de la grosseur du bœuf. On a traduit le passage de Perse aussi littéralement qu'il a été possible. Il auroit fallu le paraphraser longuement, si on avoit voulu dire tout ce que le texte fait entendre.

(. . . . . . *Nec clauso murmure raucus*

Nescio quid tecum grave cornicaris inepte , p. 126 , v. 11 & 12.) Ceci est une seconde touche donnée fortement au portrait des poëtes ampoullés. Pas un mot qui ne peigne. On s'est bien gardé de rien ajouter dans la traduction. Ç'auroit été délayer les couleurs du poëte latin. Par *clauso murmurmure raucus* , Perse entend la déclamation mal articulée que font intérieurement, en se grossissant la voix, les poëtes tragiques pendant qu'ils composent. (Il a dit dans le même sens , sat. III :

Murmura cùm secum , & rabiosa silentia rodunt.)

Le mot *cornicaris* qu'il ajoute ne permet pas d'en douter. Ce *cornicaris* doit s'entendre des croassemens du corbeau. Mal-à-propos quelques commentateurs ont voulu lui faire signifier , *vous ne vous promenez pas seul comme un corbeau*. *Clauso murmure raucus* , prouve qu'il s'agit ici du bruit, & non de la promenade du corbeau.

(*Nec sploppo tumidas intendis rumpere buccas* , p. id. v. 13.) On préfère avec Casaubon & les meilleurs interpretes , *sploppo* à *scloppo*. Ce mot exprime & imite le bruit qu'on fait avec la bouche, lorsqu'après avoir rempli ses joues d'un air comprimé, on le laisse échapper subitement. Ceci est le dernier coup de pinceau que Perse donne à son portrait. Je ne sais si je me suis laissé séduire à l'amour qu'ont les traducteurs pour leur auteur , mais ce portrait me fait le plus grand plaisir. J'imagine , en .sant ces vers , être dans le cabinet d'un poëte-soi-disant tragique, le voir s'agiter, se tourmenter, se travailler, s'enfler, déclamer, gesticuler, pour atteindre au sublime qui surpasse ses forces, & que la nature lui refuse. Pauvres renards ! laissez là ces raisins.

(*Verba togæ sequeris*, p. 126, v. dern.) Ces mots *verba togæ*, peuvent recevoir deux interprétations. Si on considère *togæ* comme l'opposé d'*arma*, ainsi que Ciceron l'a fait dans ce passage, *cedant arma togæ ; verba togæ* signifiera *des paroles douces & pacifiques*, & sera l'opposé du style tragique, où l'on ne parle que de guerres & de combats. Cette interprétation pourroit être reçue & convenir à Perse, s'il avoit fait des comédies du style simple, appellées *togatæ :* mais comme il n'a fait que des satires, il faut prendre *verba togæ* dans la seconde acception, & lui donner le sens qu'Horace veut donner à *sermo pedestris*, & à *sermoni propiora*, qui signifient langage populaire & familier, style de la conversation.

On pourroit accuser Perse de se faire donner ici des louanges par Cornutus. Pour défendre sa modestie, on observera que déja du tems d'Horace, le style naturel & simple n'étoit plus estimé du grand nombre, puisqu'il dit :

Neque, siquis scribat uti nos sermoni
Propiora, dixeris esse poëtam.

C'étoit encore bien pis du tems de Perse. La langue latine étoit sur le retour. Elle étoit beaucoup déchue de la beauté où l'avoient portée les auteurs du siecle d'Auguste. L'afféterie des rhéteurs, la prétention à l'esprit, avoient tout gâté. Pour s'en convaincre, que l'on compare Horace à Ciceron, Lucain à Virgile, &c. Nous avons eu aussi notre siecle d'Auguste.

(*Junctura callidus acri*, p. id. v. id.) Ce passage, &

ce qui le fuit, ne font pas les moins obfcurs de Perfe. *Callidus* & *acri* femblent fe contredire. Mot à mot, *callidus juncturâ acri, fin* (c'eft-à-dire *délicat*), *par une liaifon hardie*. Cela ne préfente pas un fens clair. Afin de jetter un peu de jour fur notre auteur, hafardons une conjecture que fait naitre Cafaubon. Seneque nous aidera. Ce philofophe rhéteur blâme les écrivains de fon tems, de ce qu'ils affectoient des tranfitions dures, de ce qu'ils auroient cru leurs difcours peu mâles & dénués de force, s'ils n'avoient choqué l'oreille par un ftyle raboteux. *Nolunt finè falebrâ effe juncturam, virilem & fortem putant, quæ aurem inequalitate percutiat.* Le même Seneque reprend auffi le défaut contraire dans ceux qui moduloient leurs difcours & qui les rendoient chantans. *Junctura callidus acri* ne feroit-il point le milieu entre ces deux vices ? Ne fignifieroit-il point que Perfe, dans les tranfitions, favoit allier l'élégance, la douceur & la fineffe avec la hardieffe & la force ? C'eft ainfi qu'on a cru le devoir rendre dans la traduction.

(*Ore teris modico*, p. 128, v. 1.) La plupart des éditions portent *teris*. Cafaubon, fans blâmer *teris*, préfere *teres*, d'après de bons manufcrits. La traduction de ce paffage rend également *teres* & *teris*, qui ne donnent pas deux fens différens. Mais afin de rendre Perfe le plus clair qu'il fera poffible, il eft à propos de faire fentir la force de ces deux expreffions.

Si on lit *teris*, il faudra reprendre *verba togæ fequeris*, & conftruire, *fequeris* & *teris verba togæ*, & le fens fera mot à mot, *vous vous fervez, vous faites ufage du langage familier*. Horace emploie le verbe *terere* dans le même fens. *Art. poet.*

Quid nunc effet vetus , aut quid haberet
Quod legeret , tereretque viritim publius ufus ?

On fait affez ce que fignifient *fermo tritus, verba trita.* Ainfi plus de difficulté à cet égard , fi ce n'eft qu'on aura fait un enjambement fur *junctura callidus acri ,* qui paroitra déplacé.

Si on fe détermine pour le fubftantif *teres* , qui a la même fignification que *rotundus* (comme on peut le voir dans Horace) , la traduction pourra fuivre la marche du latin , & n'en fera pas moins claire. *Teres ore modico ,* fignifiera *rond, avec une bouche médiocre ,* qui , fans trop forcer , voudra dire un ftyle *arrondi,* ou *poli & fimple.* Eft-il néceffaire d'obferver que *teres ore modico* rend l'expreffion d'Horace *ore rotundo loqui ?* que Perfe emploie *ore modico ,* comme l'oppofé de *hianda* dont il s'eft fervi en commençant cette fatire ? que nous appellons *hiatus* la rencontre des voyelles qui ne peuvent fouffrir d'élifion ? que *ore rotundo loqui* & *teres ore modico ,* fignifient un ftyle fimple , doux , poli , un difcours qu'on peut lire fans contorfions de la bouche ?

(. . . . . *Pallentes radere mores*

Doctus, p. 128, v. 1 & 2.) On a donné à ce paffage un fens tout neuf , & qui contredit tous les commentateurs. On va rapporter leur fentiment , enfuite on expliquera les raifons qu'on a eues de ne le pas fuivre ; & enfin on expofera le fens qu'on a cru trouver dans ce paffage. Le lecteur par là fera à portée de juger & de choifir.

Par *mores pallentes* , les fcoliaftes entendent les mœurs dépravées , parce que la pâleur , difent-ils , eft le figne d'une mauvaife confcience , comme la rougeur eft la preuve d'une ame honnnête. *Radere ,* felon eux , fignifie *blâmer, reprendre*, &c. En fuivant leur fentiment, ou traduiroit *pallentes radere mores doctus*, par *vous favez blâmer la corruption des mœurs, ou les mœurs dépravées*. Ce fens n'a jufques-là rien de choquant : mais *& ingenuo culpam defigere ludo*, qui fuit, ne fera tout au plus qu'une répétition de ce qui le précéde. D'ailleurs, eft-il vraifemblable que Perfe ait dit *blâmer* les mœurs corrompues *& percer* les vices ? Ces expreffions paroiffent peu mefurées. *Blâmer*, qui eft plus foible que *percer*, tombe fur *mœurs corrompues*, qui eft pire que *vice, culpa*. D'ailleurs encore, *radere* ne fignifie point naturellement *blâmer, reprendre*, il veut dire *ratiffer, enlever en grattant*.

Ces confidérations ont fait chercher un autre fens à ce paffage. On croit en avoir trouvé un qui fatisfait à tout. Pourquoi *pallentes mores* ne fignifieroit-il pas la pâle auftérité qu'affectent à l'extérieur les hypocrites, qui, comme dit Juvenal :

    Curios fimulant & bacchanalia vivunt

Avec cette explication, qui paroît naturelle, on ne forcera point *radere*, pour l'amener à fignifier ce qu'il ne fignifie point. Il n'y aura ni redites, ni termes peu mefurés dans l'auteur. Le paffage fera une belle image. Il montrera Perfe arrachant d'une main le mafque à l'Hypocrifie, & de l'autre perçant le Vice des traits de la fatire. Malgré ces raifons on attend la décifion du lecteur.

(*Hinc trahe quæ dicas. Menfafque relinque Mycenis,*

Cum capite & pedibus : plebeiaque prandia nôris, p. 128, v. 3 & 4.) Les explications précédentes rendent ceci clair. Cornutus confeille à Perfe de continuer d'arracher le mafque de la vertu, dont fe couvrent les hypocrites, & de les pourfuivre, armé des traits de la fatire, ou en moins de mots de pourfuivre fon genre de travail, de laiffer les fujets tragiques, & de s'occuper des ridicules populaires.

(*Non equidem hoc ftudeo*, &c. p. 128, v. 5.) Perfe répond à fon ami qu'il n'a point envie de quitter la fatire. En même tems il revient à la charge contre les écrivains ampoullés.

(*Bullatis nugis*, p. id. v. id.) Par ces mots Perfe entend ce qu'Horace appelle *verfus inopes rerum nugæque canoræ. Bullæ*, comme on l'a déja obfervé, font ces bulles qu'on voit fur la furface de l'eau. Elles ont du volume, & aucune confiftance. On ne conçoit pas pourquoi quelques éditeurs ont écrit *paullatis* au lieu de *bullatis*.

(*Dare pondus idonea fumo*, p. id. v. 6.) Il eft vifible que *idonea* eft l'adjectif de *pagina*, & que *pagina idonea dare pondus fumo* eft une conftruction grecque. Perfe avoit lu ces paffages d'Horace, ép. XIX, l. 1 :

Nugis addere pondus.

Et celui, ép. XVI :

Fons riva dare nomen idoneus.

(*Secreti loquimur*, p. id. v. 7.) Perfe déclare ici à fon ami qu'il ne travaille point pour la gloire. Il eft poffible qu'il ait été fincere, & que fes ouvrages foient demeurés fecrets entre les mains de Cornutus jufqu'après la mort de l'auteur. Si on pouvoit avoir la certitude de cette conjecture, on pourroit affirmer avec plus de hardieffe, que Perfe a voulu défigner Neron dans les fatires I & III. Il ne paroîtroit plus étonnant que le tyran n'eût pas exercé fa cruauté fur le poëte, & qu'il n'eût exilé le précepteur

Cornutus qu'après la mort de son éleve , parce qu'alors ses ouvrages commencerent à se répandre.

(. . . . . *Pulsa , dignoscere cautus*

Quid solidum crepet , & pictæ tectoria linguæ , p. id. v. 10 & 11.) On voit bien que *pulsa* est à l'impératif, & que *dignoscere cautus* est une construction grecque. *Dignoscere cautus quid solidum crepet* , est un peu plus difficile, & demande une explication. Cette phrase fait allusion à un usage des marchands qui achetent des vases de terre. Ils les frappent légérement , & savent juger, au son qu'ils rendent, s'ils sont félés , ou non. Perse dit à son ami d'essayer ainsi son cœur. ~~Le pictæ tectoria , linguæ , qui suit immédiatement , est bien étranger à cette métaphore ; & fait disparaître.~~ On ne s'arrêtera point à réfuter ceux qui ont lu *plectoria* au lieu de *tectoria*.

(Hic ego centenas ausim deposcere voces , p. id. v. 12.) On trouve dans quelques éditions *his* , à la place de *hic*. La différence que ces deux leçons donnent dans le sens, ne mérite pas qu'on s'y arrête.

(*Cùm primùm pavido custos mihi purpura cessit* ,

Bullaque succinctis laribus donata pependit , p. id. v. 16 & 17.) Ces deux vers ne signifient rien autre chose que *lorsque je sortis de l'enfance.* La construction est : *cùm primùm purpura custos cessit mihi pavido , & bulla donata laribus succinctis pependit.*

Par *purpura* , Perse entend la robe de pourpre que portoient les enfans nobles jusqu'à l'âge de puberté. Cette couleur étoit réputée sacrée. C'étoit violer le droit divin & humain d'insulter un enfant , ou un magistrat vêtus de pourpre. Voilà pourquoi Perse l'appelle *purpura custos.* Juvenal a dit :

Maxima

[note manuscrite en marge :] si l'on entend par picta tectoria linguæ, un enduis qui empeche de retentir, il n'y a plus de disparate.

(*Bullaque succinctis laribus donata pependit*, p. 128, v. dern.) Outre la pourpre, les enfans Romains portoient au col un cœur d'or. Ils en faisoient l'offrande aux dieux lares ou pénates, lorsqu'ils prenoient la robe virile, comme les filles offroient leurs poupées à Venus, lorsqu'elles sortoient de l'enfance. Perse donne à ces dieux l'épithete de *succincti*, parce qu'ils étoient habillés en voyageurs.

(*Cùm blandi comites, totâque impunè Suburrâ*

Permisit sparsisse oculos jam candidus umbo, p. 130, v. 1 & 2.) La construction est, *cùm comites blandi, & umbo candidus permisit sparsisse impunè oculos Suburrâ totâ.* Par *blandi comites*, Perse désigne les jeunes camarades qui accompagnent un jeune homme débarrassé de son gouverneur (*custode remoto. Hor.*). *Candidus umbo* est le bouclier qu'on donnoit aux jeunes gens lorsqu'ils étoient en âge de porter les armes. Il est appellé *candidus*, parce qu'il étoit tout uni. Lorsqu'ils avoient fait quelques exploits militaires, on les gravoit sur ce bouclier. Quelques interpretes entendent, par *candidus umbo*, les plis que formoient la prétexte, & qui, réunis & noués ensemble, avoient la forme ronde d'un bouclier. *Suburra* étoit le quartier de Rome où demeuroient les femmes de mauvaise vie.

(*Diducit trepidas ramosa in compita mentes*, p. id. v. 4.) Au lieu de *diducit*, qui paroît la véritable leçon, quelques-uns ont lu *deducit*; d'autres, *traducit. Ramosa compita* fait sans doute allusion à la lettre de Pythagore. On en a parlé, sat. III.

(. . . . . *Tunc fallere solers*

Apposita inintortos extendit regula mores, p. 130, 6 & 7.)

L

La conftruction de ce paffage eft, *tunc regula, folers fallere,
appofita extendit mores intortos ;* & la traduction littérale,
*alors une regle, adroite à (me) tromper, appliquée (à ma
conduite) redreffa mes mœurs courbées.* Si on lifoit *oftendit,*
au lieu de *extendit,* la conftruction feroit, *tunc regula
folers appofita oftendit mores intortos fallere.* Et le fens
pourroit être rendu littéralement par, *une regle adroite
appliquée (à ma conduite) me montra que les mœurs dépravées nous trompent.* On n'a point fuivi cette derniere
leçon. Elle paroît moins dans le ftyle de notre auteur.
Il paroît que ces expreffions *regula* & *extendit,* reffem-
blent au paffage de la fat. I :

> *Scit tendere verfum*
> *Non fecus, ac fi oculo rubricam dirigat uno.*

(*Vincique laborat,* p. id. v. 8.) Le mot *laborat* eft ici
pris paffivement, comme quand on dit, *morbo laborart.*
La conftruction de *vinci laborat* eft grecque.

(*Artificemque tuo ducit fub pollice vultum,* p. id. v. 9.)
Quelques éditeurs veulent qu'on life *ceu* au lieu de *fub.*
Ils prétendent par ce changement adoucir la métaphore
dont Perfe s'eft fervi. C'eft fans doute le paffage de Juvenal :

> *Exigite ut mores teneros ceu pollice ducat*
> *Ut fi quis ceræ vultum facit. . . .*

qui leur a fait naître cette idée. La métaphore employée
ici, eft dure à la vérité, mais Perfe eft en poffeffion
d'ufer de ces hardieffes.

On laiffera les interpretes fe difputer fur le mot *artificem,* joint à *vultum.* On ne differtera point avec eux pour
favoir fi *artificem* à l'accufatif, donné pour épithete à *vul-*

tum, au lieu d'être mis à l'ablatif, pour être construit
avec *pollice*, forme la figure de rhétorique appellée *hyp-*
pallage, ou celle qu'on nomme *antiptofe*. Le bon fens,
tout feul fait entendre la penfée de Perfe.

(*Non equidem hoc dubites, amborum fœdere certo*
Confentire dies, & ab uno fidere duci, &c. p. 130, v. 14
& 15.) Suivant la fuperftition païenne, plufieurs aftres,
faifoient naître entre les hommes cette fympathie dont on
ne peut donner de raifon ; mais la conftellation des gé-
maux & celle de la balance, plus qu'aucune autre, voilà
pourquoi Perfe les a citées. Horace, avant Perfe : avoit
dit à Mecene :

   Utrumque noftrum incredibili modo
   Confentit aftrum.

(*Saturnumque gravem noftro Jove frangimus unà*, p. id.
v. 19.) Ceci eft encore une imitation d'Horace :

          Te Jove impio
   Tutela Saturno, refulgens
   Eripuit.

Cet autre vers d'Horace :

   Scit genius, natale comes qui temperat aftrum,

a infpiré celui de Perfe.

(*Nefcio quod, certè eft quod me tibi temperat, aftrum,*
p. id. v. dern.) Ce vers de Perfe a été mal ponctué dans
la plupart des éditions. On a rétabli fa véritable ponctuation.

(*Mille hominum fpecies*, p. 132, v. 1.) C'eft ici proprement que commence la fatire. Perfe reviendra cependant à l'éloge de fon ami Cornutus. L'expreffion *mille*
hominum fpecies, revient à celle de Térence :

   Quot capita, tot fententiæ ; fuus cuique mos eft.

                    L ij

(*Pallentis grana cumini* , p. 132 , v. 4.) Perſe donne au cumin l'épithete *pallens* , parce qu'il donne la pâleur à ceux qui en boivent l'infuſion.

    (. . . . . . . *Sed cùm lapidoſa chiragra*

Fregerit articulos veteris ramalia fagi , p. id. v. 8.) On ſait que la goutte occaſionne des nodus aux articulations , qu'il en ſort quelquefois une craie pierreuſe. Les doigts alors perdent leur mouvement , & reſſemblent aſſez aux branches d'un vieux arbre , dans leſquelles la ſève ne circule plus. Perſe auroit été plus exact, s'il avoit ajouté *velut* avant *veteris ramalia fagi* , puiſque c'eſt une comparaiſon qu'il fait ici : mais elle n'en eſt que plus vive , pour n'être pas annoncée.

    (*Tunc craſſos tranſiſſe dies* , *lucemque paluſtrem* , p. id. v. 9.) Si l'on en veut croire Caſaubon , Perſe déſigne ici la fumée des bains où les voluptueux paſſoient une partie de leur vie. C'eſt , à ce qu'il ſemble , prêter à Perſe plus de fineſſe qu'il n'en a voulu mettre dans ce paſſage. D'ailleurs ce vers , *tunc craſſos* , & celui qui le ſuit , doivent s'appliquer à tous ceux dont le dénombrement vient d'être fait , & au négociant qui paſſe les mers , & à celui qui ſe plait au champ de Mars ; & ils ne pourront leur convenir , ſi on leur donne le ſens de Caſaubon. Il eſt plus naturel d'entendre *craſſos dies* & *lucem paluſtrem* , de l'obſcurité dans laquelle vivent ceux qui éteignent le flambeau de la raiſon. Ainſi expliqués , ces deux vers ſont en oppoſition avec

    At te noČturnis juvat impalleſcere chartis.

(*Cultor enim juvenum purgatas inſeris aureſ Fruge Cleantheâ* , p. id. v. 12 & 13.) Perſe compare ici Cornutus à un laboureur , qui commence par arracher

les mauvaises herbes d'un champ avant de lui confier la
semence. Cleante étoit disciple de Zenon, & fut son
successeur. Ainsi, par *fruge Cleantheâ*, Perse désigne la
philosophie stoïcienne.

(. . . . . *Petite hinc juvenesque senesque*
Finem animo certum, miserisque viatica canis, p. 132,
13 & 14.) Perse recommande ici aux jeunes gens, ainsi
qu'aux vieillards, l'étude de la philosophie, comme seule
capable de régler leur conduite, & de leur montrer le
vrai but où doivent tendre leurs actions, comme capable de les préserver par une conduite réglée des infirmités de la vieillesse, telles que la goute, *lapidosa chira-*
gra, ou au moins de leur donner la patience de les sup-
porter. C'est ce qu'il entend par *miseris viatica canis*. Il a
blâmé, sat. III, ceux qui, faute de s'être appliqués à
cette étude, vivent au hasard :

   Est aliquid quò tendis, & in quod dirigis arcum ?
Il les a ensuite exhortés à s'instruire :

   Discite ô miseri, &c.

(*Cras hoc fiet*, p. id. v. 15.) Ceci est un dialogue
entre Perse & l'un de ceux à qui il vient de conseiller
l'étude. Le poëte presse vivement le temporiseur.

(*Nam quamvis propè te*, &c. p. 134, v. 3.) Notre
poëte, avare de mots, n'avertit point qu'il va faire une
comparaison ; qu'il va montrer le lendemain, après lequel on court, comme la roue de devant d'un charriot,
que celle de derriere ne pourra jamais atteindre. On
pourroit se dispenser d'observer que le timon, *temone*, est
employé pour signifier le charriot entier, & la jante ou
la bande de fer qui la couvre, pour la roue.

(*Libertate opus est*, p. id. v. 6.) Point de sagesse sans

liberté. Ceci eſt le point que l'auteur s'eſt propoſé de
prouver dans toute la ſatire, & ſur lequel va rouler
toute la ſuite de cet ouvrage. Il va faire voir d'abord
que la liberté phyſique ou corporelle n'eſt point la vraie
liberté. C'eſt la liberté morale, la liberté de l'ame, qui
peut ſeule former le ſage; elle ne peut exiſter dans un
cœur où regnent les paſſions. Il fera enſuite le détail des
paſſions qui tyranniſent les hommes. Il mettra la pareſſe
aux priſes avec l'avarice, celle-ci avec la volupté. Il
peindra enſuite l'amour, l'ambition, & enfin la ſuperſti-
tion. Tel eſt l'abrégé de cette ſatire. Notre philoſophe va
traiter ce point avec toute la gaieté de la poéſie, ſans
cependant ſortir de ſon caractere.

(. . . . . *Non hâc, quâ, ut quiſque Velinâ
Publius emeruit, ſcabioſum teſſerulâ far
Poſſidet*, p. 134, v. 6, 7 & 8.) Telle eſt la leçon
adoptée par Caſaubon & le *variorum.* Jean Bond a lu:
non hâc, quâ, ut quiſque. Ces diverſes leçons ne changent
rien au ſens. On a ſuivi la derniere, parce que la phraſe
latine en eſt plus claire, & la conſtruction plus facile. La
voici: *opus eſt libertate, non hâc (libertate) quâ, ut (pour
ubi) quiſque Publius emeruit Velinâ (tribu) poſſidet teſſerulâ far ſcabioſum.* Et la traduction littérale: *il faut la
liberté, non cette liberté en vertu de laquelle, lorſqu'un Publius eſt affranchi & placé dans la tribu Veline, il poſſede, ſur
un cachet ou mereau, du bled gâté.* Et afin de rendre cette
interprétation claire, on obſervera que Velina étoit une
des tribus de la campagne de Rome, ainſi appellée parce
qu'elle habitoit les bords du lac *Velinum;* que *emeruit* eſt
un terme emprunté de la milice. On appelloit *emeriti* les
ſoldats qui avoient obtenu leur congé. Perſe emploie c:

mot, pour désigner les esclaves qu'on avoit affranchis. *Publius* est le prénom donné à l'esclave qui vient de recevoir sa liberté. Perse sera à cet égard son propre commentateur, lorsqu'il dira, *momento turbinis exit Marcus Dama. Tesserula* est le diminutif de *tessera*, qui signifie une marque, une empreinte, un mereau, qu'on présentoit pour se faire connoître, afin d'avoir la délivrance du bled qui se distribuoit aux pauvres citoyens. Ceux qui établissoient entre eux l'hospitalité, se donnoient réciproquement des marques, au moyen desquelles eux ou leurs parens étoient reçus & logés. Cette marque, dit Lambin, étoit un bois long, plat & uni des deux côtés. De là est venue cette expression, *apud aliquem tesseram confringere*, pour dire, *rompre avec quelqu'un*, comme nous disons *rompre la paille*. Au lieu de *scabiosum* Jean Bond, & quelques autres ont lu *scabrosum*.

(*Steriles veri*, p. 134, v. 8.) Ceci est une construction grecque, ~~dont Perse use pour~~ rendre une métaphore hardie.

(. . . . . *Quibus una Quiritem Vertigo facit!* p. id. v. 8 & 9.) Par *Quiritem* ~~Perse~~ entend un esclave dont le maitre vient de faire un citoyen, en le faisant tourner. On sait que les anciens Quirites ou Sabins furent incorporés avec les Romains, & que le nom de *Quirites* resta aux citoyens de Rome après cette réunion. C'est une licence poétique d'avoir employé *Quiritem* au singulier. Ce mot, ainsi que *patres conscripti*, n'étoit en usage qu'au pluriel. Cette remarque est du vieux scoliaste.

(. . . . *Hic Dama est non tressis agaso!* *Vappa, lippus*, &c. p. id. v. 9 & 10.) Horace, dans

L iv

[annotations manuscrites dans la marge droite : « est employé »; « ce mot est-il françois ? »; « et propre à »; « il faut »]

[note manuscrite en bas de page : Je n'ai supprimé cela sur le mot perse, qu'afin d'entretenir le lecteur dans l'idée que c'est toujours connoissons Perse la bouche duquel il parle.]

la fat. VII , l. 2 , dont celle-ci eft l'imitation , fe fert du mot *Dama* pour fignifier un vil efclave :

　　Prodis ex judice Dama turpis.

Le mot *vappa* fignifie proprement du vin gâté. Horace & Perfe l'emploient pour fignifier un libertin, un débauché , &c. On a parlé de l'expreffion *lippus.*

　　(*Verterit hunc dominus , momento turbinis exit*

　　Marcus Dama, p. 134, v. 11 & 12.) Tout ceci, jufqu'au vers *an quifquam ,* eft dit ironiquement. Perfe joint le prénom de *Marcus,* au mot *Dama,* qui étoit le nom de l'efclave. Il répete *Marcus* comme un titre de nobleffe , & pour honorer ironiquement l'affranchi , puifque , comme dit Horace :

　　Gaudent prænomine molles auriculæ.

　　(. . . . . *Marco fpondente , recufas*

　　Credere tu nummos ? p. id. v. 12 & 13.) Perfe dit que *Dama*, devenu libre , eft une caution fuffifante qu'on ne doit point rejetter. Par *Marco fub judice palles ,* il entend qu'on ne doit rien craindre d'avoir Dama pour juge , puifque Dama n'eft plus efclave. *Marcus dixit : ita eft ,* fignifie que le témoignage de Dama , affranchi, eft bien digne de foi. L'auteur ajoute même qu'il peut figner comme témoin un teftament , acte qui demandoit le plus d'authenticité, puifque la loi vouloit qu'il fût figné de fept perfonnes.

　　(*Adfigna , Marce , tabellas ,* p. id. v. 13.) Pour fentir toute la beauté de ce paffage , que l'on compare ce qui vient d'être dit de Dama efclave , avec ce qui eft dit de Marcus Dama affranchi. Avant la pirouette qui lui donne la liberté , il ne valoit pas trois fols , *non treffis agafo ;* à préfent qu'il eft libre , on doit recevoir fa caution pour une fomme confidérable. Dama étoit un libertin, un im-bécille, *vappa*, *lippus*. Marcus peut devenir juge, & inf-pirer toute confiance aux parties. Il auroit menti prefque gratuitement, *in tenui farragine mendax* : ce qu'il affirme ne peut plus être révoqué en doute, fa fignature peut même valider un teftament. C'eft là ce qui s'appelle le vrai fel de la fatire. Obfervons encore ~~que Perfe~~, en fai-fant cette antithefe, *n'affecte point* de la montrer. Il ~~éloigne~~ les membres oppofés, & cache l'art qui eft tou-jours défagréable à voir.

(*Hanc nobis pilea donant*, p. 134, v. 15.) Lorfque les efclaves étoient mis en liberté, on leur donnoit un bonnet appellé *pileum*, & dans Martial *pileus*. Ils le recevoient dans le temple de la déeffe Feronia. L'emblème de la liberté eft un homme tenant un bâton, au bout duquel eft le *pileum*.

(*An quifquam eft alius liber*, p. id. v. 16.) C'eft ou le Marcus, ou tout autre affranchi, qui fait une objection à ~~Perfe~~, & lui prouve qu'il eft libre. L'argument eft en forme : *an quifquam eft alius liber*, *nifi ducere vitam cui licet*, *ut voluit ?* voilà la majeure ; *licet*, *ut volo vivere*, eft la mineure ; *non fim liberior Bruto*, eft la conféquence.

(. . . . . . *Non fim*
Liberior Bruto, p. id. v. 17 & 18.) On connoît l'amour de M. Brutus pour la liberté. Il chaffa Tarquin le Su-perbe, délivra Rome de fa tyrannie ; il fit même battre de verges & frapper de la hache fes deux fils, qui vou-loient rétablir le tyran.

(*Mendofè colligis*, p. id. v. 18.) ~~Perfe~~ répond à l'ob-jection qu'on vient de lui faire. Il admet la propofition générale, autrement appellée majeure, *an quifquam*, &c.

mais il nie la mineure, *licet, ut volo vivere :* il dit, ou plutôt il fait dire par un philosophe stoïcien qu'il introduit sur la scene : *je n'admets point votre IL M'EST PERMIS, & votre COMME JE VEUX.* On a traduit *mendosè colligis,* par *la mineure est fausse,* parce que dans un syllogisme, la proposition appellée *assumptio, collectio,* étant celle qui particularise la proposition générale, & en fait l'application ; elle doit s'entendre de la mineure, quelque rang qu'elle tienne.

(*Vindictâ postquàm,* &c. p. 136, v, 1.) Ces trois vers sont prononcés par Dama, ou celui qui soutient Dama. Ils ont pour but de prouver la proposition niée, & la prouvent en apparence assez bien. *Vindicta* étoit la baguette avec laquelle le préteur frappoit un esclave, en lui disant, *liber esto.* De là vient que *vindicare in libertatem* signifie *donner la liberté. Meus* est pour *mei juris. Excepto* est pris, par des interpretes, pour un verbe à l'indicatif ; par d'autres, pour participe à l'ablatif absolu. Qu'on le prenne pour l'un ou l'autre, le sens reste le mème.

(*Si quid Masuri rubrica vetavit,* p. id. v. 3.) Masurius étoit un jurisconsulte célebre, qui vivoit sous Tibere. Il fut élevé à la dignité de chevalier. Dans ce tems-là on donnoit apparemment avec plus de facilité des titres que des biens, puisque Masurius dans sa vieillesse fut nourri par ses éleves. *Rubrica :* le commencement des loix étoit écrit en lettres rouges. *Perlege rubras majorum leges,* dit Juvenal.

(*Disce : sed ira cadat naso, rugosaque sanna,*
Dum veteres avias tibi de pulmone revello, p. id. v. 4 & 5.) C'est ~~Perse~~ qui parle ici. Il va réfuter la preuve de la

:mineure. Comme les raifons qu'il va donner font dures
à entendre, il demande de la patience à fon antagonifte.
En difant, *ira cadat nafo*, ~~Perfe~~ fait allufion aux chiens
qui retirent le nez lorfqu'ils font en colere. On n'a pas
ofé employer ces expreffions dans la traduction, on a
cherché un équivalent qui fût ufité en françois. On a fait
une remarque fur le mot *fanna*, employé fat. I. Par
veteres avias, ~~Perfe~~ a voulu défigner les vieilles erreurs,
les préjugés infpirés par les grand'meres & les nourrices.

(*Non prætoris erat*, &c. p. 156, v. 6.) Ici commence
la replique à la réponfe de Dama. Elle a fini par ces mots,
à prætore receffi. ~~Perfe~~ reprend ces mots, & dit :

   Non prætoris erat ftultis dare tenuia rerum
   Officia, atque ufum rapidæ permittere vitæ.

Ces deux vers demandent une explication. ~~Perfe~~ accorde
tacitement que le préteur peut bien déclarer libre un
efclave que fon maître affranchit, qu'il peut bien le renvoyer maître de fes actions, à condition qu'il ne bleffera
pas les loix civiles. Mais en même tems ~~Perfe~~ foutient
que le préteur ne peut pas donner à un fot le difcerne-
ment néceffaire pour fe bien conduire dans les circonftances délicates que les loix n'ont pas prévues. C'eft ce
qu'il entend par *tenuia rerum officia*. En effet, les loix défendent les crimes, mais elles ne guériffent pas des paf-
fions, ne donnent pas la fageffe, & fans la fageffe il n'y
a point de liberté. Tel eft en fubftance le raifonnement de
~~Perfe~~. Il va l'étendre avec force.

(*Sambucam citiùs caloni aptaveris alto*, p. id. v. 8.) Les
interpretes entendent diverfement le mot *fambucam*. Selon
quelques-uns, c'eft une machine de guerre, i fervoit
aux fieges. Selon le plus grand nombre, c'eft un i ftru-

l'auteur)

ment de musique. On a suivi ces derniers. Ce que ~~Perse~~ dira ensuite,

> *Nec cùm sis cætera fossor,*
> *Tres tantùm ad numeros satyri moveare Bathylli.*

prouve qu'il a intention de parler de la maladresse d'un goujat & d'un fossoyeur, plutôt que de leur foiblesse.

(*Stat contra ratio, & secretam gannit in aurem*, p. 136, v. 9.) On a lu *gannit* avec Jean Bond, au lieu de *garrit* adopté par Casaubon.

(*Diluis elleborum, certo compescere puncto Nescius examen*, p id. 13 & 14.) On a parlé de cette partie d'une balance, appellée *examen*, dans les notes de la sat. I.

(*Peronatus arator*, p. id. v. 15.) Un laboureur en guêtres, pour signifier un laboureur qui ne fait que de quitter sa charrue, qui n'a reçu aucune instruction.

(*Luciferi rudis*, p. id. v. 16.) On a traduit par, *sans se connoître aux astres*; parce que l'étoile de Venus, appellée *lucifer* lorsqu'elle précede le lever du soleil, & *hesperus* lorsqu'elle paroit le soir après le coucher de cet astre, est la plus apparente des planetes & la plus facile à distinguer. Un homme qui ne la connoît pas, n'a aucune connoissance du ciel.

(. . . . *Exclamet Melicerta perisse Frontem de rebus*, p. id. v. 16 & 17.) Melicerte étoit fils d'Athamas & d'une fille de Cadmus. Il fut changé en dieu marin, à la sollicitation de Venus. Il fut aussi nommé Palemon. *Perisse frontem de rebus (humanis)*. *Frons* est employé pour la *pudeur*, parce que son siege est sur le front. Cette maniere de parler a passé dans notre

langue. Nous difons un effronté, comme les latins :
homo perfricta fronte.

(. . . . . *Tibi recto vivere talo*
Ars dedit, &c. p. 136, v. 17 & 18.) Jufqu'ici ~~Roufe~~ a *le philofophe !*
réfuté Dama. Il vient de détailler en abrégé ce que le
préteur ne peut donner à celui qu'il affranchit. Il va préfentement fpécifier les qualités & les connoiffances que
donne la philofophie, qui conftituent l'homme libre,
c'eft-à-dire, l'homme fage. Par *ars* on doit entendre la
philofophie. *Vivere recto talo*, vivre le talon droit, pour
dire, *marcher d'un pas affuré.*

(*Ne qua fubærato mendofum tinniat auro*, p. id. v. dern.)
La conftruction de ce paffage eft *ne qua (fpecies) tinniat*
mendofum, pour *mendofè*, adverbe, *auro fubærato*. Obfervons que *tinniat mendofum* ne fignifie pas *rendre un fon*
faux, connu pour faux, mais un fon qui induife en erreur.

(*Preffo lare*, p. 138, v. 3.) Les dieux lares, ou pénates, font quelquefois pris pour la famille & les facul-
tés. Horace, ép. I, l. 1 : *[l'auteur !]*
. . Ac ; ne fortè roges, quo me duce, quo lare tuter.
~~Perfe~~ emploie ici *lare* dans le même fens.

(*Inque luto fixum poffis tranfcendere nummum*, p. id. p. 5.)
On voit par ce vers & celui d'Horace, imité par Perfe,
In triviis fixum cùm fe demifit ob affem.
qu'il y a long-tems que les enfans clouent des pieces de
monnoie entre des pavés, afin de fe moquer de ceux qui
fe baiffent pour les ramaffer.

(*Nec glutto forbere falivam Mercurialem*, p. id. v. 6.) Le
mot *glutto* défigne celui qui avale goulument. Nous
l'avons en françois, *glouton*. Ces mots imitent le glot ou
glou qu'on fait en avalant. Cela s'appelle, par MM. les

rhéteurs, *onomatopée*. Par *falivam Mercurialem*, notre
auteur entend les profits que donne Mercure, dieu de
l'éloquence, du commerce & des fripons.

(*Hæc mea funt , teneo , cùm verè dixeris , efto*
Liberque ac fapiens , prætoribus ac Jove dextro , p. 138 ,
v. 7 & 8.) Perfe déclare libre de corps & d'efprit , celui
qui réunit les qualités qu'il vient de détailler : libre de
corps par la cérémonie du préteur ; libre d'efprit par la
faveur de Jupiter.

(*Sin tu , cùm fueris* , &c. p. id. v. 9.) Ces trois vers
renferment quatre métaphores qui ne femblent pas faites
pour aller enfemble. La premiere , empruntée des bou-
langers ; la feconde , des ferpens qui changent de peau ;
la troifieme , des ftatuaires qui poliffent leurs ouvrages ;
& la quatrieme , prife de la fable du Renard & de l'Ane
couvert de la peau du Lion , & qui , fous cet extérieur ,
conferve fes inclinations naturelles. On voit bien que
Perfe fongeoit à rendre les penfées avec force , fans
fonger aux expreffions. Il a fallu imiter fa hardieffe dans
la traduction ; fans cela on auroit forti du devoir de tout
ducteur.

(*Quæ dederam fuprà , repeto , funemque reduco* , p. id.
v. 12.) Perfe a déclaré libre l'homme doué des qualités
qu'il a demandées. Lorfqu'elles manquent , il reprend ce
qu'il avoit accordé , & fait rentrer fon efclave dans les
chaines. L'expreffion de *funem reduco* eft remarquable , on
l'a confervée en françois. Horace , fat. VII , l. 2 , a dit :
Qui jam contento , jam laxo fune laborat.
Ces deux paffages font le commentaire l'un de l'utre.

(*Nil tibi conceffit ratio : digitum exere , peccas* , p. id.
v. 13.) Perfe prévient ici l'objection qu'auroit pu lui

le Stoïcien

*le piece /
manque à la
fidelité de la
traduction /
le pfilologie /*

l'auteur /

faire **Dama**, en difant : *je ne fuis pas inftruit, je ne fuis pas fage à tous égards, mais je le fuis en certains points*. ~~Notre auteur~~, pour la réfuter d'avance, emploie un dogme de la philofophie ftoïcienne. *Nil tibi conceffit ratio*, &c. Les ftoïciens foutenoient que les vertus fe tiennent par la main, qu'il eft impoffible d'en poffèder une fans les les avoir toutes, & ainfi des vices ; & par une confé-quence naturelle, ils prétendoient que le fage ne faifoit aucune action qui ne fût vertueufe ; & l'infenfé, que des actes répréhenfibles.

(*Sed nullo thure litabis*, p. 138, v. 14.) On a déja obfervé, fat. III, que *litare* fignifie fe rendre les dieux favorables par un facrifice. Cette obfervation a effuyé la critique d'un homme inftruit, qui prétend que *litare* fignifie feulement *facrifier*. C'eft ici le moment de repouf-fer cette critique. Un paffage de Ciceron fera le bouclier : *Cùm pluribus diis immolatur, qui evenit ut litetur aliis, aliis non litetur ?* Il eft évident que ce paffage fignifie : *lorfqu'on facrifit à plufieurs dieux, comment fe fait-il qu'on appaife les uns, & qu'on n'appaife pas les autres ?* Plaute emploie auffi *litare* dans le mème fens, œnul. act. fc.

(*Hæc mifcere nefas*, p. id. v. 16.) Ici *nefas* ne fignifie pas, *il eft défendu* ; il fignifie, *il eft impoffible*. C'eft ainfi qu'Horace l'a employé, lorfqu'il a dit : *durum, fed le-vius fit patientiâ quidquid corrigere eft* NEFAS.

(*Nec, cùm fis cætera foffor*, p. id. v. id.) Il y a ici une prépofition fous-entendue qui régit *cætera* à l'accufatif. Cette conftruction eft familiere aux auteurs grecs.

(*Tres tantùm ad numeros fatyri moveare Bathylli*, p. id. v. dern.) Bathylle étoit un affranchi de Mecenas. Il ex-cella dans les pantomimes. ~~Perfe~~ dit qu'il danfoit avec la

légéreté d'un fatyre. Si au lieu de *fatyri* on pouvoit lire *fatyrum*, (leçon que le paſſage d'Horace, *ep. ad Flor. l. 2.*
                                        Ut qui

Nunc ſatyrum, nunc agreſtem cyclopa movetur.

rendroit ſoutenable), on traduiroit, *vous ne pourrez danſer le ſatyre de Bathylle*, &c. Ce paſſage, *nec, cùm ſis cætera foſſor*, &c. eſt une comparaiſon que Perſe emploie pour rendre ſenſible le principe qu'il veut établir. Il dit qu'il eſt auſſi impoſſible à un ſot de faire une bonne action, qu'à un payſan de danſer trois pas avec la grace de Bathylle.

(*Liber ego*, p. 140, v. 1.) C'eſt ici le dernier effort de Dama pour ſoutenir ſa liberté. Il ne peut répondre aux raiſons que Perſe vient d'alléguer pour lui prouver qu'il eſt eſclave : mais il s'écrie encore, *liber ego !* Perſe n'eſt pas à bout ; il va le preſſer plus vivement qu'il n'a fait juſqu'ici.

(*I puer, & ſtrigiles Criſpini ad balnea defer*, p. id. v. 3.) On trouve dans pluſieurs éditions un point après *defer*. Cette ponctuation eſt vicieuſe. *Si increpuit* doit aller avant *i puer ;* ainſi on s'eſt contenté d'une virgule. La conſtruction eſt : *ſi increpuit* (*ſub. dominus*) *i puer, ſtrigiles*

Strigiles. On ſait que les anciens ſe ſervoient, dans le bain, d'une eſpece de frottoirs ou étrilles, pour enlever la craſſe de la peau. A ce propos je me rappelle un trait de l'empereur . . . . . . Étant au bain, il vit un homme qui ſe frottoit contre le mur. Il le reconnoît pour un brave centurion qui avoit ſervi ſous lui , il lui demande pourquoi il ne ſe ſervoit pas d'étrilles. Le centurion répond qu'il n'étoit pas aſſez riche pour ſe procurer ce petit meuble. L'empereur lui fait donner une ſomme d'argent qui l'enrichit. Le lendemain, nombre de baigneurs

baigneurs fe frottent contre la muraille. Frottez-vous les uns contre les autres , leur dit l'empereur, qui vit le piege & s'en moqua.

(. . . . . *Servitium acre*
Te nihil impellit ? Nec quicquam extrinfecus intrat ,
Quod nervos agitet , p. 140 , v. 4 , 5 & 6.) On peut lire ce paffage fans interrogation ; alors il y aura ironie. L'un & l'autre reviennent au même pour le fens. Lorfque Perfe employoit ces expreffions , *quod nervos agitat ,* il fe fouvenoit d'avoir lu dans Horace :

Duceris ut nervis alienis mobile lignum.

(*Manè piger ftertis ,* &c. p. id. v. 9.) Perfe met ici la Pareffe aux prifes avec l'Avarice. Celle-ci triomphe.

Ce roi des animaux , combien a-t-il de rois ?
L'Ambition , l'Amour , l'Avarice , la Haine ,
Tiennent , comme un forçat , fon efprit à la chaîne.
Le fommeil fur fes yeux commence à s'épancher :
Debout , dit l'Avarice , il eft tems de marcher.
Hé , laiffez-moi. Debout. Un moment. Tu repliques ?
A peine le foleil fait ouvrir les boutiques.
N'importe , leve-toi. Pourquoi faire , après tout ?
Pour courir l'Océan de l'un à l'autre bout ,
Chercher jufqu'au Japon la porcelaine & l'ambre ,
Rapporter de Goa le poivre & le gingembre.
Mais j'ai des biens en foule , & je puis m'en paffer.
On n'en peut trop avoir ; & pour en amaffer ,
Il ne faut épargner ni crime , ni parjure ,
Il faut fouffrir la faim & coucher fur la dure.

. . . .
Que faire ? Il faut partir ; les matelots font prêts,
M

Ou , fi pour l'entraîner l'argent manque d'attraits ;
Bientôt l'Ambition , & toute fon efcorte ,
Dans le fein du repos vient le prendre à main forte ,
L'envoie en furieux au milieu des hafards ,
Se faire eftropier fur les pas des Cefars.....

Boileau , fat. VIII.

Il eft peut-être inutile d'obferver que c'eft Dama , ou
où tout autre foi-difant libre , que le poëte fait éveiller
par l'Avarice , lorfque la Pareffe le retient au lit. Ce
dialogue eft vif & ferré. Boileau l'a jugé ainfi , puifqu'il
l'a plutôt traduit qu'imité.

(*Advehe Ponto* , p. 140, v. 11.) Il eft affez indifférent
d'expliquer par le royaume de Pont, ou par la mer qui
s'étend depuis les Palus Méotides jufqu'à l'ifle de Tene-
dos. Il eft auffi peu intéreffant de favoir fi *caftoreum* fignifie
la peau du caftor , ou la liqueur tirée du caftor , dont la
pharmacie fait ufage. Soit qu'on entende par *lubrica Coa*,
le vin doux de Cos qui eft laxatif , ou avec Claverins ,
les étoffes de foie de l'ifle de Cos , lefquelles étoient
tranfparentes comme du vin ; on ne contrariera perfonne
fur ces minuties.

(*Sitiente camelo* , p. id. v. 13.) Les marchands de
l'orient apportoient les épiceries aux foires d'Alexandrie
fur des chameaux. *Sitiens camelus* eft employé pour *qui
fitim tolerat.* On dit que ces animaux peuvent fubfifter
quatre jours fans boire.

(*Verte aliquid* , p. id. v. 14.) Cafaubon veut que
vertere ait ici la même fignification *adıɔɔp circumfcribe.* On
lui a donné le fens le plus naturel. *Vertere* , lorfqu'il eft
queftion de commerce , veut dire *échanger.*

(*Sed Jupiter audiet* , p. id. v. id.) C'eft ici la réponfe

de Dama. Il craint de se parjurer, parce qu'il a peur de Jupiter, & non par aversion pour le parjure. L'Avarice va le guérir de ce scrupule, en le menaçant de la pauvreté.

(*Eheu baro*, p. 140, v. 14.) Par *baro* on entend un valet de soldat, un goujat. La construction de ce passage est : *eheu ! baro, si tendis vivere cum Jove, perages contenti terebrare digito salinum regustatum*, c'est-à-dire, *si tu veux bien vivre avec Jupiter, tu seras si pauvre que tu seras forcé de frotter la salière avec ton doigt, & pour en tirer un peu de sel, de la frotter si souvent que tu la perceras*.

(*Ægeum*, p. 142, v. 3.) La mer Égée, qui s'étend depuis l'Hellespont jusqu'au Péloponnèse, est prise ici pour la mer en général. Cela s'appelle *synecdoche* en style de rhéteur.

(. . . *Nisi solers luxuria ante*
Seductu moneat, p. id. v. 3 & 4.) Après que l'Avarice a triomphé de la Paresse, la Volupté vient à son tour lui disputer la victoire. De quelle liberté peut jouir le cœur qui sert de champ de bataille à ces passions opposées ? *Seductum* est ici employé dans le sens qu'on lui a donné, fat. II, dans ce passage :

Quæ nisi seductis audeas committere divis.

(. . . . . . *Tibi, torta cannabe fulto,*
Cœna sit in transtro, p. id. v. 7 & 8.) La construction de ce passage est : *cœna sit in transtro, tibi fulto cannabe tortá*. Elle pourroit être aussi : *cœna sit tibi in transtro fulto cannabe tortá*, en faisant *fulto* l'adjectif de *transtro*, si ce n'est que la ponctuation reçue s'y oppose.

(. . . . . . *Vejentanumque rubellum*
Exhalet vapidá læsum pice sessilis obba ? p. id. v. 8 & 9)

On doit ainsi construire, *obba fessilis exhalas l'œjentanum rubellum tersum puce vapida ?* Par *obba fessilis*, on entend une bouteille large par le fond, & qui conséquemment a de l'assiete. C'est l'opposé de *futum*, ou vas *futile*, qui signifie un vase pointu par le bas & qui n'a point de stabilité. De là est peut être venu l'expression d'*homme futile*, pour dire un homme sur lequel on ne peut compter, un raisonnement futile, pour signifier un raisonnement sans appui. *l'œjentatum rubellum.* Le vin de Veies en Étrurie étoit mauvais. Horace, en parlant de la mesquinerie d'un avare, dit qu'il buvoit du vin de Veies les jours de fête :

> *Qui l'œjentanum festis*
> *Potare diebus campana solitus trulla.*

(*Quid petis ? Ut nummi, quos hic quincunce modestè Nutrieras . . . . . . p.* 142, v. 10 & 11.) Perse appelle modeste l'intérêt de l'argent à cinq pour cent, parce qu'il étoit permis par la loi de le placer à ce denier. L'expression *nutrieras* est imitée de celle d'Horace, *nummos pascere.*

(. . . . . *Peragant avidos sudore deunces ? p. id. v.* 11.) On trouve *peragant*, au lieu de *peragunt*, dans plusieurs éditions, & *sudare* au lieu de *sudore* ; ces deux leçons donnent le même sens, ainsi le choix est presque indifférent. On voit bien que le poète donne l'épithete d'*avidos* à *deunces* par une licence. C'est à l'homme qui fait travailler son argent, qu'elle doit s'appliquer. *Deunces* est l'as moins une once, c'est à dire, onze onces. Si on avoit voulu être scrupuleusement exact en traduisant, il auroit fallu dire *onze pour douze*, au lieu de dire *cent pour cent*. On a préféré cette dernière façon de parler, qui est

plus à notre usage. *Peragant* a ici la signification de *com-
pléter, fournir*, &c. *Sudore* ou *sudore* revient à une expression qui a cours parmi les gens usuriers, ils appellent
cela faire travailler l'argent.

(. . . . . *Cinis, te manes, te fabula fies*, p. 141, v. 13)
Ce vers ressemble à celui d'Horace, od. IV, 1 :

    Iam te premet nox fabulæque manes.

Ces mots, *vive memor lethi*, sont pris de la sat. VI, l. 2 :

    Vive memor quàm sis ævi brevis.

Ce passage,

    *Dum loquimur, fugerit invida
Ætas.*

a donné lieu à celui-ci :

    Fugit hora, hoc, quod loquor, inde est.

qui est bien rendu par ce vers :

    Le moment où je parle est déjà loin de moi.

(*Dave, cita*, &c. p. 144, v. 5.) Tout ce morceau est
un dialogue entre un jeune homme amoureux & son
esclave. Il est pris de Ménandre, que Térence a imité dans
l'Eunuque. Perse a conservé le nom des personnage du
poète grec ; Térence les a changés. Dans les notes de la
nouvelle traduction de Térence, on a cité ce passage de
Perse & celui d'Horace de la sat. III, l. 2 :

    Porrigis irato cum puero poma recusat, &c.

afin que le lecteur puisse comparer ces trois poètes trai-
tant le même sujet. Pour ne point allonger ces notes
qui sont peut-être déjà trop étendues, on y renvoie le
lecteur.

(*Soleá, puer, ut jurgabere rubrá*, p. id. v. 13.) Térence
a fait dire au parasite de son capitaine aux rieux de Thaïs :

    Utinam tibi commitigari videam sandalio caput.

(. . . . . *Si totus & integer illinc*

Exieras , nec nunc , p. 144 , v. dern & p. 146 , v. 1.)
Ce paffage eft très-difficile ; auffi eft-il diverfement lu
& ponctué par les commentateurs. Jean Bond a lu avec
Pulmanus & d'autres :

　　　　　　Si totus & integer illinc
Exieris , nunc nunc.

Cafaubon & le *variorum* préferent la leçon qu'on a fuivie. Après avoir fixé le texte , toute difficulté n'eft pas
levée. Que fignifiera ce *nec nunc* , qui ne fe rapporte à
aucun mot qui puiffe donner un fens ? Les commentateurs , pour lui en trouver un , fe font beaucoup tour-
mentés. On ne les a point fuivis dans leurs rêveries. *Nec
nunc* ne doit rien fignifier. Ces deux mots ont été prononcés par Chereftrate , lorfqu'il délibéroit s'il retour-
neroit , ou non , chez Chrifis ; le valet , pour lui faire
connoître que , s'il étoit bien dégagé de l'efclavage de
cette femme , il ne délibéreroit pas fur ce point , répete
ces deux mots *nec nunc*. Quoique cette interprétation
femble plus comique & plus naturelle que toute autre ,
comme on la donne fans aucune autorité , on la foumet
au jugement du lecteur , à qui on la préfente comme
une fimple conjecture. Ce paffage eft fort reffemblant à
celui d'Horace :

Pofcit te mulier , vexat , foribufque repulfum
Perfundit gotidâ : rursùs vocat : eripe turpi
Colla jugo. Liber , liber fum , dic age.

(*Hic , ait , quem quærimus , hic eft*, p. 146 , v. 1.) Ce

cherchons, le voilà l'homme libre, fait entendre la vraie liberté à s'être affranchi sans retour de l'empire des paſſions, à renoncer ſans aucun regret aux plaiſirs qu'elles promettent : ce qui quadre très-bien avec *ſi totus*, &c. comme on l'a expliqué.

(*Non in feſtucâ, lictor quam jactat ineptus*, p 146, v. 2.) Lorſque le préteur avoit prononcé *liber eſto* à un eſclave, un des licteurs frappoit ſur la tête avec une baguette légere, que Perſe appelle ici *feſtuca, fetu*, ou brin de paille. De toutes les cérémonies civiles qu'on employoit pour déclarer un eſclave libre, Perſe choiſit ici celle qui prête le plus au ridicule qu'il veut répandre ſur ceux qui ſe prétendoient libres, parce que le préteur les avoit affranchis.

(*Jus habet ille ſui ... palpo quem ducit hiantem*

Cretata ambitio ? p. id. v. 3 & 4.) C'eſt l'ambitieux que Perſe va prendre, pour lui prouver qu'il n'eſt pas libre. *Jus habere ſui*, ou *eſſe ſui juris*, ſignifient *être libre*. *Palpo* eſt un ſubſtantif dérivé du verbe *palpare* ou *palpari*, qui ſignifie *frapper doucement avec la main pour careſſer*. *Cui libente palpare*. Hor. *Quem munere palpat*. Au lieu de *ducit*, quelques éditions offrent *tollit*. Le mot *cretata*, joint à *ambitio*, fait alluſion à la robe blanche que portoient ceux qui aſpiroient aux charges, & qui les fit appeller *candidati*.

(. . . . . . . *Vigila, & cicer ingere largè*

Rixanti populo, p. id. v. 4 & 5.) Les candidats alloient avant le jour ſaluer leurs protecteurs. On voit dans Cicéron toutes les peines qu'ils ſe donnoient. Auſſi leur vie eſt-elle appellée *militia urbana*. Voilà pourquoi Perſe fait dire par l'Ambition *vigila*. Les candidats faiſoient au peuple des largesses de pois , de lupins & de feves. Ho:, fat III , l. 2 :

In cicere atque fabá bona tu perdasque lupinis.

(. . . . *Nostra ut Floralia possint*

Aprici meminisse senes : quid pulchrius ? p. 146 , v. 5 & 6.) On peut voir dans Ovide , fast. l. 5', & l'origine & le détail des fêtes en l'honneur de la déesse *Flora. Floralia* est ici employé pour toutes les fêtes qui étoient ordonnées par les magistrats. *Senes aprici* est, pour *senes aprico mvaontes. Apricus locus* est un lieu exposé au soleil. C'est l'abréviation d'*apericus* & d'*apertus.*

(. . . . . . *At cùm*

Herodis venêre dies, &c. p. id. v. 6 & 7.) Perse va traiter de la superstition. Comme il veut jetter du ridicule sur la superstition , il choisit la religion des Juifs, qu'on pouvoit impunément railler à Rome. On peut voir ce que dit Horace , sat. IX , l. 1 :

Hodie tricesima sabbata vin tu, &c.

Recutitaque sabbata palles.

Perse dit *recutita sabbata*, pour *sabbata Judeorum recutitum , les sabats des Juifs circoncis.* Horace a dit : *Judæus apella.*

(*Tunc nigri lemures*, p. id. v. 12.) Perse parle ici d'un autre genre de superstition. Par *lemures , manes , larvæ,* les anciens entendoient les ames ou les ombres des morts , qui apparoissoient, disoient-ils , pendant la nuit, pour tourmenter les vivans. C'est ce que nous appellons *les revenans , les lutins , les vampires.*

(*Ovoque pericula rupto*, p. id. v. id.) Les augures , dit le vieux scoliaste , pour prévoir si on échapperoit , ou non , à quelque danger , mettoient un œuf près du feu;

enfuite ils examinoient avec foin s'il fuoit du gros bout
ou du côté oppofé , & lifoient l'avenir dans cette fueur.
Mais fi l'œuf venoit à crever , c'étoit un préfage funefte
pour celui qui les avoit mis en befogne , ou au moins
pour fa famille. Il leur arrivoit indubitablement un malheur auffi grand qu'à nous lorfqu'une faliere eft ren-
verfée à table , ou que les convives y font au nombre
de treize.

(*Hinc grandes Galli* , p. 146 , v. 13.) L'épithete de
grandes , donnée aux prêtres de Cybelle , peut avoir
plufieurs fens ; on peut lui faire fignifier la hauteur de
la taille , & alors elle marquera l'imbécillité , ainfi que
celle d'*ingens* , qui va être donnée à Pulfenius , celle d'*alto*
donnée à un goujat , fat.

Caloni aptaveris alto , &c.
Elle peut auffi fignifier *vieux âge* , & tout cela eft peu
important.

(*Et cum fiftro lufca facerdos* , p. id. v. 14.) Le mot *fiftro*
défigne une prêtreffe d'Ifis. Elles portoient des fiftres ,
comme les prêtes de Cybele un tambour. L'épithete
lufca n'eft peut-être pas auffi oifive qu'elle le paroit.

(*Incuffere deos inflantes corpora* , p. id. v. 15.) L'expreffion *incutare* eft remarquable pour dire *faire craindre*. *Inflantes corpora*. Ifis étoit révérée en Égypte & dans la
Syrie. Ces peuples étoient fujets aux maladies de peau ,
la lepre , la ladrerie , & à l'éléphantiafis , dont Lucrece a
fait la defcription. Ils croyoient que ces maux leur
étoient envoyés par leurs dieux , & ils en menaçoient
ceux qui leur manquoient de refpect.

(. . . . . . . *Si non*
Prædictum ter mane caput guftaveris alli , p. id. v. 15 & 16.)

.L'ail mangé à jeûn étoit réputé un préservatif admirable contre les enchantemens. Il empêche les effets d'un air contagieux.

(*Dixeris hæc* , p. 148 , v. 1.) Ce n'eft point de ce qui vient d'être dit en dernier lieu que le poëte parle ici. C'eft des maximes philofophiques qui ont été développées dans le cours de cette fatire.

(*Varicofos centuriones* , p. id. v. id.) On a rendu ces mots par *robuftes centurions*. *Varicofus homo* eft un homme dont les veines font bien apparentes , bien groffes , ce qui eft une marque de force. Dans la fat. III , Perfe a dit :

> *Hic aliquis de gente hircofâ centurionum.*

Hircofus a le même fens que *varicofus*. Les hommes velus paffent pour robuftes.

(*Craffum ridet* p. id. v. 2.) *Craffum* tient la place de l'adverbe *cafsè* , qui défigne le rire d'un fot , d'un homme groffier , fans éducation. Perfe a dit dans le même fens , fat. III :

> *His populus , ridet multùmque torofa juventus*
> *Ingeminat tremulos nafo crifpante cachinnos.*

(*Et centum Græcos curto centuffe licetur* , p. id. v. dern.) Par *Græcos* il faut entendre les philofophes. C'étoit de Grece que la philofophie fut tranfportée à Rome. On en verra la preuve dans la fat. VI :

>   *Beftius urget*
> *Doctores Graios. Ita fit poftquam fapere urbi*
> *Cum pipere , & palmis venit noftrüm hoc maris expers.*

Par *curto centuffe* , il faut entendre moins de cent fols , ou ne pièce de cent fols altérée. *Liceri* ou *licitari* fignifie

vendre au plus offrant. De là vient le terme du barreau,
licitation. On a fait parler Pulfenius dans la traduction,
quoique Perse n'eût fait que rapporter son difcours. Le
fens en parôlt plus vif & plus piquant.

SATIRA VI.

ADMOVIT jam bruma foco te, Baffe, Sa-
  bino?
Jamne lyra, & tetrico vivunt tibi pectine
  chordæ?
Mire opifex numeris veterum primordia vo-
  cum,
Atque marem ftrepitum fidis intendiffe Lati-
  næ,
Mox juvenes agitare jocos, & pollice honefto
Egregios lufiffe fenes? Mihi nunc Ligus ora
Intepet, hybernatque meum mare, quà latus
  ingens
Dant fcopuli, & multa litus fe valle receptat.
Lunaï portum eft operæ cognofcere, cives:
Cor jubet hoc Ennî, poftquàm deftertuit effe
Mæonides Quintus, pavone ex Pythagoræo.
Hîc ago fecurus vulgi, & quid præparet
  aufter,
Infelix pecori, fecurus, & angulus ille

SATIRE VI.

L'HIVER vous a-t-il déja confiné, Baſſus, près de votre foyer, dans le territoire des Sabins ? Animez-vous déja les cordes de votre luth ſous un archet ſévere ? Vous qui chantez ſi bien l'origine de notre ancien gouvernement, qui tantôt nous peignez les jeux folâtres de la jeuneſſe, tantôt avec un ſtyle plus décent nous vantez les actions louables des vieillards : la lyre latine rend-elle déja des ſons mâles ſous vos doigts ? Pour moi, je jouis d'un air tempéré ſur les côtes de Ligurie. Notre mer eſt à l'abri des tempêtes, à l'endroit où, s'enfonçant dans un golfe profond, elle eſt couverte par l'immenſe rempart que forment les rochers.

> Romains, le port de Lune eſt digne d'être vu.

C'eſt ce que diſoit le ſage Ennius, lorſqu'il eut mis fin à ſes rêveries, & qu'il ne prétendit plus être Quintus Homere, après avoir été le paon de Pythagore. Dans ma retraite, je ne m'inquiete pas des diſcours du peuple, ni de la contagion que le vent funeſte du midi prépare aux troupeaux. Je ne ſuis point jaloux de

Vicini noftro quia pinguior : & fi adeò omnes

Ditefcant orti pejoribus , ufque recufem ✱

Curvus ob id minui fenio , aut cœnare fi uncto ,

Et fignum in vapidâ nafo tetigiffe lagenâ.

Difcrepet his alius , geminos horofcope varo

Producis genio : folis natalibus , eft qui

Tingat olus ficcum muriâ vafer in calice emp-

tâ ,

Ipfe facrum inrorans patinæ piper : hic bona

dente

Grandia magnanimus peragit puer. Utar ego ,

utar ,

Nec rhombos ideò libertis ponere lautus ,

Nec tenuem folers turdorum noffe falivam.

Meffe tenùs propriâ vive , & granaria (fas eft)

Emole ; quid metuas ? Occa , & feges altera

in herbâ eft.

— Aft vocat officium : trabe ruptâ , Brutia faxa

Prendit amicus inops : remque omnem , furdaque

vota

Condidit : Ionio jacet ipfe in littore , & unà

Ingentes de puppe dei : jamque obvia mergis

ce que le coin de terre du voisin est plus fertile
que mon champ. Tous ceux qui sont d'une
naissance inférieure à la mienne, peuvent s'enrichir, sans que pour cela je ~~veuille sécher~~
~~d'envie~~, ni souper sans ragoût, ni regarder de
trop près au cachet d'une bouteille de mauvais
vin. Un autre peut vivre différemment. Deux
gémeaux qui naissent au même instant, ont des
inclinations opposées. L'un, à son jour natal
seulement, arrose ses légumes secs avec de la
saumure qu'il achete prudemment dans un
verre ; il répand lui-même lui-même dans un
plat quelques grains de poivre qu'il regarde
comme une chose sacrée. L'autre expédie gra-
vement à belles dents un patrimoine immense.
Pour, moi je jouirai, je jouirai, je ne pousserai
pas la profusion jusqu'à servir des turbots à mes
affranchis, ni la délicatesse jusqu'à discerner la
diverse saveur des grives. Vivez selon votre
revenu. Envoyez au moulin, vous le pouvez,
le bled de vos greniers ; qu'avez-vous à craindre ?
Labourez, & voilà une autre moisson en herbe.
—— Mais l'amitié m'appelle ; un malheureux ami
a fait naufrage ~~; s'il s'est sauvé sur~~ les rochers
de Lucanie ; la mer Ionienne a englouti toute sa
fortune & ses vœux inutiles. Il est étendu sur le
rivage avec les grands dieux protecteurs de sa

Cofta ratis laceræ | nunc & de cefpite vivo

Frange aliquid : largire inopi, ne pictus oberret

Cæruleâ in tabulâ. Sed cœnam funeris heres

Negliget, iratus quòd rem curtaveris; urnæ

Offa inodora dabit : feu fpirent cinnama fur-
dum,

Seu cerafo peccent cafia, nefcire paratus.

Tune bona incolumis minuas ? Sed Beftius
urget

Doctores Graïos : ità fit poftquàm fapere urbi

Cum pipere & palmis venit noftrum hoc maris
expers.

Fœnifecæ craffo vitiârunt unguine pultes.

Hæc cinere ulterior metuas ? At tu , meus
heres

Quifquis eris , paulùm à turba feductior audi.

O bone num ignoras ? Miffa eft à Cæfare laurus ,

Infignem ob cladem Germanæ pubis , & aris

Frigidus excutitur cinis : ac jam poftibus arma ,

poupe,

poupe. Le flanc de fon navire brifé ouvre un
paffage aux plongeons. — Hé bien, tranchez
dans le vif, vendez un morceau de terre, donnez
à ce malheureux / empêchez qu'il n'aille de
porte en porte montrer le tableau de fon naü-
frage. — Mais mon héritier, en colere de ce que
j'aurai diminué mon bien, négligera mon repas
funebre, il n'embaumera pas mes offemens, il
s'embaraffera fort peu fi l'odeur des aromates
eft émouffée, fi la caffe eft altérée par un mê-
lange de gomme de cerifier. « Vous, fans mala-
» die, [dira-t-il] diminue/ vos revenus? [Vous
» faviez] ce que Beftius reproche aux philofophes
» Grecs / voilà [dit-il] comme on vit depuis
» que la fageffe nous a été apportée, qu'elle a
» paffé la mer avec le poivre & les palmes/
» Jufqu'aux faucheurs affaifonnent leur bouil-
» lie ». — Pouvez-vous craindre ce qu'on fera,
ou ce qu'on dira de vous/lorfque vous ferez
réduit en cendres?

Pour vous, mon hériter, qui que vous
foyez, éloignons-nous un peu de la foule, &
m'écoutez. Eft-ce que vous ne favez pas, mon
ami? Une lettre, couronnée de laurier, eft en-
voyée par Cefar pour la défaite des Germains:
On ranime les cendres froides fur les autels,
Déja l'impératrice attache les trophées d'armes

N

Jam chlamydes regum, jam lutea gaufapa captis,
Eſſedaque ingenteſque locat Cæſonia Rhenos:
Dîs igitur, genioque ducis centum paria, ob res
Egregiè geſtas, induco : quis vetat ? Aude.
Væ, niſi connives. Oleum, artocreaſque popello
Largior : an prohibes ? Dic clarè : non adeò, in-
　　quis.
Exoſſatus ager juxtà eſt. Age, ſi mihi nulla
Jam reliqua ex amitis, patruelis nulla, pro-
　　neptis
Nulla manet patrui, ſterilis matertera vixit,
Deque aviâ nihilum ſupereſt : accedo Bòvillas,
Clivumque ad Virbî : præſtò eſt mihi Manius
　　heres,
— Progenies terræ ? — Quære ex me, quis
　　mihi quartus
Sit pater : haud promptè, dicam tamen. Addè
　　etiam unum,
Unum etiam ; terræ eſt jam filius, & mihi ritu ;
Manius hic generis propè major avunculus exit.
Qui prior es, cur me in decurſu lampada poſcas ?
Sum tibi Mercurius : venio deus huc ego, ut ille

aux portes du palais ; elle a déja loué les habits de guerre des rois , les cafaques jaunes
des foldats , les chars , les grands captifs Allemands [qui doivent orner le triomphe] ;
auffi , en reconnoiffance de cette victoire écla-
tante , j'offre aux dieux , au génie du général ,
cent paires de gladiateurs : qui m'en empêche-
roit ? Ofez le faire. Malheur à vous fi vous n'y
confentez. Je diftribue au peuple de l'huile &
des pâtés. Me le défendez-vous ? Parlez clairement. « Pas tout à fait , dites-vous ». J'ai ici
près un champ bien nettoyé de pierres ; allons ,
fi je n'ai ni coufins ni coufines du côté paternel , aucuns defcendans ; fi la fœur de mon pere
eft morte fans enfans , s'il ne me refte perfonne
de ma grand'mere , je vais à Boville & à la colline d'Hyppolite ; j'ai là tout prêt un Manius
pour hériter. — Oui , un homme de rien. — De-
mandez-moi quel eft mon trifaïeul , je ne le
dirai pas facilement , je le dirai cependant. Demandez le quatrieme ; & puis le cinquieme ; ce
fera un homme de rien : & bien , ce Manius ,
fuivant l'ordre généalogique , eft prefque mon
grand-oncle.

Vous qui m'êtes plus proche , pourquoi me
demander la lampe , tandis que je cours encore ?
Je fuis Mercure pour vous. Je viens , comme

Pingitur. An renuis ? Vin' tu gaudere reliâis ?

— Deeft aliquid fummæ. — Minui mihi : fed
    tibi totum eft

Quidquid id eft. Ubi fit , fuge quærere, quod
    mihi quondam

Legârat Tadius : neu diâa repone paterna :

Fœnoris accedat merces : hinc exime fumptus.

— Quid reliquum eft ? Reliquum ? Nunc nunc,
    impenfius unge ,

Unge, puer, caules. Mihi feftâ luce coquatur

Urtica , & fiffa fumofum finciput aure;

Ut tuus ifte nepos olim fatur anferis extis,

Cum morofa vago fingultiet inguine vena ,

Patriciæ immejat vulvæ? Mihi trama figuræ

Sit reliqua : aft illi tremat omento popa ven-
    ter ?

    Vende animam lucro, mercare, atque excute
    folers

Omne latus mundi , ne fit præftantior alter

Cappadocas rigidâ pingues plaufiffe cataftâ :

Rem duplica. Feci : jam triplex , jam mihi
    quartò ,

on repréſente ce dieu, une bourſe à la main. La
refuſez-vous ? Voulez-vous recevoir avec joie
ce que je vous laiſſe ? — Il manque quelque
choſe au capital. — Je l'ai diminué pour
moi. Mais la totalité, telle qu'elle eſt, vous
appartient. N'allez pas me demander ce qu'eſt
devenu le legs que m'a fait autrefois Tadius ;
n'allez pas me rebattre, comme un pere,
« joignez l'intérêt ~~au principal~~ : retranchez
» cette dépenſe. ~~Que vous reſte-t-il~~ » ? — Ce
qui me reſte ? ~~Allons, allons~~, mon valet,
répands, répands plus abondamment de l'huile
ſur mes légumes. Quoi, je me contenterois ~~de~~
~~manger, les~~ jours de fête, ~~des~~ orties cuites, ou
un groin de cochon enfumé, pendu à la cheminée par l'oreille, afin qu'un jour votre débauché petit-fils, raſſaſié de foie d'oies ~~graſſes~~,
~~allât~~, conduit par une paſſion déshonnête,
corrompre la femme d'un ſénateur ? ~~J'aurois la~~
~~figure d'un ſquelete~~, pour lui procurer le ventre
tremblant & gras d'un ſacrificateur ?
Dévouez votre vie à l'amour du gain
négociant habile | parcourez tous les climats,
afin d'être le plus riche de tous les marchands
qui étalent de beaux eſclaves de Cappadoce ſur
leur ~~échafaud~~. Doublez votre fortune. — Je
l'ai fait : elle eſt déja triple & quadruple ; déja

[Annotations manuscrites en marge :]
à l'intérêt
— allons, voyons
ce qui vous reſte ?
aux / d'
den / s'en aille /
Je me réduirois à le
traîner de moi même !
(en voici un autre
qui me tue) ;
c'eſt / c'eſt

Jam decies redit in rugam. Depunge, ubi
    fiftam,
Inventus, Chryfippe, tui finitor acervi.

je suis au dixieme pli. Marquez-moi, Chry-
sippe, le point où je dois m'arrêter, & ~~vous
aurez trouvé qui réfondra l'argument dont vous
êtes l'auteur.~~

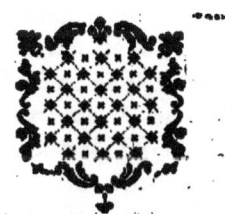

NOTES

SUR LA SIXIEME SATIRE.

Cette fatire eft adreffée à Cæfius Baffus, poëte lyrique, qui périt, dit le vieux fcoliafte, dans fa maifon
de campagne, ~~par~~ une éruption du Véfuve. Ce poëte fe
retiroit vers l'arriere-faifon dans fa terre du pays des
Sabins, & s'y livroit à l'ètude. Quintilien dit que Baffus
eft le feul de tous les poëtes lyriques qu'on doive lire
après Horace. Perfe, dans le même tems, s'étoit retiré
~~dans les~~ environs de la baie de Ligurie (aujourd'hui le
territoire de Genes) proche le port de Lune, dont il ne
refte plus que des ruines. C'eft de ce lieu que Perfe écrit
à fon ami, & lui adreffe cette fatire, dont le but eft de
fronder la folie de ceux qui épargnent pour enrichir leurs
héritiers.

(*Jamne lyra*, & *tetrico vivunt tibi pectine chordæ?* p. 188,
v. 2.) *Pecten* fignifie en général tout inftrument à dents,
comme *peigne*, *rateau*, &c. Le *pecten* dont fe fervoient les
joueurs de lyre, étoit un crochet avec lequel ils mettoient
les cordes en vibration. On a été obligé de le traduire
par *archet*, qui fait le même effet, fans être la même
chofe. *Tetrico* : par *tetricus* on entend *grave*, *férieux*, *févere*. Cette fignification dérive, difent les commentateurs, du mont *Tetricus*, dans le pays des Sabins. Comme
le pays étoit fort agrefte, les mœurs de fes habitans très-
aufteres, le mot *tetricus* a voulu dire, *trifte*, *févere*, &c.

(*Veterum primordia rerum* , p. 188, v. 3.) Au lieu de
rerum , quelques éditions portent *vocum*. Ceux qui adoptent cette leçon prétendent que Baffus chantoit l'origine
des mots anciens & du vieux langage. Quelle apparence
qu'un poëte lyrique employât fes talens à débrouiller
l'étymologie des mots , & fit des vers à la *Buffier* ?
D'autres interpretes , en conservant *rerum*, foutiennent
que *primordia rerum veterum* fignifie *l'origine* , *la création
du monde*. On n'a point encore adopté ce fentiment ,
parce que ces vers ,

> *Mox juvenes agitare jocos , & pollice honefto
> Egregios lufiffe fenes ?*

femblent indiquer que Baffus chantoit les actions héroïques des Romains. Au refte , ce point n'eft pas d'une
grande importance.

(. . . . . *Mihi nunc Ligus ora*
Intepet , p. id. v. 6 & 7.) *Ligus ora* eft pour *Liguf-
tica ora*, les côtes de Ligurie. *Ligus* eft de tous les
genres. Perfe vient de dire pareillement , *juvenes jocos* ,
pour *juveniles jocos*.

(. . . *Hibernatque meum mare , quà latus ingens*
Dant fcopuli, & multâ littus fe valle receptat, p. id. v.
7 & 8.) J'ai donné au mot *hibernat*, une fignification qui
contredit tous les interpretes. Lambin explique *hibernat*,
par *fævit & à navigiis vacat*. Cafaubon dit : *mare Ligufti-
cum agitatur ut folet fieri tempefl.te hibernâ*. Et afin de con-
cilier *mihi nunc Ligus ora intepet* , *je jouis d'un air tempéré
fur les côtes de Ligurie* , avec *hibernat mare* , *la mer eft agitée
par les tempêtes de l'hiver* , Cafaubon prouve , par un paffage de Ciceron , que plus la mer eft agitée par les

vents , plus l'air eſt tempéré ſur les bords. Il cite le paſſage d'Horace :

> *Defendens piſces hiemat mare.*

Un paſſage d'Auſone :

> *Inſanum quamvis hiemet mare* , &c.

Malgré toutes ces autorités, j'ai oſé donner un autre
ſens à *hibernat*, & le traduire par , *notre mer eſt à l'abri des
tempêtes.* Ce n'eſt point le deſir de me ſingulariſer qui m'a
conduit ; mais il m'a ſemblé que Perſe ſe contrediroit
lui-même, s'il diſoit que la mer eſt battue par la tempête
à l'endroit où , couverte par des rochers , elle s'enfonce
dans une baie , puiſque la mer doit être calme lorſqu'elle,
eſt ainſi garantie des vents. D'ailleurs le port de Lune,
dont il eſt fait mention dans le vers ſuivant , ſemble dé-
cider que Perſe parle d'un lieu où la mer eſt tranquille.
Mais , me dira-t-on, ſi Perſe vouloit peindre un golfe
où la mer eſt à l'abri des vents , pourquoi s'eſt-il ſervi du
mot *hibernare* , qui ſignifie *éprouver la fureur de l'hiver ?*
Je répondrai que *hibernare* ſignifie auſſi *être en quartier
d'hiver* , *être à l'abri des rigueurs de l'hiver.* Au reſte , je
ſoumets mon opinion au jugement du lecteur éclairé. Je
le prie d'examiner ſi la deſcription que fait ici Perſe, n'a
pas le même but que celle de Virgile :

> *Eſt ſpecus ingens*
>
> *Exeſi latere in montis , quò plurima vento*
>
> *Cogitur, inque ſinus ſcindit ſeſe unda reductos*
>
> *Deprenſis olim ſtatio tutiſſima nautis.* Geor. l. IV.

Et celle-ci :

> *Eſt in ſeceſſu longo locus ; inſula portum*
>
> *Efficit objectu laterum , quibus omnis ab alto*
>
> *Frangitur, inque ſinus ſcindit ſeſe unda reductos.* Æn. l. I.

[handwritten marginal note, partly illegible:]
*ne transferons
toutes ces difficultés
ſi l'on hermi
l'expoſition du
port. par la
raiſon même qu'il
eſt couvert de tous
cotes; car que l'on
leſonentre, hibernar
ſignifiera il
agere!*

(*Lunaï portum est operæ cognoscere, cives* , p. 188 , v. 9.)
Ce vers est tiré des annales d'Ennius. *Lunaï* est pour
Lunæ. L'*aï* pour l'*æ*, est fréquent dans les poëtes anciens,
sur-tout dans Lucrece. *Pretium* est sous-entendu dans ce
vers. Sa construction est : *cives , operæ pretium est cognoscere
portum Lunaï.* On l'a traduit par un vers françois , parce
que le vers latin est une citation. Quelques éditions
portent , *Lunaï pretium est operæ cognoscere, cives.*

(*Cor jubet hoc Enni* , p. id. v. 10.) L'expression *cor
Enni* , est pour *Ennius cordatus , le sage Ennius.* Peut-être
Perse veut-il , en passant, railler la folie d'Ennius , qui
avoit prétendu avoir trois cœurs, parce qu'il savoit trois
langues. Dans ce cas , *cor* au singulier signifiera , *Ennius
devenu sage & se contentant d'un seul cœur.*

(. . . . . . *Postquàm destertuit esse
Mæonides Quintus, pavone ex Pythagoræo,* p. id. v. 10
& 11.) La construction, *destertuit esse Meonides* , est un
hellénisme. Pour que la phrase fût complette , il faudroit
l'accusatif *Mæonidem.* Ennius raconte, à ce qu'on dit,
dans ses annales, qu'Homere lui étoit apparu en songe,
& lui avoit dit que son ame avoit d'abord animé le corps
d'un paon, ensuite le sien , & qu'elle habitoit alors le corps
d'Ennius. Si on adopte ces trois transmigrations , que
Perse raille par le mot *destertuit* , le mot *Quintus* sera le
prénom d'Ennius , & figurera plaisamment avec *Mæonides* , qui est le nom paternel d'Homere. Si on vouloit
suivre le vieux scoliaste, *Quintus* seroit pris numérique-
ment, & exprimeroit les cinq transmigrations qu'éprouva
l'ame d'Ennius , qui d'un paon passa dans le corps de
Pythagore , puis dans celui d'Euphorbe , ensuite dans
celui d'Homere , & enfin habita le corps d'Ennius. En

admettant ainſi la métempſycoſe , il faudra ſe permettre un anachroniſme , & ne pas faire difficulté de ſuppoſer Pythagore antérieur à Homere. Une abſurdité de plus ne doit pas arrêter.

(*Hic ego ſecurus* , p. 188 , v. 12.) Le mot *ſecurus* a la même ſignification que *ſinè curâ*. Il y a cette différence entre *ſecurus* & *tutus* , que le premier ſignifie *qui ne craint rien* ; & le ſecond , *qui n'a rien à craindre*.

(*Uſque recuſem* , p. 190 , v. 2.) *Uſque* eſt ici pour *ſemper*, & *recuſem* pour *recuſarem*. Horace ſe fait dire par Dave ſon valet , *uſque recuſes* , ſat. VII, l. 2.

(*Cænare ſinè unĉto* , p. id. v. 3.) Ce paſſage peut rece-voir deux interprétations. Il peut ſignifier *ſouper ſans être parfumé* , ou bien *ſouper ſans ragoût*. On a préféré le der-nier ſens , parce qu'Horace , que Perſe imite ſouvent , s'eſt ſervi de l'expreſſion *unĉtum* , art poët.

　　　Si verò eſt , unĉtum qui reĉtè ponere poſſit.

& que ce vers ne peut ſignifier autre choſe ſinon , *s'il eſt homme capable de bien ſervir un grand repas* , comme *ponere* le prouve , ce terme étant conſacré pour dire *ſervir*. Perſe , ſat. l :

　　　Calidum ſcis ponere ſumen.

& dans cette ſat. p. 190 , vers 10 :

　　　Ne rhombos ideò libertis PONERE lautus.

(*Et ſignum in vapidâ naſo tetigiſſe lagenâ* , p. id. v. 4.) Pour l'intelligence de ce vers , on remarquera que les Romains enduiſoient de poix le goulot de leurs bouteilles de vin , & les cachetoient. Perſe dit ici qu'il ne portera jamais ~~contre~~ ſon nez le cachet d'une bouteille de mauvais vin , pour voir ſi on lui en a volé , ou non. On n'a pas

cru que cette traduction littérale pût plaire, on a rendu
par l'équivalent.

(. . . . . *Geminos horoscope varo*

Producis genio, p. 190, v. 5 & 6.) La construction est
horoscope (au vocatif) *producis geminos genio varo.* Le
mot *varo* est pour *vario, diverso*, &c.

(. . . . *Solis natalibus, est qui*

Tingat olus siccum muriâ vafer in calice emptâ, p. id.
v. 7 & 8.) Perse vient de dire très-briévement que deux
gémeaux nés au même instant ont des caractères opposés.
Il va faire avec rapidité les portraits de ces deux gémeaux, & les mettre en opposition. Quoique ces portraits soient tracés légérement, ils n'en sont pas moins
fidelles. Celui de l'avare est achevé; à son jour natal
seulement il arrose ses légumes secs avec de la saumure,
dont il n'a pas une provision qui lui seroit inutile, puisqu'il
n'en use qu'une fois l'année, mais qu'il achete en petite
quantité dans un verre, en se faisant un mérite de sa
lésine, *vafer*; il ne laisse point à d'autres le soin d'y jetter
quelques grains de poivre; il s'en charge lui-même, *ipse*;
il le ménage ce poivre comme une chose sacrée, *sacrum*; il
ne le jette pas avec profusion, *inrorans*. Voici la seconde
fois que Perse peint un avare : je ne sais si je n'aimerois
pas mieux le portrait que je viens de détailler, que celui
de Vectidius, dans la sat. IV, quoique Perse ait emprunté
ici plusieurs traits à Horace :

Surrentina vafer qui miscet fæce
Falerna vina. Sat. IV, l. 2.

. . . . *Cornu ipse bilibri*
Caulibus instillat. Sat. II, l. 2.

Congestis undique saccis
Indormis inhians, & tanquàm parcere sacris
Cogeris. Sat. I, l. 1.
Qui nummos aurumque recondit nescius uti
Compositis, metuensque velut contingere sacrum.

Sat. III, l. 2.

On doit avouer que Perse a fait un bon usage de ce qu'il a pris à son devancier.

(. . . . : *Hic bona dente*
Grandia magnanimus peragit puer, p. 190, v. 8 & 9.)
La rapidité avec laquelle Perse nous représente le second des gémeaux, dissipant son patrimoine, exprime le peu de tems qu'il lui faut à le dépenser.

(*Utar ego, utar*, p. id. v. 9.) Le poëte entre ici dans son sujet. Tout ce qui a précédé n'est que le prologue de la satire. Il déclare qu'il veut jouir sans profusion, & sans une délicatesse trop recherchée.

(*Nec tenuem solers turdorum nosse salivam*, p. id. v. 11.) Par *saliva*, on doit entendre *le goût*, *la saveur* : *salivam movere*, signifie *exciter l'appétit*. Les gourmands délicats de Rome distinguoient au goût les grives engraissées en cage, d'avec les grives sauvages; & parmi ces dernieres, celles qui avoient mangé du genievre, &c. On trouve dans plusieurs éditions *turdarum*, au lieu de *turdorum*. Comme les commentateurs qui adoptent cette leçon avouent qu'elle est fautive, on ne l'a point conservée.

(*Messe tenùs propriâ vive*, &c. p. id. v. 12.) Perse adresse ici la parole à un avare, & commence avec lui un dialogue très-serré. Que de choses il lui dit dans ce vers, *Messe tenùs*, & le suivant !

(*Ast vocat officium*, &c. p. 190, v. 14.) C'est l'avare

qui répond ici. Pour se dispenser de suivre les préceptes
que Perse vient de lui donner, afin de se justifier de ce
qu'il épargne sur ces revenus, il suppose qu'un ami
quelque jour aura besoin de son assistance ; il insinue
qu'il ne pourra le secourir, s'il a dépensé tout ce que lui
rapportent ses terres. Et pour donner plus de force à
sa réponse, il peint comme arrivé, & peint très-bien,
le naufrage qui n'est que possible. Il dit : *ast vocat offi-*
cium, au lieu de dire, *ast si vocet officium*, &c.

Quoiqu'on ait distingué les interlocutions de ce
petit dialogue, on ne blâme point les interpretes qui
ont mis le tout dans la bouche de Perse. On avoue que
l'avare n'est point en scene avec le poëte, qu'il n'est
qu'un personnage fictif ; mais la différence du style qu'on
apperçoit entre les avis de Perse & les réponses de l'avare,
les préceptes concis du premier & les repliques ver-
beuses du second, prouve que l'intention du satirique
a été de faire sentir les interlocutions. D'ailleurs, en les
marquant, on s'épargne plusieurs *mais, me direz-vous....*
je vous répondrai.... qui auroient rendu traînant un style
rapide.

(*Surda vota*, p. id. v. 15.) Est-il nécessaire d'avertir
que *vota surda* est mis pour *vota non audita* ?

(. . . . *Jamque obvia mergis*
Costa ratis laceræ, p. id. v. dern. & p. 192, v. 1.) Le
tableau du naufrage est si bien fait, que Dryden l'a jugé
au dessus des forces de Perse, & veut l'attribuer à Lucain
son ami. Je suis bien éloigné de penser comme Dryden.
Ce morceau n'est pas le seul où Perse se soit montré
peintre. Chaque lecteur a pu le remarquer dans les
satires précédentes. Si quelque chose étoit capable de

208 *NOTES*

m'amener au fentiment du traducteur Anglois, ce feroit le dernier trait du tableau,

Jamque obvia mergis
Cofta ratis laceræ.

Il me femble (il m'eft permis de dire mon avis) que montrer *les plongeons qui paſſent au travers des flancs du navire briſé*, eſt un détail puérile, qui appauvrit la grande image. Mais pouvons-nous ſavoir aujourd'hui ſi Perſe n'a pas eu deſſein de jetter du ridicule ſur ſes contemporains faiſeurs de deſcriptions, & d'en donner une à leur maniere ? J'aimerois à le croire, lorſque je vois l'imitateur d'Horace terminer un beau morceau par *une queue de poiſſon*:

Deſinit in piſcem mulier formoſa ſupernè.

(. . . . *Nunc & de cespite vivo*
Frange aliquid, p. 192, v. 1 & 2.) Perſe reprend ici la parole, & répond à l'objection de ſon avare. Il ſuppoſe avec lui, que ſon ami a fait naufrage. Il lui dit qu'alors il doit vendre un coin de terre pour le ſecourir.

(. . . . *Sed cœnam funeris heres*
Negliget, iratus quòd rem curtaveris, &c. p. id. v. 3 & 4.) Ceci eſt la replique de l'avare. Quoique le mot *curtaveris* ſoit à la ſeconde perſonne, au lieu de *curtaverim* à la premiere, l'avare qui ne ſe ſent pas capable de vendre un morceau de ſon héritage, n'a garde de dire *curtaverim*; mais il dit à Perſe, *ſi vous écornez votre patrimoine*, &c. D'ailleurs, la ſeconde perſonne eſt ſouvent employée quand on fait une propoſition générale. *Videas homines*, on voit des gens.

A l'égard de *cœnam funeris*, on ſait que les Romains offroient aux manes des morts, des viandes qu'ils brûloient

(marginalia) oui puérile dans un poeme epique; mais laiſſant dans une ſatyre.

loient avec leurs corps. Ce repas s'appelloit, *filicernium*
quaſi eam umbræ SILENTES CERNERENT.

(*Seu ſpirent cinnama ſurdum*, p. 192, v. 5.) *Spirare ſur-*
dum, rendre une odeur ſourde, eſt une expreſſion trop
hardie pour notre langue ; elle ne ſouffriroit pas qu'on
transportât à l'ouie ce qui appartient à l'odorat. On s'eſt
contenté de termes qui rendent à peu près la penſée.

(*Paratus neſcire*, p. id. v. 6.) Conſtruction grecque.
Les mots ſignifient, *prêt à ne pas ſavoir*, c'eſt-à-dire,
diſpoſé à ne pas s'informer, à ne pas s'inquiéter, &c. On a
cherché à rendre le ſens.

(*Tunc bona incolumis minuas ?* p. id. v. 7.) Ceci, &
tout ce qui ſuit juſqu'aux mots *at tu*, ſont les diſcours de
l'héritier rapportés par l'avare. On a ajouté quelques mots
pour faire ſentir la liaiſon de ce paſſage qui eſt obſcur,
& qui a beaucoup tourmenté les interpretes. L'obſcurité
vient de ce que Perſe fait parler un avare, cet avare
prévoit & cite ce que dira ſon héritier, & cet héritier
rapporte les diſcours d'un certain Beſtius.

(*Ità fit*, &c. p. id. v. 8.) La conſtruction de ce paſſage
eſt, *ità fit, poſtquam hoc noſtrum ſapere, expers maris,*
venit urbi cum pipere & palmis. L'infinitif *ſapere* tient la
place d'un nom ſubſtantif, comme *vivere triſte*, dans la
ſat. premiere. Au lieu de *ſed Beſtius*, Caſaubon & quelques autres commentateurs ont lu *& Beſtius*. On peut
choiſir. Caſaubon a très-longuement differté pour prouver que *expers maris* ſignignifie également, *qui a paſſé la*
mer, ou bien, *qui n'a pas paſſé la mer.* Caſaubon auroit
pu dire en deux mots *expers*, compoſé de *ex* & de *pers, ex*
indique privation & *pers* eſt pour *pars* ; ainſi *expers ſcien-*
tia, ſignifie *qui n'a point de ſcience.* Quand *expers* repréſente

expertus, participe d'*experior*, il a une signification contraire.

(*Hæc cinere ulterior metuas ?* p. 192, v. 11.) Perse reprend encore la parole & réfute briévement l'objection de son avare.

(*At tu, meus heres*, p. id. v. id.) Un nouveau dialogue commence ici. Le poëte va s'entretenir avec son héritier. En changeant l'interlocuteur, Perse change de caractere. C'est lui qui sera le parleur ; les réponses de l'hériter seront laconiques.

(*Missa est à Cæsare laurus*, &c. p. id. v. 13.) Perse, en causant avec son héritier, fait ici très-ingénieusement & avec plus de gaieté qu'il n'en a d'ordinaire, la satire de Caligula. Pour en sentir tout le fel, il faut se rappeller qu'après une expédition non sanglante contre les Germains & les Bataves, après avoir fait ramasser à ses soldats des coquilles sur le bord de la mer, lesquelles il appella les dépouilles de l'Océan, Caligula voulut rentrer dans Rome triomphant, avec plus de magnificence qu'aucun des plus anciens conquérans. L'impératrice Cæsonia fit faire les préparatifs de ce triomphe. Elle acheta ou loua des habits, des chars, &c. qui tenoient lieu du butin que l'empereur n'avoit point fait. Elle paya des Gaulois pour jouer le rôle des captifs Germains. On leur fit même apprendre la langue allemande. Et afin que cette dépense fût moins à charge au triomphateur, on força les particuliers d'y contribuer. Comme Perse étoit né lorsque Caligula mourut, la mémoire de ce triomphe étoit encore récente lorsque cette satire fut écrite. Quand un général avoit remporté une victoire, il en donnoit avis au sénat par une lettre où étoit représentée une branche de laurier.

(. . . . . . *Et aris*

Frigidus excutitur cinis, p. 192, v. 14 & 15.) Après
la nouvelle d'une victoire, on faisoit à Rome des sacrifices
d'actions de graces. Perse par ces mots, *aris frigidus excutitur cinis*, qui signifient mot à mot, *les cendres froides des
autels sont balayées*, fait entendre que depuis long-tems
on n'avoit eu occasion de faire de ces sortes de sacrifices.

(*Ac jac postibus arma*, p. id v. dern.) Après une victoire on attachoit aux portes des temples, ou du palais,
les trophées d'armes prises sur les ennemis. On a dit dans
la traduction, *aux portes du palais*, parce que Caligula
prétendoit être un dieu, qu'il insultoit souvent Jupiter,
l'appelloit en duel, &c. Quelle apparence, après cela,
qu'il eût voulu lui faire hommage de sa prétendue victoire ?

(*Chlamydes regum*, p. 194, v. 1.) Par *chlamys* on entend
un habit de guerre étroit & court.

(*Lutea gausapa*, &c. p. id. v. id.) *Gausapum* est l'habit
à longs poils, que portoient les soldats Gaulois. *Esseda*
sont les chars ou charriots de ces mêmes peuples.

(*Ingentesque locat Cæsonia Rhenos*, p. id. v. 2.) Le mot
Rhenos est ici pour *Rhenanos*, & signifie les peuples qui
habitent les bords du Rhin. Perse les appelle *ingentes*
parce qu'ils étoient de grande taille, & tels qu'il les
falloit pour figurer à la place d'Allemands. *Locat* signifie
ici *louer*, *prendre à louage*. Cæsonia étoit la première
femme de Caligula.

(*Dis igitur, genioque ducis, centum paria, ob res
Egregiè gestas, induco*, p. id. v. 3 & 4.) Lorsque Perse
dit *genio ducis*, ces mots ont l'air d'une flatterie, & ne
font qu'un trait de satire contre Caligula, qui vouloit

qu'on mît son génie au rang des dieux. Il faisoit tuer ceux qui refusoient de jurer par son génie. A *centum paria* on doit sous-entendre *gladiatorum*. C'est *induco* qu'il faut lire, & non *indico*. *Induco* est le terme consacré pour dire *donner des gladiateurs*.

(*Artocreas*, p. 194, v. 5.) Ce mot grec signifie un mélange de pain & de viande, qui s'appelloit en latin *visceratio*.

(*Non adeò*, *inquis*, p. id. v. 6.) Le mot *adeò* a bien divisé les interpretes. Les uns en ont fait un verbe, & ont expliqué ainsi, *non adeo*, sous-entendu *hereditatem*, je ne prends point votre *succession*, je renonce à votre *succession*. D'autres ont lu *non audeo*, en sous-entendant *contradicere*. *Non audeo*, dans cette supposition, seroit la réponse de l'héritier au mot *aude*, que Perse vient de lui dire. On a suivi le sens le plus naturel, on a lu *adeò*. Il n'est pas vraisemblable qu'un héritier avare dise qu'il renonce à une succession parce qu'elle est diminuée. La réponse *non audeo*, seroit trop éloignée du mot *aude*. C'est sur la derniere question *an prohibes?* que doit tomber la réponse.

(*Exossatus ager juxtà est*, p. id. v. 7.) Autre dispute entre les commentateurs. *Ager exossatus* veut-il dire un champ stérile, un champ épuisé, sans force, comme un corps qui n'a point d'os? Veut-il dire un champ nettoyé de pierres, les pierres étant les os de la terre? On a adopté ce dernier sens.

(. . . . . *Accedo Bovillas Clivumque ad Virbi*, p. id. v. 10 & 11.) Boville étoit un village à onze milles de Rome, sur la voie Appienne. Il fut nommé Boville, parce qu'un bœuf dévoué au sa-

crifice s'étant échappé, fut repris en cet endroit &
immolé fur la place. La colline d'Hyppolite étoit à
quatre milles de Rome, fur la route qui conduit au
bois d'Aricie, confacré à Diane. *Hyppolite* eft appellé
Virbius, parce qu'après avoir été traîné & mis en pieces
par fes chevaux, Efculape le rappella à la vie, à la
priere de Diane. *Virbius* fignifie, *qui a vécu deux fois.*

(*Præſtò eſt mihi Manius heres*, p. 194, v. 11.) Les interpretes font d'avis bien divers fur le fens qu'on doit
donner à *Manius* ou *Mannius*. Les uns veulent que *ma-*
nius fignifie *un brave homme*, *un homme de cœur* ; les autres
difent que *manius* eft l'équivalent de *mendicus*, de *homo*
novus, &c. Les premiers, pour appuyer leur opinion,
rapportent qu'un nommé *Manius* confacra à Diane le
bois d'Aricie; qu'il y établit un prêtre de cette déeffe;
que ce prêtre ne pouvoit conferver fa place que par la
valeur, puifqu'il étoit permis à tout homme de l'en dé-
poffeder & de le remplacer en le tuant; que de là eft
venu le proverbe *multi Manii Ariciæ*, pour dire qu'on
trouvoit beaucoup de gens braves à Aricie, grand
nombre de defcendans du premier *Manius*. Ceux qui
foutiennent l'opinion contraire, fe fondent fur ce que la
forêt d'Aricie & tous fes environs étoient habités par
de la canaille. Ils citent une épigramme de Martial, qui
finit par ces deux vers :

Debet Aricino conviva recumbere clivo

Quem tua felicem, Zoïle, cœna facit.

Ils font mention de la quatrieme fatire de Juvenal, &
raportent ce vers :

Dignus Aricinos qui mendicaret ad axes.

Ils auroient pu citer encore la fatire III du même auteur;

dans laquelle ; en parlant du bois d'Aricie ; il dit :

Ejellis mendicat fylva Camænis.

Ce ne font point les citations qui ont déterminé pour le dernier fens , c'eft Perfe lui-même. Il fe fait dire par fon héritier : *oui* , *vous aurez un Manius pour fuccéder à vos biens* ; *mais ce Manius eft un homme de rien* , *PROGENIES TERRÆ* , & ne réfute point cette allégation ; au contraire il en convient.

(*Qui prior es , cur me in decurfu lampada pofcas ?* p. 194 , *v.* 16.) Perfe fait allufion dans ce vers aux courfes appellées *lampadromies.* Des hommes nuds couroient en portant un flambeau allumé qu'ils remettoient à celui qui devoit courir après eux. Le poëte compare la vie & l'ordre des fucceffions à cette courfe. Il dit par cette allégorie à fon héritier , *pourquoi me demandez-vous ma fucceffion, avant que je fois mort ?* Si ce paffage avoit encore befoin d'explication , un vers de Lucrece en ferviroit,

Et quafi curfores , vitaï lampada tradunt.

Le lectur verra facilement qu'on a entendu *qui prior es ,* comme s'il y avoit , *qui prior es quàm Manius ille ,* & qu'on ne l'a pas fait rapporter à *in decurfu ,* comme quelques interpretes , qui veulent que ce paffage fignifie , *vous qui allez devant moi , c'eft-à-dire, qui êtes plus âgé que moi.*

(*Sum tibi Mercurius ,* p. id. v. dern.) Mercure , comme dieu du gain , étoit repréfenté une bourfe à la main droite , fon caducée à la main gauche , un bouc & un coq à fes pieds.

(*Neu dicta repone paterna ,* p. 196 , v. 4.) Dans l'édition *cum notis variorum* , je lis *oppone* , au lieu de *repone.* Cafaubon & les autres bons interpretes préferent *repone* ;

on les a fuivis. Par *dicta paterna*, Perfe ne veut pas qu'on entende les reproches de fon pere, mais les difcours d'un pere en général. Perfe n'avoit que fix ans quand fon pere mourut. Il ne lui avoit pas fait de leçons fur l'avarice.

(*Hinc exime fumptus*, p. 196, v. 5.) Tous les interpretes font rapporter *hinc* à *mercces fœnoris*, *l'intérêt du capital*, & expliquent *hinc exime fumptus*, par, *prenez votre dépenfe fur l'intérêt*, & *ne touchez point au principal*. On a ofé les contredire dans cette traduction. On a cru que l'avare feroit mieux dans fon caractere, s'il ordonnoit de diminuer la dépenfe, que s'il difoit de la prendre fur le revenu. D'ailleurs, *eximere* fignifie *retrancher*, *ôter*. Il eft fynonyme de *tollere*, *auferre*.

(*Ut tuus ifte nepos*, p. id. v. 9.) Le mot *nepos* a deux acceptions. Il fignifie *petit-fils* dans le fens naturel. Et comme les grands-peres donnent à leurs petits-enfans une liberté dont ils abufent, *nepos* a fignifié *un libertin*. Dans ce paffage il a ces deux fignifications.

(. . . . . *Mihi trama figuræ Sit reliqua*, p. id. v. 11 & 12.) C'eft ici une de ces métaphores hardies, qui diftinguent le ftyle de Perfe. *Il ne me refteroit que la trame de fa figure*, pour dire, *je ferois maigre & décharné*. La trame, chez les tifferands, eft le fil que la navette fait courir & entrelace dans la chaîne. Je n'ai pas ofé employer cette métaphore en françois; elle n'auroit pas été affez intelligible. Elle eft cependant exacte. Les nerfs forment le tiffu du corps; lorfque le corps eft décharné, les nerfs font apparens. Lorfqu'une étoffe eft ufée, nous difons qu'elle montre la corde.

(*Afi illi tremat omento popa venter*, p. id. v. 12.) Ce

O iv

paffage n'a point été expliqué par les commentateurs. Sa conftruction eft embarraffée , parce que Perfe a tranfpofé les cas de *omento* & de *popa*. *Popa* devroit être au datif. La conftruction eft donc , *aft venter illi popæ tremat omento* , & la traduction mot à mot , *que le ventre de ce facrificateur foit tremblant par la graiffe*. *Popa* fignifie proprement celui qui frappe les victimes & les immole. Comme ces gens là mangeoient les inteftins des animaux facrifiés, ils étoient gras.

(*Cappadas rigidâ pingues plaufiffe cataftâ* , p. 196 , v. 15.) Si on lifoit *claufiffe cataftâ* , il faudroit traduire *qui enferment dans leurs cages*. Cette leçon n'eft qu'une conjecture d'interprete ; aucune bonne édition ne l'autorife. *Catafta* eft un échafaud de planches, fur lequel les marchands faifoient monter leurs efclaves nuds , afin que les acheteurs puffent les examiner. Le mot *plaufiffe* marque , ou les éloges que les marchands faifoient de leurs efclaves , ou les claques qu'ils leur donnoient de la main, pour montrer qu'ils avoient la chair ferme. C'eft ce trafic infame , que l'avare confeille au parent dont il doit hériter. Boileau a fait ufage de cet endroit de Perfe :

Eût-on plus de tréfors que n'en perdit Galet ,
N'avoir en fa maifon ni meuble ni valet :
Parmi des tas de bled vivre de feigle & d'orge ;
De peur de perdre un liard , fouffrir qu'on vous
        égorge.
Et pourquoi cette épargne enfin ? L'ignores-tu ?
Afin qu'un héritier bien nourri , bien vêtu ,
Profitant d'un tréfor en tes mains inutile ,
De fon train quelque jour embarraffe la ville.

(*Depunge ubi fiſtam*, p. 198, v. 1.) Quelques éditions portent *depinge*. Cette leçon n'eſt pas ſoutenable. *Depunge* fait un ſens plus clair & plus expreſſif. *Depungere* ſignifie *marquer avec un point*, & c'eſt là ce que Perſe vouloit & devoit dire.

(*Inventus tui*, *Chriſippe*, *finitor acervi*, p. id. v. dern.) Ce vers eſt très-obſcur. Pour l'entendre, il faut ſavoir que Chriſippe avoit imaginé un argument captieux, appellé *forites*, ou *acervatio*, au moyen duquel il prétendoit prouver qu'un grain de bled formoit un monceau de bled. Voici comment il s'y prenoit. Un grain de bled, demandoit-il, fait-il un monceau de bled? On lui répondoit non. Ajoutez-en un ſecond. Encore non. Un troiſieme, &c. Quand il avoit ajouté tant de grains qu'on lui répondoit oui, c'eſt, diſoit-il, le dernier grain qui conſtitue le monceau ; donc un grain de bled forme un monceau de bled. Perſe adreſſe la parole à Chriſippe, & lui dit : ſi vous me marquez le point où je dois ceſſer d'amaſſer, je vous marquerai à quel grain de bled vous aurez formé un monceau de bled. L'intention du poëte eſt de faire voir qu'il eſt auſſi difficile de donner des bornes à l'avarice, que de fixer l'*acervus* de Chriſippe.

*REMARQUES sur une traduction de Perse,
imprimée à Berne.*

PENDANT qu'on achevoit d'imprimer mon ouvrage, des
amis m'ont envoyé une traduction de Perse, édition de
Berne 1765. Je me suis hâté de la lire, bien résolu d'en
faire mon profit pour ce qui me restoit à imprimer, d'a-
dopter & de citer les passages où l'auteur auroit mieux
rencontré le sens, mieux rendu les expressions que je
n'avois fait.

Après ma lecture, j'ai reconnu que l'auteur de cette
traduction avoit consulté les mêmes interpretes que j'a-
vois feuilletés ; qu'il avoit suivi l'un ou l'autre, sans en
donner d'autres raisons que celles qui sont alléguées par
ces interpretes, & comme de mon côté j'avois déduit
dans des notes mes motifs d'adhésion à un commentateur plutôt qu'à l'autre, le traducteur de Berne étoit
combattu d'avance sur les passages où nous étions
d'avis opposés. Pour les innovations qu'il a faites dans la
division du dialogue, elles ne m'ont pas semblé heu-
reuses. Ainsi, à ces deux égards, sa traduction ne m'étoit
d'aucune utilité.

A l'égard de ses expressions, je n'ai pu non plus en
en faire usage. Afin qu'on ne prenne point ceci en mauvaise part, je dois m'expliquer. Le système du Tr. de Ber
& le mien sont totalement opposés. J'ai traduit (comme
je l'ai dit dans la préface) servilement le texte ; j'ai cherché à faire entendre Perse, & non à flatter l'oreille du
lecteur ; j'ai tâché de rendre ma traduction assez trans-

parente (qu'on me pardonne ce mot) pour qu'on pût toujours voir le texte au travers. Le T. d. B. au contraire a fait une imitation libre, une paraphrafe aifée, plutôt qu'une traduction. Il donne des fatires dans le goût de Perfe, & non les fatires de Perfe. Il ne m'appartient pas de juger lequel de ces deux fyftèmes eft le meilleur. Chacun des deux a fes avantages & fes inconvéniens, fes partifans & fes adverfaires. Le mien pourra plaire au petit nombre de lecteurs réfléchis qui veulent connoître les auteurs anciens. Ceux qui lifent pour s'amufer, fans faire de la lecture un ouvrage pénible, préféreront la traduction de Berne, ou toute autre dans le même genre. Auront-ils tort ? Non. C'eft une affaire de goût, où chacun a le droit de juger. Si donc je n'ai point fait ufage des expreffions employées par le T. d. B. ce n'eft pas dédain. Ce fentiment ne convient à perfonne. Il me conviendroit moins qu'à tout autre. L'auteur de cette traduction répand fouvent des fleurs fur fes pas : mais je ne pouvois les ramaffer. Je ne fuivois point fes traces. J'avois pris une route oppofée. Après cet expofé général, entrons dans quelques détails.

Le T. d. B. lie le prologue avec la premiere fatire. C'eft une opinion ancienne, réfutée par les meilleurs interpretes. Il étoit au moins inutile de la renouveller. La différence dans la mefure des vers s'y oppofe. Perfe n'eft pas le feul qui ait fait un prologue. Phedre, Claudien, &c. ont fait des prologues. Ce point n'eft pas de conféquence. Le T. d. B. attribue à l'ami de Perfe, & non à Perfe, le premier vers, *ô curas hominum*, &c. Il n'a pas fait attention que ce début eft imité du début de Lucilius, poète fatirique, dont la lecture avoit échauffé Perfe, &

l'avoit excité à écrire dans ce genre. La raiſon vouloit que ce vers fût prononcé par l'imitateur de Lucilius. Faut-il ajouter que les commentateurs le veulent auſſi ? Faut-il ajouter que dans toutes les interlocutions de l'ami, il n'y a pas un mot qui ſoit du ton de ce vers ?

Le T. d. B. n'a point ſuppoſé, dans la premiere ſatire, d'autres interlocuteurs que Perſe & ſon ami. Il auroit dû ſentir que Perſe ne peut adreſſer à l'ami avec lequel il dialogue dès le commencement de la ſatire, le vers 53 :

Quiſquis es , ô modò quem ex adverſo dicere feci.

Perſe pouvoit-il ignorer quel eſt l'homme avec qui il a cauſé ſi long-tems ? Il eſt viſible qu'il a fait intervenir un acteur ſuppoſé. Et d'ailleurs, ſi toutes les duretés que Perſe vient de débiter aux mauvais poëtes, aux avocats, &c. s'adreſſoient à l'ami, cet ami pourroit-il raiſonnablement répondre :

Sed quid opus teneras mordaci radere vero
Auriculas ? Vide-ſis ne majorum tibi forté
Limina frigeſcant.

Pourroit-il menacer Perſe de la colere des grands, lorſque lui ſeul auroit été offenſé ?

Dans la ſat. V, le T. d. B. met le début, *vatibus hic mos eſt,* & tout ce qui ſuit, juſqu'au vers 19, dans la bouche de Cornutus ; & dans une note, il s'applaudit ainſi de ſa découverte :

« Les traducteurs Dryden, Tarteron & le commen-
» tateur Joh. Bondius, ſuppoſent que les quatre premiers
» vers de cette ſatire doivent être mis dans la bouche
» de Perſe, comme s'il vouloit imiter les poëtes épiques,

» par cette invocation pompeufe ; ils introduifent Cor-
» nutus fon précepteur dans le cinquieme vers : *quorsùm*
» *hæc* , &c. comme fi ce philofophe l'interrompoit, pour
» lui reprocher ce début trop figuré , & peu propre au
» genre fatirique & moral. Eft-il vraifemblable que Perfe
» veuille fe donner cette efpece de ridicule ? Et cela
» s'accorde-t-il avec la fuite du dialogue , où Cornutus
» le loue de la fageffe de fes compofitions , *verba togæ*
» *fequeris* , &c. Il eft plus naturel de faire commencer
» ce dialogue comme j'ai fait, & de fuppofer que c'eft
» Cornutus qui parle depuis le premier vers jufqu'au
» dix-huitieme , où Perfe prend la parole. *Non equidem*
» *hoc ftudeo* , &c. Quelle apparence que Perfe , après
» avoir commencé par un exorde pompeux , fe ravife
» tout à coup , fur la remontrance de fon précepteur ?
» Ce n'eft en vérité pas faire honneur à un poëte auffi
» fage & auffi judicieux. Le favant Cafaubon a donné
» une tournure tant foit peu différente à ces quatre pre-
» miers vers ; mais il paroît s'être trompé comme les
» autres , en les mettant dans la bouche de Perfe ».

Que le traducteur permette que je lui demande comment il croit que Cornutus puiffe dire à Perfe.

Quorsùm hæc ? Aut quantas robufti carminis offas

Ingeris , ut par fit centeno gutture niti ?

fi Perfe n'a pas demandé cette multiplication d'organes ?
Quand on dit à un homme , *quel befoin avez-vous de cent*
écus ? n'eft-il pas vraifemblable qu'il a demandé cent
écus ? Lorfque Perfe dira :

His ego centenas aufim depofcere voces ,

Ut quantùm mihi te finuofo in pectore fixi

Voce traham purâ , &c.

n'avoue-t-il pas qu'il a demandé cent voix? La satire
marche bien, en la coupant; comme tous les interpretes
que j'ai suivis, & Casaubon lui-même, quoi qu'en dise
le T. d. B. Perse commence comme les poëtes ampoullés
(& c'est les satiriser en passant). Cornutus lui demande
pourquoi ce début, & quel grand sujet il va chanter,
pour avoir besoin de tant de voix. Il lui montre le genre
qu'il doit fuir, & celui qu'il doit traiter. Perse reprend la
parole, acquiesce à une partie de ce que lui a dit Cornutus, mais il persiste (bien loin de *se raviser*) à demander
cent voix pour exprimer sa tendresse pour Cornutus, &c.

La sat. IV est un dialogue entre Socrate & Alcibiade.
Le T. d. B. l'a bien vu, mais il l'a mal coupé dans ce
passage:

Quæ tibi summa boni est? Unctâ vixisse patellâ
Semper, & assiduo curata cuticula sole.
Expecta: haud aliud respondeat hæc anus. I nunc,
Dinomaches ego sum. Suffla. Sum candidus. Esto:
Dum ne deteriùs sapiat pannucea Baucis,
Cùm benè discincto cantaverit ocima vernæ.

On va rapporter la traduction de Berne.

« SOCR. Voyons un peu en quoi consiste le souverain
» bien, selon vous? A faire bonne chere, & après avoir
» passé une partie du jour à table, en employer le reste
» à faire votre digestion? ALCIB. Point du tout, ce seroit
» répondre comme pourroit faire une femmelette qui
» crie des herbes au marché. So. En quoi donc, je vous
» prie? AL. A être noble, à être fils de Dinomaque.
» So. Bon, applaudissez-vous; & quoi encore? AL. A
» être beau, enfin, fait comme moi. So. Voilà donc
» votre réponse; eh bien, je vous dis à mon tour, la

»femmelette , qui vend ſes herbes au marché , eſt auſſi
» ſage que vous ».

Quel ſens fait ce dialogue, qui pouvoit être tout entier
dans la bouche de Socrate ? Trouve-t-on Perſe dans la
traduction ? Que de mots inutiles ! Que de mots mal
rendus ! Ce ſeroit abuſer de la patience du lecteur , que
d'entrer dans un détail qu'il ſuppléera ſans peine. Il jugera
ſi je devois adopter aucun des changemens que le T. d. B.
a haſardés dans la coupe du dialogue.

Citons un ſeul paſſage de la traduction. On jugera ſi je
pouvois en faire uſage , avec le plan que je m'étois propoſé. Peut-être même pourra-t-on prononcer lequel des
deux ſyſtêmes eſt préférable.

Le beau morceau de la ſat. III , *magne pater divum* , &c.
eſt ainſi rendu : « O Jupiter ! pour punir les tyrans, qui
» ne reçoivent de loix que de leurs deſirs criminels,
» faites leur connoitre la vertu qu'ils ont quittée. Non, le
» taureau de Phalaris , ni l'épée ſuſpendue ſur la tête de
» Damoclès, ne ſont pas des ſupplices auſſi cruels que
» les remords qui rongent la conſcience d'un ſcélérat. Il
» dévore ſes tourmens, & n'oſe pas même les confier
» à ſa femme qui couche à ſes côtés ».

J'avoue que le ſtyle de ce morceau coule aſſez mollement. Mais un ſtyle doux convenoit-il pour rendre ,

Cum dira libido
Moverit ingenium , ferventi tincta veneno ?

Mais qu'eſt devenu le mot *intabeſcant* ? Étoit-il ſuperflu ?
Devoit-on le négliger ? Où ſont, & la pâleur du ſcélérat ,
& les cris de ſa conſcience, *imus , imus præcipites ?* Tout
cela devoit-il être ſupprimé ? La fidélité n'eſt-elle pas le
premier devoir du traducteur , ſur-tout dans les grandes

images ? Un style aisé peut-il compenser la perte d'un tableau ?

Si ma traduction tombe quelque jour entre les mains de l'auteur, que je viens d'accuser d'erreur & de négligence, qu'il soit persuadé que l'intérêt des lettres m'a guidé seul. Je le prie de relever toutes les fautes qui me seront échappées. Il m'obligera. Je fais la même priere à tous ceux qui me liront. Ce ne sera qu'à force de critiques qu'on parviendra à bien entendre , à bien rendre les satires de Perse. Le peu de lumiere que j'ai pu répandre sur cet auteur , prouvera qu'il mérite qu'on se donne la peine de l'approfondir.

F I N.

Mr Diderot